El libro secreto de Frida Kahlo

El libro secreto de Frida Kahlo

F. G. Haghenbeck

ATRIA ESPAÑOL

Nueva York • Londres • Toronto • Sídney • Nueva Delhi

ATRIA ESPAÑOL
Una División de Simon & Schuster, Inc.
1230 Avenue of the Americas
New York, NY 10020

Publicado originalmente en 2009 en México por Editorial Planeta Mexicana, S.A. de C.V. de la lengua española.

Primera edición en rustica de Atria Books, Septiembre 2012

ATRIA ESPAÑOL es un sello editorial registrado de Simon & Schuster, Inc.

Las recetas incluídas en esta novela son para darle sabor a la trama pero no para ser cocinadas por el lector.

Impreso en los Estados Unidos de América

10 9 8 7 6 5 4 3 2 1

ISBN: 978-1-4516-4141-7

Con afecto para Luis y Susy,
quienes han sabido arrancarle la pasión a la vida.

EL DOCUMENTO PERDIDO DE FRIDA

Entre los objetos personales de Frida Kahlo había una pequeña libreta negra a la que llamaba "El libro de Hierba Santa". *Era una colección de recetas de cocina para elaborar las ofrendas con motivo del Día de Muertos, ya que de acuerdo a la tradición, el 2 de noviembre los difuntos obtienen permiso divino para visitar la tierra, y debe recibírseles con un altar formado por flores de cempasúchil, panes azucarados, fotografías cargadas de añoranzas, estampas religiosas, incienso de olores místicos, juguetonas calaveras de azúcar, veladoras para iluminar el camino a la otra vida, y con los platillos predilectos de los difuntos. Al ser descubierta entre los objetos del museo ubicado en la calle de Londres en el hermoso barrio de Coyoacán, se convirtió en un valioso hallazgo que se exhibiría por primera vez en la monumental exposición en homenaje a Frida en el Palacio de Bellas Artes, con motivo del aniversario de su natalicio. Su existencia confirmaba la pasión y el tiempo que dedicaba a levantar sus famosos altares de muertos.*

El día que se abrió la exhibición al público,
la libreta desapareció.

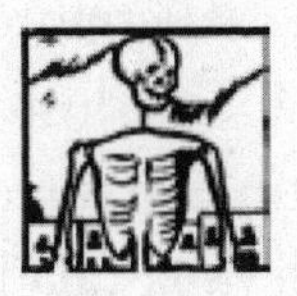

CAPÍTULO I

Esa noche de julio no era como tantas otras, las lluvias se habían quedado agazapadas en un rincón para ofrecer el manto negro de un cielo estrellado, libre de nubes fodongas que descargaran lágrimas sobre los habitantes de la ciudad. Si acaso un ligero viento silbaba cual chamaco jugueteando entre los árboles de una pomposa casa azul que dormitaba la cálida noche de verano.

Y fue precisamente en esa noche tranquila cuando se escuchó un constante golpeteo que retumbaba por todos los rincones del pueblo de Coyoacán. Eran los cascos de un caballo que tamborileaban al trotar por el empedrado. El eco de sus pasos resonaba en cada esquina de los hogares de altos techos de teja para avisar a todos sus moradores de la llegada de un extraño visitante.

Presa de curiosidad, debido a que México era ya una ciudad moderna, lejana de las arcaicas fabulas y leyendas pueblerinas, los pobladores de Coyoacán interrumpieron la cena para asomarse a través del rabillo de su portón y descubrir al enigmático cabalgador seguido de una corriente de aire "propia de difuntos o aparecidos". Un perro bravo se enfrentó a ladridos al misterioso jinete, lo que no perturbó al hermoso corcel blanco y menos aún al que lo montaba: un adusto jinete cuyo pecho cubierto por un chaquetín marrón cruzaban pistoleras repletas de balas. Éste, llevaba calado un sombrero de paja tan grande que igualaba en tamaño al domo de una iglesia y le oscurecía por completo el rostro. De entre las sombras de su semblante sólo se atisbaban unos impactantes ojos brillantes y un grueso bigote que sobresalía de ambos extremos de la cara. A su paso, los ancianos aseguraron las puertas con doble llave, pasador y tranca, temerosos aún del recuerdo de la Revolución, cuando esos visitantes traían consigo la ruina y desolación.

El jinete se detuvo en la esquina de la calle Londres, frente a una casa añil cuya fachada toda de azul cobalto, gritaba su peculiaridad en el vecindario. Los ventanales figuraban gigantescos párpados asentados junto al portón. El caballo se movió nervioso, apaciguándose en cuanto el jinete descendió para darle cariñosos golpecitos en el cuello. Luego de ajustarse sombrero y pistolera, el forastero se dirigió con aplomo hasta el portón y jaló el cordel haciendo repiquetear la campana. De inmediato se encendió una luz eléctrica y la entrada de la casona se iluminó por completo, descubriendo un ejército de polillas que zumbaban su desesperación alrededor del foco de la entrada. Cuando Chucho, el mozo indispensable de toda casa que se respetara, asomó su cabeza para descubrir al visitante, éste lo miró fijamente y avanzó un paso. Tembloroso, el cuidador lo dejó pasar no sin antes persignarse varias veces mientras rezaba algunos aves marías. Sin decir nada, el visitante cruzó el zaguán con grandes zancadas hasta llegar a una maravillosa locación decorada con muebles artesanales, plantas exóticas e ídolos prehispánicos. La casa estaba llena de contrastes. En ella convivían objetos de dolor, recuerdos de alegría, sueños pasados y triunfos presentes. Cada cosa hablaba para mostrar el mundo privado de su propietaria, quien esperaba al visitante en su habitación.

El recién llegado caminó por cada habitación con la soltura propia de quien las conociera de memoria. A su paso encontró un enorme Judas de cartón con gruesos bigotes de panadero, que en lugar de ser tronado el próximo domingo de resurrección tendría que conformarse con servir de modelo de algún cuadro de su propietaria; pasó frente a calaveras de azúcar que le sonreían con su eterno gesto endulzado de felicidad; dejó atrás las figuras aztecas con referencias mortuorias y la colección de libros empalagados de ideas revolucionarias; cruzó la sala que albergó artistas que cambiaron un país y lideres que trasmutaron el mundo, sin pararse a mirar las viejas fotografías familiares de los antiguos inquilinos, ni las pinturas de colores que saltaban como un arco iris embriagado por un mezcal vaporoso; hasta llegar al comedor de madera, que añoraba las risas fáciles y las reuniones ruidosas.

La Casa Azul era un lugar donde se recibía a los amigos y conocidos con placer, y el jinete era un viejo conocido de la dueña, por eso Eulalia la cocinera, en cuanto lo vio, corrió a la cocina forrada de estruendosos mosaicos de Talavera a prepararle bocadillos y bebida. De todos los espacios de la casa, la cocina era el corazón que la hacía palpitar, convirtiendo una inerte edificación en un ser viviente. Más que una simple morada, la Casa Azul era el santuario, refugio y altar de su señora. La Casa Azul era Frida. En ella atesoraba recuerdos de su transitar por la vida. Era un lugar donde sin problemas convivían los retratos de Lenin, Stalin y Mao Tse-tung con retablos rústicos de la virgen de Guadalupe. Flanqueaban la cama de latón de Frida, una enorme colección de muñecas de porcelana sobrevivientes de varias guerras, inocentes carritos de madera carmesí, aretes cubistas en forma de manos y milagros de plata para bendecir los favores de algún santo. Todo eso daba cuenta de los deseos olvidados de esa mujer sentenciada a vivir enclavada a su cama. Frida, la santa patrona de la melancolía, la mujer de la pasión, la pintora de la agonía, quien permanecía en su lecho, con la mirada en sus espejos que en silencio se peleaban por mostrarle la mejor imagen de la artista vestida de tehuana, zapoteca o de la mezcla de todas las culturas mexicanas. El más inclemente de todos era un espejo colocado en el techo de su cama, que se empeñaba en reflejarla para que pudiera encontrarse con el tema de toda su obra: ella misma.

Cuando el forastero entró a la recámara, Frida volvió su rostro adolorido y sus miradas se encontraron. Se le veía demacrada, flaca y cansada. Aparentaba mucho más que el medio siglo que había vivido. La mirada de sus ojos cafés era lejana, perdida a causa de las abundantes dosis de droga que se inyectaba para aplacar sus dolores y del tequila en el que maceraba sus desamores. Esos ojos que eran carbones grises a punto de extinguirse, y que alguna vez fueron llama encendida cuando Frida hablaba de arte, política y amor, ahora eran ojos lejanos, tristes pero sobre todo, cansados. Apenas si se movió, un corsé ortopédico la aprisionaba, coartándole la libertad. Una de sus piernas era la única que se revolvía nerviosa en busca de su compañera, la que le habían cortado unos meses atrás. Frida contempló a su visitante, recordando sus anteriores encuentros, cada uno atado a una desgracia. Esperaba esa reunión con desesperación, y cuando su habitación se inundó de un fuerte aroma a campo y tierra húmeda, supo que por fin el Mensajero había acudido a su llamado.

El Mensajero simplemente permaneció de pie junto a ella, posando su resplandeciente mirada sobre el delicado cuerpo quebrado. No se saludaron, pues a los viejos conocidos se les disculpan las inútiles reglas sociales: Frida se limitó a levantar la cabeza como preguntando cómo iba todo ahí de donde él venía, y él respondió con un toque de su mano al sombrero ancho para indicar que todo iba de maravilla. Entonces Frida, molesta, llamó a Eulalia para que atendiera al invitado. Los gritos fueron rudos, groseros. Su antiguo humor coqueto y parrandero había sido sepultado con la pierna amputada, había muerto con las operaciones y la congoja de sus enfermedades. Su trato hacia la gente era de limón amargo.

La sirvienta apareció con un platón muy coqueto, adornado de flores y un mantelito con pájaros bordados donde se leía un "Ella" escrito con pétalos de rosa blanca. Sobre una mesita al lado de la cama, colocó la charola que portaba la ofrenda dedicada al visitante: una botella de tequila y botana. Nerviosa por la presencia de ese hombre, Eulalia sirvió el aguardiente en dos copas de cristal soplado, del mismo azul de la casa, y las acompañó con sus respectivas sangritas; luego arrimó la fresca botana de pico de gallo, un queso panela horneado y limones partidos en cuartos. Antes de que las cítricas sonrisas dejaran de balancearse, Eulalia ya se había escabullido.

No podía evitar el escalofrío que le provocaba la presencia del extraño a esas horas de la noche; le ponía la piel de gallina. En cuanto pudo le aseguró al resto de la servidumbre que nunca vio que su cuerpo arrojara sombra. Por eso, al igual que Chucho, se recitó los avemarías y padrenuestros necesarios para alejar el mal de ojo y los aires fúnebres.

Frida tomó la copa de tequila. Con ese gesto tan suyo de levantar su ceja unida, se la empinó en la boca, un poco para mitigar las descargas de dolor en su cuerpo, y otro para acompañar a su invitado. El Mensajero hizo lo suyo con su copa, pero sin probar la sangrita. Fue una lástima que también desairara la botana, preparada con la receta que Lupe, la antigua esposa de Diego, le había enseñado a la pintora. Frida se sirvió otra copa. No era la primera de ese día, pero sí sería la última de su vida. El alcohol entró en su garganta, despertando su mente adormilada.

—Te llamé para que le mandes un recado a mi Madrina. Quiero cambiar nuestra cita del Día de Muertos.

No habrá ofrenda este año. Quiero que venga mañana. Dile a ella que espero que la marcha sea feliz y esta vez no quiero volver.

Frida guardó silencio para dar tiempo a que el Mensajero contestara, pero como siempre, no hubo respuesta. Aunque nunca había escuchado su voz, ella insistía en hablarle. Sólo sus ojos hambrientos que clamaban tierra y libertad se clavaron en ella. Bebió su último tequila como un acto de solidaridad, dejó la copa y dio media vuelta para salir de la habitación con su cascabeleo de espuelas, dejando a la artista con la vida hecha trizas, como su esqueleto. Caminó por el patio con zancadas de caporal de rancho, pasando por el jardín donde las cotorras, perros y changos gritaban al notar su presencia. Llegó hasta la entrada cuyo portón abierto sostenía Chucho, y se despidió de él ariscamente con una inclinación de cabeza, mientras al asustado mozo le salían más persignadas que a una viuda en domingo. Montó de nuevo su caballo blanco, y se perdió calle abajo en la noche azul negra.

Al escuchar los cascos alejarse tras el viento gélido, Frida apretó con su mano el pincel que rebosaba tinta negra. Garabateó una frase en su diario personal, y la adornó añadiendo viñetas de ángeles negros. Terminó el dibujo con lágrimas en los ojos. Cerró el cuaderno y llamó de nuevo a la cocinera; luego sacó del buró una libreta negra desgastada, viejo obsequio de días felices, cuando aún podía soñar con vivir. Se la regaló su amiga Tina meses antes de que contrajera matrimonio con Diego. Ésta, además del recuerdo, era el único presente que guardaba con aprecio de su boda. La abrió en la primera página y leyó mediante un imperceptible movimiento de labios: "Ten el coraje de vivir, pues cualquiera puede morir". Después comenzó a pasar las páginas con la lentitud y cuidado propios de un bibliotecario ante una Biblia escrita en antiguos pergaminos. En cada hoja había tesoros escondidos, pedazos de su vida derramados en recetas de cocina que había aderezado, cual delicioso puchero, con poesías y comentarios sobre cada una de las personas de su vida. Ella misma le llamaba burlonamente "*El libro de Hierba Santa*", pues ahí había escrito las recetas que utilizaba para levantar altares en cada Día de Muertos, en cumplimiento de una promesa hecha muchos años atrás. Rebuscó entre las hojas llenas de aroma a canela, pimienta y manojos de hierba santa, hasta que encontró la receta que le entregaría a Eulalia.

—Te voy a hacer un encargo muy importante, Eulalia. Mañana vas a preparar este plato tal cual lo tengo escrito. Te vas al mercado tempranito a comprar todo. Y quiero que te quede para chuparse los dedos —le indicó señalando la receta del platillo. Hizo una pausa para soportar la angustia de saber que la vida se le escurría, y continuó dando órdenes—: después de que cante el gallo, lo agarras, y lo matas para el guisado.

—Niña Fridita, ¿vas a matar al pobre del señor Cuicui-ri? —le preguntó admirada—. Pero si es tu preferido. Lo mimas como si fuera tu hijo.

Frida no se molestó en contestarle, simplemente volteó la cara y cerró los ojos para tratar de conciliar el sueño. Eulalia se retiró con el cuaderno pegado a su corazón.

En ese lecho que era su cárcel, Frida soñó banquetes, calaveras de azúcar y pinturas en una exposición. Al despertarse, ya no encontró a Eulalia. Su casa permanecía en silencio. Comenzó a dudar de que la visita del Mensajero y su vida toda, incluso su primera muerte, no fueran sino una jugarreta de las drogas prescritas para sobrellevar el dolor que la torturaba. Después de mucho pensarlo, supo que todo era verdad. Y rompió a llorar, de rabia, de angustia, hasta que el sueño volvió a arrullarla para alejarla otra vez de la realidad.

Horas más tarde llegó Diego de su estudio de San Ángel. Al entrar al dormitorio para ver a Frida, la descubrió dormida con un gesto de sufrimiento. Le extrañó notar que sobre la mesa de noche había una botella de tequila a medio tomar y dos vasos todavía olorosos a alcohol. Se intrigó aún más cuando los sirvientes le aseguraron que su patrona no había recibido visita alguna. Arrimó su mecedora y se sentó al lado de la cama de su mujer. Le tomó la mano con delicadeza, como si fuera una fina pieza de porcelana y la acarició suavemente, con miedo de lastimarla. En tanto, su memoria viajaba por los años de recuerdos compartidos; evocó el fuego que guardaba ese pequeño cuerpo al que amaba tanto con lujuria como con la devoción que un hijo experimenta hacia su madre. Degustó sus noches de sexo, coronadas por los delicados pechos blancos de Frida, tan pequeños como melocotones, por sus nalgas redondas, y recordó aquel día en que se lo dijo y ella tan coqueta sólo respondió: "¿Mis nalgas son como la hierba santa?", luego le explicó que esa hoja posee la forma de un corazón. Lloró durante varios minutos al ver reducida esa pasión a una máquina rota. El sueño le llegó mientras decía en murmullo: "Mi Frida, mi niña Frida…"

Al siguiente día, después de que el gallo preferido de la pintora anunció el nuevo día, como prodigiosamente lo había hecho durante más de veintidós años, le torcieron el cogote y lo guisaron. Pero Frida nunca pudo degustarlo.

En el informe médico quedó consignado que su muerte fue a causa de una complicación pulmonar. Con la complicidad de las autoridades, Diego evitó que se le hiciera la autopsia. Y desde entonces, la teoría del suicidio se dispersó como el aroma del café matutino preparándose a fuego lento.

Las desgarradoras últimas palabras que Frida escribió en su diario fueron: "Espero que la marcha sea feliz y esta vez espero no volver".

El Mensajero

Una vez dijo: "el que quiera ser águila que vuele, el que quiera ser gusano que se arrastre, pero que no grite cuando lo pise". No me lo dijo a mí. Ni sé a quién se lo dijo, pero de que lo dijo, lo dijo. Hay que servirle tequila, sangrita y algo de comer, pues seguramente viene cansado del largo camino. Yo también estaría hasta la madre de andar cabalgando así.

Pico de gallo

La Lupe, un día que andaba de buenas, me dijo que la copa de tequila y el pico de gallo eran imprescindibles en Jalisco, en el ritual previo a la comida. Allá, en su pueblo, los trabajadores al llegar de sus labores en la parcela se sentaban en los equipales bajo la sombra del corredor a comer fruta sazonada y queso panela entre sorbo y sorbo de tequila.

2 jícamas frescas peladas, 4 naranjas grandes y jugosas, 3 pepinos pelados, ½ piña pelada, 3 mangos semi verdes, 1 xoconostle, 1 manojo de cebollitas, 6 limones, 4 chiles verdes y sal de grano.

✦ Hay que picar uniformemente y en cantidades iguales: jícama, naranja, pepino, piña, cebolla, mango y xoconostle. Si se le agregan granos de granada el plato puede adornarse como la bandera de México, y verse requete chulo. Hay que aderezar con la mezcla del jugo de los limones, los cuatro chiles y una cucharada de sal de grano. O bien, sazonarla solo con limón y chile en polvo.

Queso panela horneado

La panela, que es de la tierra del tequila, es un queso fresco muy sabroso, diferente al que compro aquí. Se consigue en los mercados y en las tienditas de por allá. A veces Lupe se traía algunos muy sabrosos de sus viajes.

1 queso panela, 1 diente de ajo grande, ¼ de taza de hojas de cilantro, ¼ de taza de hojas de perejil, ¼ de taza de hojas de albahaca, 1 cucharada de hojas de orégano fresco, ½ taza de aceite de oliva, sal y pimienta negra recién molida.

✥ Hay que poner en una cazuela de barro un queso panela grande oreado y luego bañarlo con una salsa que se prepara picando finamente el diente de ajo y el resto de los ingredientes. Se sazona con sal y pimienta y se deja macerar durante 6 horas en un sitio fresco, ya sea en el patio o en la ventana, cuidando que no se lo coman los changos. Después se hornea a 180 grados centígrados durante 20 minutos o hasta que comience a derretirse. Se sirve cuando todavía está calientito. Esta preparación es buena para ofrecerla como botana acompañada de tostadas o rebanadas de birote.

Sangrita

Esta receta de sangrita la conseguí en un viaje con Muray. Fue cuando me enseñó que debía acompañar mi tequila con una bebida agridulce. A mí me gusta el tequila solo, como los machos, y siempre me ha servido para impresionar a los invitados gringos que vienen a ver a Diego.

2 chiles anchos, 2 cucharadas de cebolla picada, 2 tazas de jugo de naranja, ½ taza de jugo de limón verde y sal.

✦ Hay que poner los chiles anchos asados, desvenados y sin semillas a hervir por 2 minutos, y luego dejarlos reposar 10. Se mezcla la cebolla, el jugo de naranja y la media taza de jugo de limón verde y se ponen junto al chile ancho en la licuadora o en un molcajete; se muele todo muy bien y se le agrega sal. Se le puede añadir más jugo de naranja, limón o jugo de tomate.

La sangrita es la mujer. Es la que huele a especias y cebollas. La que le pone el color y lo picoso al macho tequila. Ellos dos, juntos, son un idilio perfecto.

Cuánto me gustaría ser así con mi Dieguito. Pero él puede ser mi amigo, mi hijo, mi amante, mi colega; nunca mi esposo. Después del choque que tuve con el tranvía, él ha sido mi peor accidente.

CAPÍTULO II

Ella, la mujer que pintaba el tema que mejor conocía, la de los ojos profundos con cejas pobladas como un colibrí alzando el vuelo, la de los labios duros, mirar rápido y dolor eterno, no siempre fue así. Aunque hubo constantes: la ausencia de Dios —se convirtió en atea por convicción—, la pasión por el día a día y la lujuria por el mañana. Así como los grandes ahuehuetes que contemplan la historia en silencio fueron semillas, así Frida también fue niña.

Frida había aprendido a coser, zurcir, bordar, todo lo que una niña bien debía saber para ser casadera, pero se negó a aprender a guisar, su gusto por la cocina se limitaba tan sólo a disfrutar ocasionalmente los platillos de la mesa familiar, pues, para ser sinceros, la niña flacucha no era de buen apetito. Y eso que nunca faltó sazón en la mesa de su casa. Su madre, siguiendo las arraigadas tradiciones de su herencia española e indígena oaxaqueña, era tan ducha para preparar suculentos platillos como para procrear chamacas. Y es que en casa de Frida las mujeres sobraban. Ella fue la tercera de cuatro hijas, y para desgracia de su altiva madre, la menos femenina. No así para su padre, Guillermo, un emigrante alemán descendiente de judíos y húngaros, quien solía decir: "Frida es mi hija más inteligente y la que se parece más a mí."

La chiquilla fue creciendo como alguien único y especial, como un trébol de cuatro hojas oculto en medio de un vasto campo. No se podía esperar menos de Frida, sus raíces eran un tanto exóticas y su historia familiar, como la de México, llena de dolor y tierra. El matrimonio de los Kahlo fue extraño desde el principio y terminó peor: fueron inmensamente infelices. A los diecinueve años, su padre emigró a México, donde cambió el teutón Wilhelm por el poético nombre de Guillermo, acorde a su nuevo país. Provenía de una familia de artesanos quienes le legaron esa delicada mirada hacia la vida que lo convertiría en uno de los mejores fotógrafos de su época. Pero ese gran talento no le bastaría para escaparse de sufrir lágrimas y desaires.

En cuanto llegó a México, Guillermo comenzó a trabajar en la joyería de unos inmigrantes alemanes. Para el duro muchacho, las costumbres de su país adoptivo contrastaban enormemente con su europea y obtusa forma de ser. Lo desconcertaban el calor y la pasión que desbordaban los mexicanos en todas sus actividades. Se asombraba ante el pronunciado escote de las marchantas que vendían frutas en la calle mientras sus voluminosos senos coqueteaban abiertamente a los arrieros que se despojaban de sus camisas sin pretexto alguno ante el primer calor de primavera. Poco a poco, las tonalidades y los olores de México se le metieron por nariz, boca y ojos. De repente, él mismo experimentó un gran fuego en su corazón: se había enamorado de una hermosa criolla llamada Carmen. En cuanto alcanzó cierta estabilidad económica, la desposó y procreó con ella a su primera hija.

Fue entonces cuando el dolor y el infortunio sellaron su vida. La muerte lo rondaría con tanta insistencia como los ataques epilépticos de los cuales era víctima. La segunda hija de papá Kahlo murió a los pocos días de su nacimiento. Su esposa, empecinada en darle un varón, volvió a embarazarse. En el tercer embarazo, la niña nació sana, pero el destino había lanzado ya sus dados y dejó viudo a Guillermo con dos niñas pequeñas a su cuidado.

Guillermo poseía un alma fría, capaz de entender complejas leyes de física, así como de ignorar la necesidad de abrazar a un ser querido. El mismo día de la muerte de su esposa comenzó los preparativos para encontrar una nueva consorte: envió a las dos niñas a un convento y le propuso matrimonio a Matilde, una oaxaqueña que trabajaba con él en la joyería.

Matilde nunca lo amó, y si aceptó casarse con él fue sólo porque le recordaba a su primer amante, también alemán, quien la poseyó de tal manera que la hizo ver al mismo Dios. Para su desgracia, ese rubio ángel se suicidó y dejó a Matilde con una encendida pasión que el alma calculadora de Guillermo nunca podría apagar. Desde entonces, la religión sería el único consuelo de esta mujer de alma atormentada.

De Antonio Calderón, su nuevo suegro, Guillermo aprendió el arte de la fotografía. Entre los penetrantes olores de los químicos y la ardua labor diaria en el trabajo, pronto adquirió destreza como retratista e incursionó además en la pintura de paisajes, a los que dedicaba sus somnolientos fines de semana. Tanta fue la fama que alcanzó, que el mismo Porfirio Díaz le encomendó varios trabajos fotográficos.

El de los Kahlo era un matrimonio por conveniencia. Matilde le dio a Guillermo cuatro hijas: Matilde, Adriana, Frida y Cristina. Y Guillermo a ella: dinero, clase y una casa en el pueblo de Coyoacán. Pero este intercambio tenía un condimento amargo, indigno de saborearse. El esperado heredero nunca llegó y por eso Guillermo educó a su tercera hija como varón.

Las comadres de Coyoacán comentaban que el día en que nació Frida, se respiraba en la ciudad vientos de cambio. Eran días complicados donde el porvenir pendía de un hilo y la esperanza escaseaba, pero la gente recordaba la matanza de los trabajadores huelguistas de Río Blanco y comenzaba a hablarse de un pequeño hombre del norte llamado Madero, quien pregonaba cual Cristo en Jerusalén un nuevo futuro donde el gobierno sería elegido democráticamente. Esos susurros y chismes durante las compras del mercado fueron los que se intercalaron con el anuncio de la llegada de la nueva hija de la familia Kahlo.

Frida tuvo la mala suerte de que su madre no se ocupara de ella. Como se negaba incluso a alimentarla, Guillermo contrató a una nodriza indígena que se hizo cargo de la pequeña desde su nacimiento. Y ella, con mucho cariño la alimentó mediante sus delicias pueblerinas y la entretuvo con canciones del campo.

Al pasar los años, esos vientos se fueron transformando y afuera de los grandes muros de la casona de Coyoacán la muerte comenzó a rondar, trayendo gélidas brisas cargadas de angustia y miedo. Con la Revolución se desató en todo el país una carnicería. Y cuando en el palacio de gobierno, el presidente Madero era traicionado por el general Victoriano Huerta, que lo mandó fusilar a sangre fría, la muerte tocó a la puerta de los Kahlo. Ese día de febrero, un extraño viento del norte comenzó a correr entre los árboles de la casona. Hojas y ramas se agitaban de un lado a otro cual enormes manos que intentaban alcanzarse. La calle se cubrió de una polvareda insoportable que obligó a los transeúntes a refugiarse en cualquier recodo. El viento arreciaba y como ogro enojado comenzó a derribar postes y árboles. Las mismas lavanderas y chismosas del pueblo decían que ese vendaval llevaba inscritos los gritos de dolor de una parturienta. Nadie imaginó que esa corriente gélida era un llamado para Guillermo que, preocupado, todo lo observaba resguardado desde su ventana. Su pequeña Frida estaba enferma en cama; en cuanto el doctor se fue, cerró con fuerza el portón de la calle para evitar que algo de ese viento funesto se colara a su hogar.

—¿Qué le pasa a mi hija, doctor? —le había preguntado al médico cuando éste recogía ya su sombrero.

—Está muy enferma, señor Guillermo. Tiene polio. Si no se le controla, llegará a su sistema nervioso y podrá dejarla paralítica o matarla —respondió el galeno.

Guillermo y Matilde reaccionaron muy a su manera: ella suspiró profundamente para aguantar la mala noticia y él cerró los ojos bajando la cabeza. Ninguno derramó una sola lágrima; pero la nana de Frida, que escuchaba tras la puerta, soltó tal llanto, que contenía al de los progenitores y las hermanas juntas. Sus lamentaciones se escabulleron por las rendijas de la puerta y las ventanas, para fusionarse con el misterioso viento que surcaba las calles, atrayéndolo, como la sangre del venado atrae a su atacante.

Antes de irse a dormir, papá Kahlo entró al cuarto donde la pequeña de seis años guardaba reposo en una enorme cama enmarcada con columnas de madera que la vigilaban desde las cuatro esquinas. Aunque solía ser seco, distante y apenas si volteaba a ver a sus hijas, esa noche sus ojos eran toda dulzura para su predilecta. Llevaba un sendo libro de pasta dura y letras doradas con una hermosa imagen de duendes, hadas y princesas.

—¿Qué traes bajo el brazo, papá? —preguntó Frida con una gran sonrisa.

Su padre se sentó a su lado y con inusitada ternura le tendió el libro.

—Es un regalo. Lo he comprado para tu fiesta de cumpleaños, pero pensé que te gustaría leerlo ahora —dijo mientras le acariciaba la cabellera de obsidiana.

—¿De qué se trata, papá? —preguntó curiosa Frida.

—Son los cuentos de mi tierra, Alemania. Los recopilaron dos hermanos para evitar que cayeran en el olvido. Son los cuentos de los hermanos Grimm.

La niña hojeó el libro y se fascinó con sus cromos

multicolores. Su sonrisa creció al descubrir uno donde se veía a un joven hablando con un misterioso ser en medio del camino. El personaje vestía una larga capa negra y cargaba su enorme guadaña. Frida se sorprendió aún más al notar que una calavera observaba al joven. Buscó entonces el título: *La Madrina muerte.*

—¿Quién es la madrina muerte? —cuestionó.

A diferencia de su madre, su padre era un librepensador ateo que odiaba hablar de religión, fe y muerte. Sin embargo, se extrañó de escuchar esa pregunta porque justamente durante la mañana aquel cuento le había rondado por la cabeza.

—¡Ah, es mi historia preferida! En ella se cuenta que la muerte vaga por el mundo para apagar las velas que representan la vida de los humanos. Un día, acepta convertirse en madrina de un niño y le concede el don de adivinar qué persona va a morir o cuál vivirá. Pero le advierte que nunca podrá oponerse a sus decisiones, pues a la muerte no se le engaña, ni se le contradice. Cuando el muchacho crece, se vuelve un curandero famoso que salva o desahucia a sus pacientes con gran tino. Pero un día se enamora de una princesa, y al ver que su madrina quiere llevársela a sus dominios, decide ofrecerse en vez de ella.

—¿Y lo logra? ¿Acaso un pobre granjero puede engañar a la muerte, papá?

—No la engaña, tan sólo hace un trato con ella. Si eres inteligente, a veces puedes pedirle un favor, pero hay que tener cuidado con lo que pides —le explicó al ver lo divertida que estaba su hija.

—¿Tú crees que la muerte quiera ser mi madrina y salvarme de esta enfermedad?

La pregunta inquietó al pobre Guillermo. Aunque ateo, no quería tentar a la suerte invocando de manera tan banal a la muerte, sobre todo en un momento en que peligraba la vida de su hija. Prefirió no responder, y comenzó a leerle *Historia de uno que se fue de casa para aprender a sentir lo que es el miedo.*

Mientras Guillermo y Frida continuaban leyendo ese libro lleno de historias fantásticas de burros cantantes, princesas dormilonas y hadas generosas, sonó la campana de la casa Kahlo. La nana de Frida apenas entreabrió el portón pues desconfiaba de cualquiera que se atreviera a presentarse en medio de aquel temporal. Atisbó a una mujer alta y delgada, vestida con un fino traje de seda, estola de piel como serpiente emplumada, sombrero ancho con arreglos florales y oculta la cara tras un velo. Al verla confirmó que las brisas frías nunca llevan nada bueno y se negó a dejar entrar a la elegante dama.

—Buena noches, muchacha. He venido a ver a unos parientes y me encuentro perdida. Se oyen disparos a lo lejos y tengo miedo. ¿Podría guarecerme en su casa, por favor? —solicitó la voz, segura de sí misma.

La nana se remangó el rebozo, se acomodó el mandil y le cerró la puerta en las narices. La mujer permaneció ahí, tranquila.

—*Usteid,* ¡échele de aquí!, que la niña Frida se pondrá rebién —le gruñó la nana.

—Mala educación es no invitar a pasar a una visita;

peor aún dejarla ir sin ofrecerle algo —dijo con calma la dama desde afuera del portón.

Rápido, la nana fue a la cocina para hacer un itacate con tamales, champurrado, panes y dulces. Regresó a la puerta corriendo y la abrió solo lo suficiente para poder entregarle la comida.

—¡Aquí está pa' que rellene los huesos! *Usteid* será bien catrina, pero aquí va ahuecando el ala —le rugió, cerrándole de nuevo la puerta en la cara.

Al no obtener respuesta, la nana abrió una rendija por la que apenas podría pasar un ratón y espió sigilosamente. Ni un alma había allí. Aún asustada, volteó y se dio cuenta de que la niña Frida la miraba desde el umbral de una puerta.

—¿Quién era ésa, nana? —le preguntó.

—Pa' su cama, niña, que si la ve su madre se va a requete enojar —contestó.

Por fin había cesado el viento malsano que se había desatado desde la mañana. La nana llevó a Frida a su cama y sonriendo le sirvió tamales y atole caliente; ahora tenía la certeza de que se recuperaría.

Frida sobrevivió a la polio pero le dejó una pierna más chica que la otra, desde entonces en el colegio empezaron a llamarla "Pata de palo", confirmando que es posible escapar a la muerte, pero no a la maldad de los niños.

Las recetas de mi nana

Mi nana venía de Oaxaca y le gustaba cantar La Zandunga *cuando preparaba la comida para mí y mi hermana Cristi; mientras, nosotras jugábamos con nuestras muñecas debajo de sus grandes enaguas.*

Mi nana nos contababa historias de aparecidos. "Los muertitos solo vienen por misas, para enseñar el oro enterrado o para molestar. Por eso siempre hay que darles de comer, pa' que se anden", decía con una gran sonrisa. Lo que más recuerdo de ella eran sus blusas bordadas. He logrado conseguir algunas parecidas en mis viajes con Diego. Y no puedo olvidar sus tamales, esos sí podían levantar a cualquier muerto.

Tamales de calabaza

Diego me platicó que los buenos tamales, esos que se comen en los pueblos, eran considerados por los indígenas como un regalo de sus dioses. Se usaban en el Miccailhuitonitli, fiesta de los muertitos, y hay que ver si no tenían razón, al verlos tan calientitos y arropaditos en sus hojas de maíz, parecen chamaquitos que fallecieron tiernitos. Cuando llegaron los curas corrieron la fecha al día de Todos los Santos. Siempre los imperialistas son los que friegan al indio, y este, sólo traga masa calladito.

1 kilo de calabazas chicas, 1 kilo de masa de maíz, 3 chiles cuaresmeños, 2 quesos de hebra oaxaqueños, ¼ de manteca de cerdo, 1 manojo de hojas de elote verde, 1 manojo grande de hojas de epazote (sólo las hojas), sal y carbonato.

✢ Se pica bien finito todo: calabazas, chiles, quesos y las hojas de epazote. La masa se revuelve con la manteca y la sal que se le pone disuelta en un poquito de agua con una punta de carbonato de sodio para que la pasta quede suave. Se pone una cucharada grande en cada hoja de elote, se extiende y se le agrega una cucharada del picadillo de calabazas; se envuelve y se mete a la vaporera por una hora y media. Se sabe que están cocidos porque se despegan de la hojita. Al agua de la vaporera se le pone una moneda para que suene cuando le falte agua.

Atole de piña

1 litro de agua, 1 piña bien madura, 3 litros de leche, 1 pizca de carbonato, azúcar al gusto, masa de maíz.

✢ Se revuelve el agua con la masa, dejándola reposar por 15 minutos, luego se cuela y se reserva el agua. Hay que pelar la piña, partirla en trocitos, licuarla, colarla y darle un hervor antes de mezclarla con la masa y el azúcar. Se calienta durante unos 15 minutos. Se agrega la leche, el carbonato y se deja en el fuego sin dejar de mover hasta que esté cocido y en su punto. No debe hervir.

Buñuelos y miel de piloncillo

500 gramos de harina cernida, 125 gramos de manteca de cerdo, ½ cucharadita de anís disuelto en 1 taza de agua, 500 gramos de requesón y aceite de maíz para freír.

✦ Se amasa muy bien la harina con la manteca y el agua de anís hasta lograr una pasta suave y manejable. Se deja reposar por una hora, se hacen bolitas y se van extendiendo sobre una mesa enharinada con un palote dándoles forma redonda y ayudándose a extenderlas con los dedos. Se calienta el aceite y ahí se van dorando los buñuelos, se ponen sobre papel para quitarles el exceso de aceite. Para servir se colocan en un platón, se les pone encima el requesón desbaratado y se bañan con la siguiente miel: en una cacerola se pone a hervir 500 gramos de piloncillo, 1 litro de agua, 1 raja grande de canela, 4 guayabas y 3 manzanas. Se deja hervir hasta que espese.

CAPÍTULO III

La infancia de Frida, como la de todos los que crecieron con el siglo veinte, estuvo sometida a las cadenas de una sociedad hipócritamente dura. El yugo familiar era particularmente fuerte en casa de la familia Kahlo pues las reglas se aplicaban al pie de la letra. Duros castigos se imponían a quien osara romperlas y pesado era el sermón con el que mamá Matilde los remataba.

Matilde era una mujer bella, pero sobre todo altiva y orgullosa. En imágenes de plata y gelatina su marido capturó un mentón desafiante y el orgullo que sólo puede permitirse una reina zapoteca de gruesos labios y enormes ojos negros. ¡Vaya mezcla la de Frida!, a la frialdad del teutón se sumaba la altivez de la nobleza indígena.

Una de tantas reglas ineludibles era la misa del domingo. Impecablemente vestidas, las niñas iban a la parroquia de san Juan Bautista, que estaba a unas cuantas cuadras de su casa. Poseían una banca particular donde la madre, las niñas y la servidumbre escuchaban el sermón dominical. De ahí Frida podía pasear en la plaza principal del pueblo o quizá hasta escaparse, en complicidad con Cristina, su hermana menor, hasta los Viveros de Coyoacán, parque selvático engalanado por un sutil río que se perdía entre árboles y rocas.

Las secuelas de la polio no fueron obstáculo para que Frida se trepara en los árboles o jugara como un torbellino. Inclusive hasta las recomendaciones de su doctor le ayudaron a cumplir su gusto por la aventura, pues este había recomendado que hiciera ejercicios para su recuperación. Gracias al apoyo de papá Guillermo, Frida adquirió gran destreza en diversos deportes, desde natación hasta futbol, boxeo, carreras en patines y bicicleta, en las que competía con los niños, sin importarle las habladurías de las comadres del pueblo que consideraban esas actividades impropias para una muchacha respetable. Para evitar que la pierna se le viera delgada, se ponía varias medias hasta igualar el grosor de la otra. Pero aun así no pudo evitar los mal intencionados comentarios chuscos de los muchachos del vecindario que, envidiosos de sus aptitudes, dieron en llamarle "Pajarito pata chueca" ya que, al correr, daba pequeños saltos como si tratara de volar.

Una mañana, adormecida por el rocío matutino que cubría el bosque, estaba jugando con su hermana Cristina bajo la vigilancia de su nana cuando un viento inoportuno comenzó a azorarlas, levantándoles las faldas almidonadas. Para las niñas solo era un gracioso momento, mas no para su nana, quien olisqueó las señales que la tierra manda a los mortales para informarles que los sucesos malos se aproximan. Sus inquietudes se materializaron cuando un jinete se acercó a todo galope anunciando la llegada de los revolucionarios. De inmediato, la mujer llamó a las dos niñas que se perdían entre los matorrales y gruesos troncos del bosque, pero no obtuvo respuesta. Entre los disparos lejanos de los rebeldes se escucharon los gritos aterrorizados de la pobre mujer que luego de una afanosa búsqueda, logró encontrarlas agazapadas bajo un árbol caído, desde donde observaban extasiadas el zafarrancho que se había creado entre los revolucionarios zapatistas y los soldados carrancistas. Rápidamente las tomó del brazo para que huyeran a casa, pero Frida se resistía a abandonar el espectáculo de aquellos hombres vestidos de manta que con valentía se enfrentaban a los bien armados federales.

A toda prisa atravesaron las calles empedradas hasta alcanzar el portón de su casa pero lo encontraron atrancado para evitar que la trifulca penetrara. Afortunadamente su hermana Matilde las vio desde la ventana y se apresuró a avisar a su madre, quien pistola en mano abrió la ventana de par en par para que pudieran entrar. En tanto, apenas a unos pasos de ellas, los federales se batían a muerte con los revolucionarios. Las balas mellaban terriblemente a los rebeldes y el resultado final de la batalla parecía inclinarse hacia los soldados del gobierno. Frida escuchó atónita que su madre, a grito pelado, invitaba al contingente zapatista a protegerse dentro de su casa. El pesado portón que los resguardaba fue abierto por su madre y su nana, y de inmediato varios hombres entraron cargando a sus compañeros heridos que apenas pudieron escapar del fuego enemigo. Y fue así, mientras las dos mujeres cerraban el portón sin dejar de rezar en voz alta para evitar que una bala perdida creara una tragedia, cuando Frida vio por primera vez a esa extraña presencia que le seguiría el resto de su vida: el Mensajero. Fugándose por el rabillo de la puerta antes de cerrarse, su mirada se cruzó con la de un hombre moreno, de bigote grueso y ojos hambrientos, que desde su hermoso corcel negro le vaciaba a quemarropa todos los tiros de su pistola a un carrancista. La niña permaneció con la vista perdida, pues estaba segura que nunca olvidaría esos ojos en los que reconoció a un hombre de sangre fría que portaba la muerte en cada bala de su cartuchera. El golpe seco del portón al cerrarse la despertó de su ensueño.

—En esta casa respetamos la libertad y por eso pedimos que nos respeten, señores —les dijo mamá Matilde a los zapatistas que estaban acomodados en la sala.

Los heridos que eran atendidos por las sirvientas ya no parecían tan peligrosos, se les veía hambrientos y tan llenos de polvo que sus facciones aparecían distorsionadas ante los ojos de las niñas.

—No hay mucho para comer así que deberán conformarse con lo poco que tenemos mientras esperamos a que allá afuera todo se calme. Después tendrán que irse, pues no quiero meterme en problemas con el gobierno —les aclaró la madre de Frida. Luego les ordenó a sus cuatro hijas que llevaran a los hombres la escasa comida que tenían para el almuerzo.

A salvo del terrible concierto de disparos, relinchos de caballos y gritos de dolor que se escuchaba en las calles, los hombres devoraron las gorditas de maíz, los polvorones y las aguas frescas. Al caer la noche tan sólo se advertía el paso de un caballo sin jinete ni rumbo. A Frida y a Matilde, la hermana mayor, se les encomendó vigilar la calle; debían constatar que todo estuviera tranquilo para que los heridos pudieran regresar a su campamento. Frida salió con un puñado de esos polvorones de naranja que alimentaron a los refugiados y mientras, para esconder los nervios, ella misma rumiaba uno con pequeñas mordidas de ratón. Al abrir el portón y salir al exterior encontraron desolación y oscuridad; no hubo ni un sereno que se atreviera a prender las farolas de la calle ahora salpicada de cadáveres de caballos y guerreros de ambos contingentes. Las muchachas escudriñaron la zona. Frida, curiosa por naturaleza, se adelantó a su hermana para observar los hoyos que las balas dejaron en los cuerpos ya inertes y los charcos ovalados que la sangre había formado debajo de ellos.

Luego caminó por el empedrado de la calle dejando que el eco de sus pasos rebotara en las paredes hasta unirse con su sombra. Y sin darse cuenta se fue alejando de su hermana para ser engullida por la noche. El mismo viento que por la mañana había notificado la batalla la rodeó hasta que la hizo titiritar. De pronto un resoplido la detuvo en seco y sus pies se soldaron al piso con la fuerza del terror. Se vio frente al revolucionario que se cruzó con su mirada esa misma mañana. El hombre estaba en su caballo, sin moverse. Ambos la miraban con esos ojos de linternilla. La primera idea que se le ocurrió a Frida fue huir y pedir auxilio, pero ese aire pesado como tierra sobre una tumba le era extrañamente familiar.

—Su gente está en la casa… mamá los cuidó y les dio de comer —le indicó Frida con falso aplomo, pues aunque siempre fue valentona, el caballote aquel le daba susto.

El hombre no contestó, en cambio, el equino golpeó las baldosas de la banqueta.

—Tengo polvorones de naranja, ¿quieres? —y estiró el brazo para ofrecérselos.

El rebelde tomó uno y comenzó a comerlo lentamente, moviendo su bigote como una navaja que rebanaba el silencio. Al terminar hizo algo que aterrorizó aún más a la pequeña muchacha: le ofreció una inmensa sonrisa de complacencia, mostrando unos lustrosos dientes blancos que resplandecían como farolas en la oscuridad. Sin dejar de sonreír, el jinete picó espuelas y se alejó en su caballo con un trote calmado. La negrura de la noche lo fue velando hasta consumirlo a la vista de Frida, que permaneció en aquel lugar hasta que su hermana la encontró.

—¡Vámonos para la casa! ¡Mamá Matilde nos busca! —le murmuró molesta por haberse alejado sin comprender el peligro que eso implicaba.

Matilde asió del hombro a su hermana y la llevó de regreso a su hogar.

A espaldas de Frida los soldados heridos salían de su casa, ayudándose entre ellos o con bastones, para seguir el camino que el jinete había tomado. Papá Guillermo estaba en la ciudad, nunca se enteró de nada.

La Revolución cambió al país y también fue motivo de desgracia para el matrimonio Kahlo: dejaron de percibir las altas comisiones que recibían del gobierno, sus privilegios económicos se desvanecieron y mamá Matilde no pudo evitar el aumento de su amargura. Los infortunios debido a la pérdida del trabajo de su esposo la obligaron a ahorrar, y no solo tuvo que hipotecar su casa, sino que debió vender parte de su menaje de finos muebles europeos y hasta alquilar cuartos para recibir dinero extra. Frida y sus hermanas sufrieron los cada vez más frecuentes arranques de ira de su madre que veía cómo su confort se diluía como sal en agua. A escondidas, Frida y Cristina espiaban por las noches a mamá Matilde mientras contaba su dinero, pues al no saber leer ni escribir, esa era su única distracción. Esas pocas monedas que llegaban a cuenta gotas, sirvieron para que la obstinada Matilde pudiera brindar a sus hijas una educación tradicional e inculcarles su fe religiosa, que ella consideraba como su más preciado tesoro. El carácter rebelde de Frida se volcó contra la imposición de su madre, desechando la religión porque le parecía algo inútil y pesado de llevar en una vida ligera como la de ella. La culpa, el perdón y la oración no estaban hechos para Frida, sabía que encontraría algo más a qué aferrarse para sobrellevar la vida. Comenzó por burlarse de los rezos que precedían a las comidas, arrancaba tremendas carcajadas a su hermana Cristina cuando le contaba chistes a mitad del Ave María, huía del catecismo para zangolotearse con los muchachos del barrio detrás de un balón, y desde la azotea aventaba naranjas podridas a los seminaristas. Frida se ganó un sinnúmero de regaños de su madre, cuya paciencia había llegado a su límite hasta el punto de declarar con desprecio que ésa no era su hija. Esto caló tanto en el ánimo de Frida que decidió tomar revancha ayudando a su hermana Matilde a escaparse de casa.

Matilde era la mayor y acababa de cumplir quince años. Era una muchacha agrandada, de busto desarrollado que mostraba coquetamente entre encajes; su cadera era redonda como perfil de manzana y su cara aparentaba mayor edad. Había decidido que el muchacho que la cortejaba era el hombre de su vida, pero esto no era bien visto en la familia. Así que como si fuera una gran travesura, Frida le propuso que se escapara por un balcón mientras ella distraía a su madre con una de sus diabluras. El plan era huir a Veracruz con su novio. Increíblemente todo funcionó tan bien que después del castigo recibido por su falso berrinche, Frida cerró el balcón como si nada hubiera pasado y se fue a dormir tranquilamente. Cuando al día siguiente mamá Matilde descubrió la ausencia de su hija predilecta, se comportó como una histérica, dando alaridos y rogando a todos los santos que su hija estuviera bien. Guillermo Kahlo solamente guardó las cosas de su hija en una maleta y, tras encargar que se vendieran, se encerró en su estudio sin decir ni una palabra.

El destino de Matilde fue un misterio durante varios años. La vida en la familia continuó con dolor, silencio y manteniendo las apariencias, tal como se debía hacer en una casa honrada, donde se callaran los sentimientos y se cultivara la falsa tranquilad.

Frida mantuvo los enfrentamientos con su madre y para huir de las discusiones diarias, ayudaba a su padre en el estudio de fotografía. Un día en que viajaban juntos en el tranvía, lo escuchó decir entre suspiros: "¡Cómo me gustaría volver a ver a tu hermana! ¡Pero no la encontraremos nunca!"

Frida lo consoló y, arrepentida de su travesura, trató de reponer su falta explicándole que una amiga le había dicho que una Matilde Kahlo vivía en la colonia Doctores.

—¿Y cómo sabes que es Matilde?

—Porque todos dicen que se parece a mí —respondió.

Así que sin explicar más, llevó a su papá hasta una vecindad. Al fondo del patio la encontraron regando hortalizas y alimentando a sus pájaros en una gran jaula. Ahí vivía con su novio, se habían casado y disfrutaban de una posición económica desahogada. El padre sonrió con los ojos llorosos pero se rehusó a hablarle a su hija. Frida corrió hasta ella y la abrazó. Las hermanas se besaron y rieron juntas. Para cuando volvieron la cara papá Kahlo se había ido.

Desde luego que mamá Matilde no dejó entrar a su hija a la casa por más que llegara con grandes canastas de frutas y exquisitos manjares. Matilde se veía obligada a dejarlos en la entrada, luego su madre los recogía y los servía durante la cena. En las proximidades de las fiestas de difuntos, las delicias culinarias preparadas por Matilde eran aún más exquisitas. Además de los panes de muerto, había calaveras de azúcar con los nombres de toda la familia. En una de esas canastas para la ofrenda de muertos dejó un recado dirigido a Frida, quien lo leyó con una sonrisa: "Te preparé polvorones, porque el tuyo se lo diste a ese revolucionario".

Doce años después de su huida, por fin Matilde fue recibida en su casa. Al verla, su padre sólo preguntó:

—¿Cómo estás, hija?

MAMÁ MATILDE

A fin de poner la ofrenda de muertos para mamá Matilde hay que escoger la foto que papá Guillermo le tomó, esa en la que se ve bien cuca y devota. Yo sé que le gustaba mucho, tanto como el vestido de seda oscura. Junto a la foto nunca hay que poner tequila ni licor porque le rete chocaba. Eso sí, una buena agua de arrocito como la que les dio a los revolucionarios cuando llegaron a Coyoacán, porque si se trataba de que los chicharrones tronaran, ni el mismísimo general Villa hubiera podido con mamá.

Agua de horchata

Como mamá Matilde era de Oaxaca, hacía el agua de horchata con leche en vez de agua. Papá Guillermo la pedía como agua de arroz.

350 gramos de arroz, 7 tazas de agua, 2 ramitas de canela, 2 tazas de leche, y azúcar.

✦ En una olla con 3 tazas de agua poner a remojar el arroz por más de 2 horas. Tostar la canela quebradita en pedazos en un sartén. Escurrir el arroz y molerlo con la canela y la leche; luego colarlo y pasar el líquido a una jarra con el resto del agua; endulzar con azúcar.

Gorditas de maíz

Estas gorditas nos las compraba mamá Matilde al salir de la iglesia. Siempre había una marchante aplastando bolitas de masa para después colocarlas en el comal. Cristi se podía comer tres paquetes de una sentada.

1 taza de harina para tamal o de elote molido, 1 cucharada de manteca de puerco, ½ cucharadita de royal, ¼ de taza de azúcar, y agua.

✦ Se mezcla la harina con la manteca, el royal, y el azúcar, añadiendo un poquito de agua si fuera necesario, para formar una masa manejable. Con ésta se hacen bolitas del tamaño de una nuez y se aplastan con las manos para darles forma de gorditas. Se cuecen en el comal o la plancha a fuego medio dándoles vuelta de vez en cuando.

Polvorones de naranja (mis preferidos)

50 gramos de harina, 125 gramos de manteca vegetal, 100 gramos de azúcar, 1 naranja (jugo y raspadura), 1 yema de huevo y ¼ de cucharadita de bicarbonato.

✦ Se bate la manteca con el azúcar hasta que esponje, enseguida se le agrega la yema de huevo, el jugo y la raspadura de la naranja; a esta mezcla se le va poniendo, poco a poco, la harina cernida con el bicarbonato. Se amasa y se extiende la pasta con el rodillo hasta que tenga medio centímetro de grosor. Se cortan ruedas de 5 centímetros y se colocan en una charola engrasada. Se ponen a hornear a 200 grados centígrados hasta que queden doraditos. Se dejan enfriar. Se espolvorean con el azúcar.

CAPÍTULO IV

Acompañada por el recuerdo de aquel al que llamaría el Mensajero y con la delgadísima pierna que le dejara la polio, Frida vivió el resto de su vida. Se convirtió en una chica atractiva que poseía un luminoso halo de vitalidad. El afán por sacudirse todo rastro de convencionalismo y proclamar su emancipación juvenil, la llevó a cortarse el pelo. Un corte masculino que le favorecía mucho y le añadía a su hoyuelo en el mentón un toque aún más sensual. En cuanto la aceptaron en la Escuela Nacional Preparatoria, reconocida entonces por tener como alumnos a la crema y nata de la juventud mexicana, se despertó en ella una gran pasión por el conocimiento, la fiesta y el amor, placeres que arderían en ella durante muchos años.

Formar parte de la Preparatoria era un privilegio: ella fue una de las primeras treinta y cinco mujeres inscritas en un plantel donde había dos mil hombres. Para ella, sin embargo, todo se limitaba a alejarse del dominio de mamá Matilde, que se había opuesto a que su hija viajara hasta la ciudad para estudiar. Papá Guillermo, que veía en Frida al varón que nunca tuvo, logró convencer a su esposa de que las aspiraciones de su hija eran bien intencionadas e hizo prometer a Frida que no hablaría con sus compañeros. Desde luego que ella no cumplió tan ridícula promesa, y pronto se involucró con una palomilla de muchachos intelectuales que se hacían llamar "los Cachuchas". Marcada por el sino de atraer hacia sí todas las miradas, el líder de la pandilla, Alejandro Gómez Arias, se enamoró perdidamente de la alocada muchacha y comenzaron un romance.

Al principio su relación fue un inocente noviazgo juvenil de mano sudada que presumían con ojos acaramelados paseando por las calles. Poco a poco se tornó ardiente y los inocentes besos cedieron su lugar a atrevidas caricias. Era ella quien tomaba la iniciativa, quien buscaba los recovecos de los parques para ocultarse entre las sombras de los árboles a explorar sus cuerpos entre los olores de merengues, alegrías y helados. Antes de los quince años ya conocía los placeres de un hombre.

Así que mientras sus padres creían que permanecía en la escuela con el resto de las muchachas, bajo la tutela de la prefecta, ella estaba con Alejandro en mítines, partidos deportivos o dedicada a alguna travesura junto con su pandilla.

Una de sus diabluras predilectas era molestar a los artistas que se dedicaban a pintar murales por encargo de Vasconcelos, el secretario de Educación. Llegaron incluso a prenderle fuego a las tarimas. No era de extrañar que algunos artistas se presentaran a trabajar a la Preparatoria armados hasta los dientes. Entre ellos destacaba un astro del pincel que había vivido en Rusia y Francia y se codeaba con los genios de su época: Diego Rivera.

No era hombre fácil de amedrentar y para disuadir cualquier intento de atentar contra su mural, contaba con la ayuda de una .45 que no dudaba en sacar en caso necesario. Su actitud, y desde luego el arma, ayudó a que las bromas en su contra se limitaran a algunos sobrenombres que exaltaban su fealdad o su obesidad, esto más bien daba cuenta de la envidia que suscitaba, pues siempre estaba rodeado de bellísimas mujeres, cuya compañía le daba un aura de divinidad. Aunque no era un dios muy agraciado: gran panza, ojos saltones y manos tan vastas como sus gustos, extensos conocimientos y mayúsculas fantasías. En Diego todo era grande. Un ogro capaz de robar los suspiros de las muchachas como si fuera una famosa estrella de la radio. Y en ese halo mágico se vio envuelta Frida, que gustaba esconderse entre los portales para verlo trabajar y hasta le avisaba de la llegada de su esposa cuando él estaba con su amante.

—¡Cuidado, Diego, que ya viene Lupe! —solía gritarle.

Le atraía tanto la personalidad del pintor que un día, mientras Diego comía las delicias que Lupe le había llevado en una canasta, tomó valor y se apostó frente a él para preguntarle:

—¿Le importaría que lo viera trabajar?

Rivera sonrió a esa muchacha que no parecía mayor de doce años. Alzó los hombros divertido y después de comer siguió pintando. Lupe clavó su filosa mirada sobre Frida y al ver que la insolente escuincla no se marchaba, comenzó a insultarla.

—Por favor, cállese señora, que está distrayendo al maestro —le pidió Frida seriamente sin apartar la vista del pincel que Diego manejaba con maestría.

Lupe rugió como leona y se fue del lugar echando pestes. Frida se quedó observando un rato más y después, con rostro inocente, se despidió de Diego. No volvería a verlo sino hasta después de varios años, cuando la pasión por el arte ya ardía en su alma.

La carita de niña inocente le ayudó a Frida a llevar a cabo con éxito una más de sus travesuras. Se trataba de hacer tronar un cohete de a tostón durante el discurso que, a propósito de las fiestas patrias, pronunciaría un maestro cuyas disertaciones eran tan largas como soporíferas. Haciendo gala de toda su delicadeza, Frida se acercó con el paquete explosivo y lo dejó bajo el atril del profesor para después alejarse tranquilamente. Cuando el petardo tronó cual descarga de artillería, ella ya estaba afuera. Nadie se hubiera imaginado que ella era la responsable de aquel estallido que rompió cristales y muebles, de no haber sido porque una de sus cursis compañeras correspondió el odio que se profesaban, delatándola al director de la Preparatoria. Furioso, el director turnó su caso al mismísimo don José Vasconcelos.

A causa de sus menesteres políticos, Vasconcelos tardó una semana en presentarse en la Preparatoria. En la sala de espera, Frida permaneció terriblemente nerviosa. Dentro de la oficina del director, el respetado intelectual escuchó con paciencia las acusaciones en contra de la muchacha cuya peligrosidad era, según el director, equiparable a la de un revolucionario. Tras oír el aburrido discurso, Vasconcelos pidió que reinstalaran de inmediato a la alumna y agregó con cierto sarcasmo:

—Si no puedes controlar a una chamaca como esta, no estás capacitado para dirigir la Preparatoria.

Al salir, el famoso secretario de educación se detuvo ante Frida, que lo miraba con sus grandes ojos de perro regañado, y sonriente le revolvió el pelo y se alejó para ir en busca de la presidencia de la república mexicana.

El suceso fue digno de celebración y Alejandro, que observaba desde una ventana, comenzó a reír entonando el canto de su alma máter…

—Shi… ts… pum… Goooya, goooya, cachún, cachún, ra, ra, cachún, cachún, ra, ra, goooya, goooya… ¡Preparatoria!

Frida salió al pasillo para plantarle un beso. El resto de la palomilla la cargó en hombros paseándola por el patio, y dio comienzo una gran algarabía que terminó a las afueras de la escuela, en uno de los puestos de comida donde disfrutaron un delicioso pozole entre porras y chistes. Al terminar el festejo, los novios comenzaron a sentir un calor intenso que los hizo moverse nerviosos en sus sillas mientras se miraban tomados de la mano. El paisaje se tornó en cálidos colores y el mundo comenzó a derretirse frente a ellos.

—Vámonos a mi casa, está sola. Mamá Matilde y mis hermanas están en la parroquia —propuso Frida.

Ambos se alejaron de sus compañeros entre pícaras risitas. Impelidos por la necesidad de encontrarse a solas, subieron a un autobús con rumbo a Coyoacán. Frida comenzó a sentirse incómoda, como si solo ella pudiera percibir en ese momento algo que los demás no podían ver, como si ante sus ojos se revelaran los hilos que el destino colgaba en ellos para volverlos sus marionetas. En un intento por sustraerse de esa fuerza se bajó del autobús diciéndole a su novio:

—Debemos volver a la Preparatoria. Olvidé mi sombrilla…

Alejandro no comprendía que su novia estaba viendo algo más allá de sus ojos e insistió en que abordaran el siguiente autobús. Frida aceptó tratando de evadir esa sensación de enigma pues ella no creía en nada de índole religioso ni fantasmagórico. Una vez adentro del viejo camión de madera y metal, la joven pareja se abrió paso entre los pasajeros que abarrotaban el transporte. Al fondo, un pintor que cargaba abultadas jarras de pintura dorada, desocupó dos asientos y amablemente se los cedió.

—Siéntense, muchachos. Yo me bajo en Tlalpan —les dijo mientras se levantaba.

Desde su asiento, Frida contemplaba la calle mojada por el chaparrón de la mañana, aún con aquella incómoda sensación metida en el cuerpo; no podía alejar de sí ese irracional malestar que la hacía sentirse conducida hacia un desenlace que intuía fatal. De pronto, un repeluzno le recorrió la espalda: frente al mercado de San Lucas descubrió al revolucionario de su niñez montado en un caballo blanco. La gente pasaba sin siquiera voltear a verlo. En cuanto sus miradas se cruzaron, sintió ahogarse en sus ojos blancos. El hombre la saludó con una leve inclinación de su sombrero y ella sintió que una descarga gélida la recorría de pies a cabeza. Aunque Alejandro también miraba hacia el mismo punto, parecía no percatarse de la presencia de aquel peculiar jinete. ¿Sería real o tan sólo un espectro surgido desde lo más profundo de su miedo? La pregunta se ahogó en su boca ante la irrupción de un rugido ensordecedor.

El autobús se partió en pedazos, curvándose como si lo hubieran aplastado de un certero manotazo. Una intensa ola de calor inundó el cuerpo de Frida, que quedó comprimida entre tubos y cuerpos a causa del golpe de un tranvía que los embistió de frente. Su rodilla izquierda golpeó una espalda y un escalofrío se le coló por la piel desnuda. El choque le había arrebatado la ropa de un tirón, pero su desnudez era nimia ante la certeza de saberse víctima de un accidente mortal. En medio del caos alcanzó a percibir voces que con angustia gritaban: "¡La bailarina, la bailarina!"

Distinguió a Alejandro entre la multitud y su cara le confirmó la gravedad de sus sospechas. La visión era horripilante: entre los escombros del autobús, completamente desnuda y cubierta de sangre mezclada con el esmalte dorado de aquel amable pintor, su cuerpo parecía haber sido estrafalariamente decorado y aprisionado por un tubo metálico. El pasamanos le había atravesado la pelvis. La extraña combinación de colores carmesí y oro sobre su cuerpo, hizo creer a los curiosos que Frida era una bailarina exótica y no cesaban de llamarla así. "¡La bailarania, la bailarina!"

"¡Hay que sacarle ese tubo!", exclamó un hombre y apartando a Alejandro, que no atinaba a reaccionar, tomó el tubo y lo jaló hacia arriba.

Un borbotón escarlata se extendió por el piso formando un brillante charco en forma de corazón. Y entonces Frida Kahlo murió por primera vez...

Los antojitos de los Cachuchas

Allá en mis tiempos de Cachucha, todo giraba alrededor de las cenadurías de afuera de la Preparatoria y las comidas corridas que había al por mayor en el centro. El perro "Panchezco", que estaba cojo como yo, siempre estaba dormido en la entrada de la calle 5 de febrero y les funcionaba de elemento decorativo. Ale me decía: "Nos vemos allá, con el Panchezco". Era un buen lugar, las moscas eran gratis... ¡Ah, pero qué pozole! De ese maíz nos salió lo nacionalista, es bien mexicano este platillo: hay rojo, blanco y verde.

Pozole rojo

1 kilo de maíz cacahuazintle, 15 gramos de cal, 1 cabeza de ajo, 1 cebolla, 3 chiles guajillo, ½ kilo de espinazo, ½ kilo de cabeza de puerco y 1 kilo de pierna de puerco.

Para acompañar el pozole: 1 lechuga picada, 1 manojo de rábanos picados, limones, chile en polvo, 1 cebolla picada y tostadas.

✵ Un día antes poner al fuego dos litros de agua con el kilo de maíz cacahuazintle y la cal, sin dejar de mover con una cuchara de madera. Al soltar el hervor, apagar y dejar reposar tapado toda la noche. Al día siguiente, colar el maíz y restregarlo hasta deshollejarlo completamente; lavarlo repetidas veces bajo el chorro del agua y descabezarlo. Ponerlo en una olla amplia con 3 litros de agua y sal, hervirlo a fuego moderado hasta que los granos revienten; agregar el espinazo, la cabeza de puerco y la pierna de puerco en trozos. Mientras tanto, remojar los 3 chiles guajillo y licuarlos con un poco de cebolla y ajo, colar la mezcla y agregarla al caldo.

Continuar cociendo hasta que las carnes estén suaves y servir con cebolla picada, lechuga, limón, chile en polvo y tostadas.

Tostadas de pollo

Aceite para freír, 12 tortillas de maíz, 1 ½ tazas de frijoles refritos, 3 tazas de lechuga finamente picada, 1 pechuga de pollo cocida y desmenuzada, 1 cebolla en rodajas, 2 jitomates rebanados, 1 aguacate pelado y rebanado, ½ taza de crema, queso rallado y sal.

✵ Calentar el aceite en una sartén a fuego medio y poner a freír las tortillas hasta que estén doradas, sacarlas y ponerlas a escurrir el aceite. Las tortillas se pueden preparar antes, pero no hay que dejar que se aguaden. Calentar los frijoles refritos y esparcirlos en cada tortilla tostada. Cubrirlos con lechuga, pollo desmenuzado, 1 rebanada de cebolla, 1 rebanada de jitomate y 1 rebanada de aguacate. Agregar crema, un poco de queso y sal. Si se quiere con sabor, ponerle salsa roja.

Salsa roja

3 jitomates grandes, 6 chiles cuaresmeños, 1 cebolla, 1 manojo de cilantro, 1 diente de ajo y sal.

✦ Se asan los jitomates, los chiles y el ajo para después machacarlos muy bien en un molcajete. Después se agrega sal al gusto y la cebolla y el cilantro finamente picadas.

CAPÍTULO V

"¡La bailarina, la bailarina!", se escucharon los gritos de voces infantiles que resonaron en la cabeza de Frida como un eco tonto. Abrió los ojos para encontrarse con un cielo azul eléctrico que se arremolinaba con nubes de pinceladas de algodón de azúcar ocupadas en seducirse con caricias y arrumacos y que a ella le recordaban un gran caldo en ebullición. Notó que las palabras provenían de un gran árbol de aguacate de hojas enormes como sábanas. En la copa de la floresta, un par de changuitos araña brincaban en su fandango, haciendo bromas que invariablemente terminaban en carcajadas de aromática menta. Frida se incorporó sin perder de vista al par de monos que habían decidido hacer de ella el blanco de sus burlas.

—Yo no soy bailarina, tengo una pierna afectada por la polio... —les gruñó levantándose la falda hasta la rodilla para mostrar su raquítica pierna, semejante a una varita de canela.

Los monitos se asomaron para analizar el miembro

con detenimiento. Uno, imitando a un doctor, se colocó un par de espejuelos. Durante un minuto, entre muecas exageradas, inspeccionaron a Frida. Se miraron seriamente entre sí, y remataron en una carcajada olorosa a manzana fresca.

—¡Tiene la pata chueca! ¡Tiene la pata chueca! —cantaron con desparpajo.

Frida se levantó del suelo molesta, sintiéndose desubicada al descubrir el extraño lugar donde había recobrado el conocimiento. Su mirada buscó infructuosamente algún objeto para arrojárselos y romperles la testa a fin de acallar así sus malintencionados comentarios.

—¿Y quiénes son ustedes? Supongo que unos léperos, así se entretienen en la calle soltando majaderías a cualquier mujer que se les cruce...

—¡Vaya que tenemos nombre! Y si no te gusta, poseemos varios para dar y regalar... Mis amigos y parientes me llaman el honorable señor Chon Lu, pero como tú no eres ni lo uno ni lo otro, puedes llamarme "señor"...

Frida golpeó molesta el piso, lo cual ocasionó que las carcajadas se extendieran como disco rayado. Al darse cuenta de que era inútil razonar con ellos, les gritó una sarta de palabras altisonantes que hizo que la pareja de cómicos peludos se escondieran detrás de los árboles. Satisfecha por su logro, se dedicó a investigar el paraje con la vista: se encontraba en medio de un gran espacio que se extendía para perderse en el desfile de casas que formaban una gran plaza. Seguro estaba cerca de Coyoacán, pues entre las fachadas reconoció los arcos del parque y distinguió también La Rosita, una pulquería cercana a su casa. A lo lejos vio la cúpula y las torres de la iglesia, e incluso creyó oler los vapores del atole caliente. Todo el lugar estaba iluminado por miles de velas que danzaban al ritmo de las llamas consumidas por la cera. Las había grandes y robustas, chicas y desgastadas. Todas tan distintas como personas hay en esta vida. Entre esas candelas, la sombra de Frida trataba de alcanzar una mesa elegantemente adornada con flores y frutos tropicales que enseñaban sus interiores carnosos cual lujuriosos exhibicionistas. Había platones con guanábanas, granadas y sandías sonrojadas, que compartían su espacio con un enorme pan de muerto cuyos huesos, perfectamente labrados, estaban cubiertos por exquisita azúcar.

—¡Bienvenida! Hemos invitado a todos para la celebración —le dijo uno de los convidados al banquete.

Se trataba de una calavera de papel maché que sorbía con deleite una tacita de chocolate en la que remojaba una rebanada de pan de muerto. Al ver a Frida, se expandió la cuenca de sus ojos y sus dientes se volvieron una mazorca sonriente. A su lado un Judas de cartón se reía moviendo sus enormes bigotes. Sus cohetes le rodeaban como un espino. Y en la esquina, la escultura precolombina de una mujer embarazada que presumía su hinchada panza soltando frases en náhuatl mientras su feto se revolcaba como ratón dentro de un queso.

—¿Y qué celebran ustedes? Aún falta mucho tiempo para el Día de Muertos —reclamó Frida, notando que ya no estaba desnuda ni herida. Ahora vestía una larga falda color fresa con bordados en chabacano que retozaban como perritos con las flores de su blusa, enroscándose en tejidos oaxaqueños y persiguiéndose en bordados tarahumaras. Al verse tan engalanada y peinada con una complicada trenza, decidió integrarse al convite formado por esos insólitos personajes prófugos de su más alocado sueño.

—Aquí todos los días son Día de Muertos —explicó la calaca cortando un trozo de pan que al contacto con el cuchillo despidió un delicioso aroma de azahares.

—¡Ya le tocaron los huesos del pan! ¡Ya se la llevó la tilica y flaca! —gritaron desde su escondite los monos araña entre chocantes carcajadas.

Frida se limitó a enseñarles la lengua, acción poco educada pero bastante reconfortante. En ese momento, su razón colocó los tabiques del entendimiento y comprendió que el convite se celebraba en un cementerio. Las lápidas miraban la fiesta con sus caras largas y los mausoleos hacían guardia cual soldados de un castillo lejano.

—Hay que esperar a la jefa para comenzar —anunció la calaca.

—A su majestad —agregó el Judas sin parar de reír.

—A que llegue la señora —remató la escultura de piedra.

Frida, invitada a tan agradable festividad, no puso en duda la necesidad de esperar a la anfitriona, y para matar el tiempo se entretuvo viendo cómo las frutas de la mesa ejecutaban su danza de apareamiento cantando muy entonadas "La Llorona":

Todos me dicen el negro, Llorona,
negro pero cariñoso.
Yo soy como el chile verde, Llorona,
picante pero sabroso.

Y vaya que eran entonados. Esos cocos, chiles y duraznos sabían llevar muy bien el ritmo. Su canto invitó a bailar a un par de muñecas, una de cartón y la otra vestida de novia, que se sonrojaba ante las coquetas sonrisas de la sandía. Mientras se llevaba a cabo el espectáculo musical, se abrieron un par de cortinas a manera de telón para mostrar una engalanada figura vestida con falda rosa guayaba, salpicada de semillas tejidas y adornada con flores nerviosas que cascabeleaban sus pétalos. La blusa era todo un remolino en ebullición, donde los colores del chile luchaban por sobresalir sobre el negro mole de la tela.

La aparición de la mujer fue arrolladora, digna de una emperatriz, pero Frida se sentía frustrada al no poder ver la cara que se escondía tras el velo. Las frutas continuaron con su melodía, entonando para la recién llegada con bombo y platillo:

La pena y lo que no es pena, Llorona,
todo es pena para mí.
Ayer lloraba por verte, ¡ay, Llorona!
Y hoy lloro porque te vi.

La mujer levantó su mano izquierda, en la cual sostenía su corazón que palpitaba al ritmo de la melodía.

—La señora va a hablar —dijo muy solemne la calavera.

—Jefa, échese una —anunció el Judas sobando la panza de la escultura embarazada.

La mujer del velo giró hacia la recién llegada Frida. Usó las pinzas quirúrgicas que tenía en su mano izquierda para arrancar la vena de su corazón y una lluvia de sangre comenzó a manar salpicando su vestido. Entonces comenzó a recitar con voz tierna:

La vida callada
Dadora de mundos
Venados heridos
Ropas de tehuana…
La muerte se aleja
Líneas, formas, nidos
Las manos construyen
Los ojos abiertos
Los Diegos sentidos
Lágrimas enteras
Todas son muy claras
Cósmicas verdades
Que viven sin ruidos
Árbol de la Esperanza
Mantente firme.

Los aplausos retumbaron, y aparecieron nuevos comensales: un venadito nervioso, un perro desnudo parecido a un cerdo y un par de pericos del color del pimiento morrón.

—Yo conozco esa voz —dijo Frida—. La oí por primera vez cuando tenía unos seis años y viví intensamente la amistad imaginaria con una niña de mi edad. —La mujer movió la mano, invitándola a continuar su relato—: Fue en la ventana del que entonces era mi cuarto y que daba a la calle de Allende. Cubrí con un soplo de vaho los cristales de la ventana y con el dedo dibujé una puerta y por esa puerta salí volando alegre y presurosa. Atravesé todo el llano y me adentré al interior de la tierra, donde siempre me esperaba mi amiga. Era alegre y ágil bailarina que se desplazaba como si no tuviera peso alguno. Yo imitaba todos sus movimientos y mientras ambas danzábamos le contaba mis problemas secretos. Puedo asegurar que esa amiga eres tú.

—Yo lo recuerdo como si fuera ayer, Frida, mi linda ahijada. Bienvenida a mi casa, adonde tú perteneces —le dijo la mujer.

El corazón hizo reverencia, saludando amablemente a la invitada.

—Si tú eres la que detiene el corazón y quita la vida, entonces ¿estoy muerta? —pensó en voz alta la muchacha asustada.

En respuesta, la calavera solo le ofreció una sonrisa formada por dos elotes que desgranaban los dientes.

—Acudiste a mi llamado. ¡Celebremos tu llegada!

Frida se levantó al tiempo que arrojaba su pan. Ese desplante, rudo y grosero, asustó a las calabazas, las cuales corrieron a esconderse detrás de las papayas, que rugían enseñando sus semillas.

—Madrina, no quiero contradecirte, sé que no se te

puede ganar pero creo que me engañaste, y de muy mala manera.

—¿Cuestionas lo que está escrito por el destino, niña?

—Ay, Madrina, yo apenas comenzaba a disfrutar de los placeres de la vida y ahora me sales con que la fiesta terminó. ¿Qué no sabes que quiero casarme con Alejandro y tener hijos? Además estoy lista para ser una gran profesionista y una bella dama. ¿Por qué pretendes arrebatarme esa oportunidad? No es justo, de ninguna manera.

—Nadie dijo que la vida es justa, simplemente es vida.

—Me hiciste trampa. Y a mí no me vas a ver la cara de tonta. Exijo, en nombre de la libertad que cada ser tiene por derecho propio, que me regreses a mi casa, porque Ale y mi familia deben estar preocupados por mí.

—¿Exiges? ¿Tú? Inocente Frida, tus ojos son tan mundanos que no entiendes que soy la más comunista de todos los seres. Para mí no existen ricos ni pobres, grandes ni pequeños. Todos, sin excepción, terminan aquí, conmigo.

Frida rebuscó en sus pensamientos y en cada rincón de su corazón, pues pasión por la vida era lo que le sobraba. Así que armándose de valor, murmuró:

—Debo seguir viviendo. Te lo pido por favor.

—No puedo mantener vacío tu lugar en mi reino. El orden es indispensable, y si se ha escrito que me perteneces, aquí debes estar —le explicó con un tono maternal.

—¡Podrías poner mi retrato en ese lugar! Una pintura tan parecida a mí que al verla todos digan "es ella misma".

Su Madrina no contestó. Durante varios minutos todos permanecieron quietos. La calavera de cartón se empeñaba en masticar su pan en silencio y los monos husmeaban sin reírse en espera de la respuesta.

—Es posible que una pintura cubra tu lugar, pero te advierto que al pasar los años estarás cada vez más cerca de mí y te arrancaré en pedazos la vida que tanto añoras. Hay cosas que el hombre no puede deshacer, pero te concederé la gracia que me pides solo porque has logrado alegrarme la fiesta. Antes de que nos despidamos usaré el privilegio de ser tu Madrina para obsequiarte un pensamiento: Frida, ten miedo de lo que quieres... algunas veces se cumplen esos deseos.

—No te decepcionaré, Madrina. Prometo no olvidar nunca tu gentileza.

—Frida, si lo que tú deseas es brindarme pleitesía, habrás de hacerme una buena ofrenda cada año. Yo con felicidad disfrutaré los alimentos, flores y regalos que me ofrezcas. Te advierto: siempre desearás haber muerto hoy. Me encargaré de recordártelo cada día de tu vida.

—¿Una ofrenda en el Día de Muertos? ¿Eso deseas? —preguntó apresurada Frida, como si no hubiera escuchado la advertencia de su Madrina.

Y sin más, despertó en el hospital de la Cruz Roja.

La mujer del huipil, la tehuana de colores afrutados, había desaparecido. En su lugar estaba una enfermera rechoncha y cachetona que al verla despertar le dijo con alegría:

—¡¿Ya has despertado, niña?! Es una buena señal. Ahora debes permanecer tranquila para aliviarte pronto...

Por desgracia, la mujer se equivocó: pasó un mes en el hospital y tres más en su casa. Su columna vertebral se fracturó en tres pedazos. Tenía rota la clavícula, las costillas y la pelvis. Y once fracturas en la pierna derecha. El doctor opinaba que era un milagro que siguiese viva.

La fiesta de los muertos

Los mexicanos nos reímos de la muerte. Cualquier pretexto es bueno para la pachanga. El nacimiento y la muerte son los momentos más importantes en nuestra vida. La muerte es luto y alegría. Tragedia y diversión. Para convivir con la hora final hacemos nuestro pan de huesitos azucarados, redondo, como el ciclo de la vida; y al centro, el cráneo. Dulce, pero mortuorio. Esa soy yo.

Pan de muerto

1 kilo de harina, 200 gramos de mantequilla, 11 huevos, 300 gramos de azúcar, 100 gramos de manteca vegetal, 1 cucharadita de sal, 30 gramos de levadura en polvo, 1 cucharada de agua de azahar; mantequilla y azúcar extra para decorar.

✤ Formar una fuente con la harina, al centro poner la mantequilla junto con la manteca e irlas acremando con la mano, añadir el azúcar y uno a uno los huevos; después, agregar el resto de los ingredientes, poco a poco. Para agregar la levadura no hay que olvidar que antes hay que disolverla en un cuarto de taza de agua tibia. Hay que amasar hasta que la pasta se despegue de las manos y de la mesa. Después hay que armarse de paciencia y dejar que la masa repose por una hora, aproximadamente, hasta que se esponje. Entonces, hay que volver a amasar y hacer la forma del pan de muerto apartando un poco de masa para hacer después los huesitos. Hay que volver a dejar que la masa suba hasta que doble su tamaño, tapada con un trapo y lejos de cualquier corriente de aire. Para hacer los huesitos se rueda con los dedos un poco de masa, se colocan sobre el pan, se barniza con un huevo ligeramente batido y se mete al horno precalentado a 200 grados centígrados durante 20 o 30 minutos. Una vez cocido, cuando esté listo, untarlo con mantequilla y espolvorearlo con azúcar.

CAPÍTULO VI

En cuanto Frida despertó de la operación que la mantuvo muerta durante varios minutos, pidió ver a sus padres. Sin embargo, éstos no se presentaron hasta después de varias semanas, y ella cayó en una terrible melancolía. Y no es que la hubieran olvidado, pero una concatenación de sucesos extraordinarios se confabularon en su contra. Al recibir la noticia del accidente, su padre enfermó gravemente y tuvo que permanecer en cama por semanas. Mamá Matilde, para sorpresa de todos, quedó petrificada en su sillón. Tuvieron que arrancarle su bordado y los sirvientes tardaron más de una hora en colocar sus manos en las piernas. En esa posición se quedó, completamente muda. Sus hijas intentaban en vano que comiera, preparándole reconfortantes caldos que apenas se dignaba a probar.

Durante el tiempo que Frida pasó en el hospital, todos los habitantes de la Casa Azul vistieron de negro. Cierto es que Frida había sobrevivido, pero un pesar de velorio se apoderó de sus padres, hermanas y empleados, quienes a diario asistían a la misa de la tarde organizada para el reposo del alma de la muchacha. Con el tiempo, mamá Matilde recuperó el habla solo para afirmar que el destino de Frida era morir ese día, pero que un milagro de origen desconocido la había salvado.

La única que visitó a Frida durante su convalecencia fue su hermana Matilde. Como vivía cerca del hospital, decidió cuidarla con esmero, quizá en agradecimiento de que había sido ella quien la ayudó a escapar. Vaciando todas sus atenciones en un sentimiento más maternal que de hermanas. Todos los días se presentaba con una canasta repleta de antojitos y golosinas envueltos en coquetos manteles bordados. Frida esperaba con gusto su llegada, sobre todo los viernes, que era cuando le llevaba un caldo tlalpeño que la hacía sentir como en su casa. Los sabores caseros de Matilde eran tan reconfortantes como su humor salsero y bonachón, que se había expandido desde que vivía libre del yugo de su madre. Sus chistes y comentarios jocosos ayudaron a Frida a sobrellevar los eternos días de su recuperación.

Los Cachuchas y Alejandro también la visitaban, ella contaba ansiosa los minutos que la separaban de su amado. Conforme pasaron los días las visitas de su novio se fueron espaciando cada vez más. Frida comenzó a sentirse frustrada y para calmar su angustia se dedicó a escribirle largas cartas de amor, donde además le narraba el terror que la oprimía en la noche cuando sus ojos la traicionaban en la oscuridad. En una de esas ocasiones, adolorida por las heridas, la despertó el contacto de unos dedos helados que jugueteaban entre sus cabellos. Apenas alcanzó a percibir a la mujer del velo de su extraño sueño que se alejaba por la puerta. Dos días después, en una madrugada en que los quejidos de los enfermos eran particularmente dolorosos, distinguió entre sueños al revolucionario montado a caballo a la mitad del pabellón. A la mañana siguiente, cuando Alejandro la visitó, narró su bizarro sueño y le aseguró que en ese hospital la muerte danzaba alrededor de su cama por las noches. Él intentó tranquilizarla diciéndole que solo eran locuras y sensaciones que pronto pasarían, pues los doctores culpaban a los analgésicos. En cambio, Frida estaba segura de que la reina del fin de los días esperaba que ella cumpliera su parte del trato. Y para evitar que la miraran como demente, guardó un silencio que sellaría para el resto de su vida cualquier comentario sobre la alucinación que tuvo en el lapso que dejó de respirar. Pero el temor no la dejaba en paz, según le confesó a su hermana Matilde, no era miedo a morir, sino a que al regresar a su casa la trataran como si realmente estuviera muerta. Frida tuvo que admitir: "Estoy empezando a acostumbrarme al sufrimiento."

Cuando salió del hospital para continuar la recuperación en casa, aquellos pavores se hicieron realidad. Aunque su madre había recuperado el habla, su carácter se fue volviendo cada vez más irritable, mientras que el padre se encerraba largos periodos en su cuarto, ajeno a la realidad. Los amigos de la escuela dejaron de visitarla debido a la lejanía de su casa. Frida sintió que aquel hogar era el sitio más triste del mundo. Deseaba huir de esa casona de Coyoacán, pero a la vez se sentía aliviada de por fin haber regresado a ella.

Pero lo que más la afectó fue que su querido Alejandro descubriera que su novia no era tan inocente como proclamaban sus acarameladas cartas, y que la fiera sexual escondida en ella ya había besado las bocas de sus amigos y amigas del grupo. Cuando le preguntó por qué, Frida le respondió, sin parecer darle importancia a los sucesos, que era para apagar aquel deseo lujurioso que la quemaba. Para Alejandro no había vuelta de hoja: era una traición. Y se alejó de ella después de una gran riña. Quizá se negaba a reconocer que desde el accidente sus vidas habían tomado rumbos diferentes: mientras a él le esperaba una exitosa carrera profesional en el extranjero, Frida sólo tenía ante sí meses de recuperación. Alejandro sentía que su novia era un lastre que obstaculizaría sus planes. Y aunque ella trató de recuperar la confianza de su amado a través de infinidad de cartas, no logró retenerlo. Él rompió la promesa que se hicieron de permanecer juntos por años, y a ella no le quedó sino frustración. En una de sus muchas cartas, desesperada, le escribió disculpándose de sus amoríos: "Aunque les haya dicho a muchos que les quiero y los haya besado, tú sabes que en el fondo sólo te quiero a ti".

Una de tantas noches en que se durmió pensando que prefería haber muerto que soportar la indiferencia de Alejandro, volvió a soñar con la mujer del velo, que le decía: "Sé que lo haces para permanecer unida al amor de tu vida, y esa decisión la alabo, querida".

Al despertar, postrada en su cama con una escayola de yeso, Frida decidió cumplir la promesa que le hizo a su Madrina. Esa decisión cambiaría el rumbo de su vida. Pidió a su padre el estuche de óleos, unos pinceles y lienzos y se dedicó a pintar. Mamá Matilde, deseosa de que esa distracción la ayudara a olvidar su sufrimiento, ordenó que le fabricaran un caballete especial para que pudiera trabajar acostada.

Para Frida no era nuevo el dibujo. Continuamente ilustraba sus cuadernos de escuela con caras, paisajes y picarescas escenas. Inclusive había ayudado a su padre en el arte de retocar los negativos de sus fotografías con delicados pinceles, para lograr precisas imágenes de sombras perfectas. Pero esta vez era la primera que lo hacía de manera formal.

Apenas tomó el pincel, percibió ligereza en su dolor. Con los ojos empapados en lágrimas por haber perdido a su amado, colocó un toque de rojo sangre en su tableta acompañado de negros y ocres, tonos que aún le recordaban su accidente y los gritos de "¡La bailarina!". Aspiró el inconfundible olor de los pigmentos y aferrando el pincel como un potente falo que penetra a una mujer, lo sumergió en la pintura dejando escapar un suspiro de placer y dolor, para lograr con ese acto, el nacimiento de una obra. Cuando el pincel llevó ese matrimonio de colores al lienzo, sus ojos dejaron de llorar y su alma experimentó una paz reconfortante. Entonces aparecieron los tonos olor a mango, los labios color fresa, las mejillas de melocotón y el pelo de chocolate. Por primera vez en su vida sintió algo que la apartaba de este mundo, que le concedía la suculencia del sexo, el placer de la comida y el aplomo de mujer. Sintió libertad.

Terminó la obra: un autorretrato. Era ella, inmortalizada para su Madrina. Así le entregaba un pedazo de su vida, de su corazón y de sus pensamientos. La muchacha altiva del retrato mostraba cada una de sus virtudes y defectos.

Mientras duró la realización del cuadro, escribió varias cartas a Alejandro que se había marchado a Europa sin decir adiós.

Alex:

Cómo me gustaría explicarte mi sufrimiento, minuto a minuto... No puedo olvidarte un solo momento. Tu rostro lo encuentro en todas partes...

No hago nada en el día, nada desde que me abandonaste, todo lo que hacía era para ti, para que fueras feliz. Pero ahora no me dan ganas de hacer nada.

Escríbeme.
Y sobre todo,
quiéreme.
FRIDA.

No hubo respuesta. Pero con la terminación de la pintura, el peso que la mantenía aferrada a su cama desapareció poco a poco y su salud mejoraba en forma sorprendente.

Esa noche volvió a soñar con su Madrina, le llevaba a sus recintos el cuadro como ofrenda. En él se iba el mal de amores y el sufrimiento de su accidente. Al despertar supo que su destino era sobrevivir pero que debería purgar un calvario, tal como se lo advirtió esa dama. Aceptó que su vida pendía de un delgado cordel que en cualquier momento podría reventarse, pero ahora podría verlo todo a través de la nueva perspectiva que le daba el saber que vivía con días prestados.

Las recetas de mi hermana Matilde

Cada vez que veo a Mati reírse me pregunto de dónde vino esa mujer bien "lucas" teniendo unos papás tan estirados. De verle sus cachetes rojizos y su risa empalagosa, pienso que mamá Matilde la recogió en el parque. Una vez se lo dije rechiflándola, luego me arrepentí por lo mula, pero igual se rió y me contestó: "Me recogieron porque querían un bebé bonito, no como tú, toda flacucha y peluda..." Fue cuando comprendí que Matilde se sobreponía al sufrimiento y lo transformaba en alegría. La envidio por eso, porque en cambio, yo soy recorajuda...También la envidio por sus caldos revivemuertos.

Caldo tlalpeño

Este es el bueno. La Mati se lo sacó a una comadre del pueblo de Tlalpan, de donde merito es. Cada vez que lo hago, ni para el recalentado queda.

1 pechuga de pollo de medio kilo, 6 tazas de agua, 1 taza de garbanzos, 2 dientes de ajo, 1 cucharada de aceite, 1 taza de zanahoria picada, 1 taza de cebolla picada, 2 chiles chipotle en escabeche cortados en tiras, 1 ramita de epazote fresco, 1 aguacate pelado y cortado en cubitos, 2 cucharadas de cilantro, rodajas de limón, 1 jitomate maduro picado, 1 chile serrano, 1 taza de arroz blanco cocido.

✤ En una buena cacerola poner la pechuga de pollo, agua, sal, garbanzos y ajos. Tapar y cocer hasta que el pollo este tierno. Sacar la pechuga a un plato, dejarla enfriar para luego desmenuzarla. Después hay que calentar aceite en un sartén, agregar la zanahoria y la cebolla, friéndolas por 3 minutos; pasar a la cacerola donde se coció la pechuga y agregar los chiles chipotle y el epazote. Cocer por 30 minutos, agregándole sal al gusto. Agregar la pechuga desmenuzada y los cubos de aguacate en cada plato donde se servirá la sopa. Agregarle el caldo, y poner en un plato aparte el cilantro, el chile serrano, el jitomate, limón y el arroz, para que cada quien se sirva al gusto.

Caldo mexicano de pollo

Un día me preguntó una visita de Diego, una de esas gringas sabelotodo, que por qué todo en México llevaba pollo. No lo había pensando nunca. El pollo es como la base de nuestra comida. Es por eso que no tengo duda: el caldo de pollo es mexicano, no importa si lo crearon los franchutes, seguramente era comprado en el mercado de la Merced.

1 pollo mediano de 1 ½ kilos, 2 litros de agua, 4 zanahorias, 2 papas, 1 rama de apio, 2 dientes de ajo, ¼ de cebolla, 2 pimientas gordas, ½ taza de arroz, totopos, 2 limones, 1 chile serrano picado fino, cilantro picado.

En una olla se pone el agua, se agrega el pollo partido, la cebolla, el diente de ajo, la pimienta y la rama de apio. Todo se pone a hervir con la sal necesaria. Cuando el pollo hirvió ya un buen rato, se agregan las papas cortadas en cuartos, las zanahorias y el arroz. Para servirlo, se le agrega cilantro picado, cebollita picada y totopos pequeños, colocando a un lado limones cortados y chile serrano picado.

CAPÍTULO VII

Frida ya había cumplido veinte años y nuevamente había aprendido a caminar, despacio, cual malabarista en cable. En esa época conoció a su alma gemela: Assunta Adelaide Luigia Modotti Mondini. Un nombre endiabladamente complicado el de su amiga fotógrafa a la que todos llamaban Tina, arrebatadoramente bella como impulsivamente loca, un huracán de paso por la Tierra que transformaba todo lo que la circundaba. Había tenido tantos hombres como trabajos: costurera, diseñadora, actriz de teatro y de cine en Hollywood. Ante ella, todas las mujeres que Frida había conocido parecían simples pueblerinas disfrazadas de modernas. Tina poseía la rudeza de una roca, sonrisa de hombre, ojos de gato, voz de adolescente y manos de duquesa medieval. Era capaz de convocar no solo el entusiasmo por vivir, sino de despertar los deseos carnales escondidos en la mente de cualquier hombre o mujer; parte diosa, parte deseo, Tina era la vida misma.

—En verdad a veces me confundo y no sé si amo más al hombre que me hace el amor o su sueño de hacer la revolución —le confesó un día Tina a Frida.

Las dos muchachas compartían su intimidad después de una súbita amistad fraguada por la misma pasión: la lucha social. Se sentían comprometidas con la revolución mundial y eran militantes activas del Partido Comunista Mexicano.

—¿Y quién te deja más satisfecha? ¿El hombre o la revolución? —le preguntó Frida divertida, ya que si era cosa de ponerse a decir verdades ella no se quedaba atrás.

Desde siempre había estado interesada en cuestiones políticas, y en cuanto se recuperó de su accidente se dedicó por completo a la militancia, abrazando el comunismo para ahogar en él sus desamores. Al descubrir a Tina en ese ambiente, quedó prendada de ella.

—Desde luego la revolución. Y algunas mujeres —respondió Tina, llegando hasta ahí con sus verdades y poniendo fin a su discurso para besar apasionadamente a Frida, que escuchaba divertida las disertaciones políticas y las aventuras románticas de Tina.

A ella y a su convicción de que el comunismo era el futuro de México y el mundo, Frida debía su filiación al Partido. En ella descubrió también a la amante que le haría olvidar a Alejandro. No le fue difícil enamorarse de la despampanante italiana. Envidiosas, las mujeres tachaban a Tina de ligera y revoltosa. Y cómo no envidiarla si era el alma de las reuniones de artistas e intelectuales que se congregaban en su departamento de la colonia Roma: Orozco, Siqueiros, Rivera, Montenegro, Charlot, Covarrubias y la beldad Nahui Olin.

Tina introdujo a Frida en ese mundo de noches bohemias donde se bebía tequila, se cantaban corridos y, sobre todo, se hablaba de política. Su amistad pronto devino en atracción y en la cama de Tina comenzaron a esperar juntas la llegada de sus famosos invitados. De esa manera se protegían, se escuchaban, se reconfortaban, pues aunque en ellas se perfilaba un carácter de piedra, toda mujer es frágil por dentro cuando no encuentra un amor al que aferrarse.

—Te voy a enseñar a hacer pasta como la que preparan las *donne* en Venecia —le dijo Tina desempacando los productos que habían comprado en el mercado. Ya habían destapado una botella de vino y aguardaban que el calor de su garganta las despojara de sus inhibiciones.

—¿Y esas *donne* son tan lindas como tú? —le preguntó Frida robándole una ramita de albahaca del manojo que Tina tenía en la mano; luego, le robó un beso tronado en la boca.

—Tan lindas como las mexicanas —respondió también robándole un beso a Frida.

Sus ojos se cruzaron con la complicidad propia de dos niñas al borde de una travesura.

Entre ellas había un lenguaje de caricias, sonrisas y arrumacos que decían más que los poemas cursis con que toscamente algunos hombres intentan conquistar a las mujeres. Tina se empeñó en buscar algo entre sus papeles de la cocina y no paró hasta descubrir una hermosa libreta negra cerrada por una liga. Se la acababa de regalar su nueva pareja, el periodista Juan Antonio Mella.

—Es para ti, para que no me olvides.

—¿Por qué lo haría?

—Friducha, porque nada es para siempre. Necesitas un hombre que te proteja, que te quiera... Y comunista, desde luego —le dijo Tina.

Frida parecía feliz, embriagada por su nueva vida, pero la soledad la atenazaba a cada momento. Quizá ya había olvidado su trato con la mujer del velo y la pintura le servía como consuelo, pero estaba escaso el cariño y a ella le gustaban los excesos.

—Preséntame a Diego —se atrevió a decirle Frida, recordando sus años de estudiante cuando se embelesaba al verlo pintar.

Tina acababa de posar desnuda para los murales de Diego en Chapingo y, por supuesto, había terminado por acostarse con él.

—Diego es malo para ti, Friducha. Te va a comer y luego te escupirá como si fuera un ogro.

—Yo dije de escuincla que le iba a dar un hijo a Diego, pero las estiradas de mis amigas decían que era un gordo sucio. A mí no me importa, pues decidí que lo bañaré antes de acostarme con él.

Rieron a carcajadas, sin tapujos. Tina le besó las manos a Frida con el cariño de una hermana mayor que la bendice cuando está a punto de contraer nupcias. Era su manera de decir que la aventura entre ellas había terminado y que sus vidas proseguirían con la comodidad de conocerse mejor. Se abrazaron largamente, rememorando las horas que habían permanecido desnudas abrazadas con la mirada fija en el foco pelón mientras se narraban sus vidas con chistes que sólo entre ellas festejaban. Se separaron para continuar cocinando, pues se acercaba la hora de inicio de la reunión de ese día. Sus invitados podrían ser muy comunistas pero no perdonaban que faltara un taco y un tequila mientras discutían cómo arreglar el mundo. Antes de seguir machacando la verdura para la pasta, Tina le dijo:

—Tarde o temprano te arrepentirás.

Sabía que Diego tenía un apetito descomunal hacia la comida y hacia los cuerpos bellos de mujeres jóvenes. Y Tina también sabía que Frida era frágil y quería protegerla. Aun así, esa noche cumplió su promesa y presentó a quienes habían sido sus amantes. Diego ya estaba borracho cuando llegó a la reunión y a la menor provocación sacó su pistola y comenzó a disparar contra todo aquello que tuviera visos de imperialismo. La fiesta terminó cuando de dos tiros destruyó el fonógrafo. Frida se asustó un poco por esa actitud violenta, pero al mismo tiempo se fascinó por la sensación de peligro que le provocaba ese ogro con ojos de rana.

Días después se produjo el verdadero encuentro. En una tarde lluviosa, de esas en que el cielo de la ciudad de México llora como viuda melancólica, Diego estaba trepado sobre sus andamios pintando uno de sus murales en la Secretaría de Educación. Entonces escuchó una voz femenina que retumbaba por las paredes del edificio como un hada que lo llamara desde abajo:

—Diego, por favor baja. ¡Quiero decirte algo importante!

Estudió con sus ojos anfibios a su interlocutora. Olía a carne fresca, deliciosamente formada para devorar su cuerpo vigoroso, su atractivo rostro de ojos profundos y pelo carbón. Notó que las pobladas cejas se unían coronando la delicada nariz. Se imaginó al verlas unas alas de mirlo que luchaban por volar de esa cara.

Diego descendió lentamente entre tablas y tubos. Cuando llegó a su lado, se percató de cuán diminuta era esa mujer. Ya lo había dicho Tina: un ogro y una princesa.

—No vine a divertirme contigo, yo tengo que trabajar para ganarme la vida. Tengo unos cuadros que quiero que veas, pero no me vengas con vaciladas ni lambisconerías, que de mí no sacarás nada. Quiero tu opinión profesional. No deseo alimentar mi vanidad, así que si no crees que pueda llegar a ser una buena artista, mejor los quemamos y a otra cosa, mariposa... ¿Quieres verlos?

—Sí.

Conforme le mostraba sus pinturas las recargaba contra la pared del mural que parecía ser una graciosa metáfora de la pareja: los diminutos óleos contra la opresora pared. Diego se impresionó. Su reacción fue transparente como el agua. En cada obra descubrió una explosión de energía poco usual, con líneas que jugaban con la ambigüedad de la severidad y la delicadeza. Acostumbrado a criticar a principiantes que utilizan trucos para hacerse notar, Diego no encontró facilidad ni engaños. Era real cada centímetro del lienzo, exudando la sensualidad de la mujer y gritando su dolor.

Frida se dio cuenta de inmediato de la excitación de

Diego. El entusiasmo salía a cubetazos de su cara. Se llevó las manos a la cadera y como una niña que regaña a sus muñecas, aporreó al artista señalándolo con el dedo:

—Yo no quiero cumplidos, quiero oír tu crítica verdadera.

—A ver, chamaca... Si tanto desconfías de mi palabra, entonces ¿para qué chingaos vienes a preguntarme? —Diego le devolvió el desplante.

Frida se intimidó un poco, pero rápidamente retomó su fuerza.

—Tus amigos me dijeron que si una muchacha que no sea totalmente horrorosa, te pide consejo, tu dirás lo que sea para echártela al plato —le gruñó Frida mientras recogía sus óleos.

Diego la miraba sin detenerla, divertido ante esa situación que lo arrancaba de la monotonía de su ardua labor. Con los lienzos en la mano, Frida volteó a ver al muralista y un largo e incómodo silencio inundó el recinto. De pronto, el retumbar de unos tacones los sacó de su ensoñación. Se acercaba Lupe, la esposa de Diego, con una enorme canasta cargada de víveres y guisados calientitos.

—¿Y esta escuincla quién es? —reclamó aquella mujer en la que encarnaban las dotes de una escultura renacentista: alta, de pechos potentes y caderas carnosas apostadas sobre vastas piernas torneadas.

Sin ocuparse de la recién llegada, Diego se dirigió a Frida.

—Tú debes seguir pintando. Ponte a chambear en nuevos lienzos. Podré ir a verlos el domingo, cuando no trabajo.

—Vivo en Coyoacán, Londres 126 —le dijo Frida y se alejó sin saludar a Lupe, que ardiendo de rabia se dedicó a examinar celosa a la muchacha.

—Esa cabrona es la misma que te iba a ver en el mural de la Preparatoria —escupió con odio al que había sido su marido.

Diego, satisfecho como león que recién ha engullido a su presa, se lo corroboró:

—Esa misma.

Cuando Diego llegó a casa de Frida, se topó con una construcción tipo hacienda, elegante y sobria. Se acomodó su enorme sombrero de vaquero y tocó con aplomo el portón de madera. Mientras esperaba, escuchó a alguien silbar "La Internacional". La canción, como caída del cielo, le llovía de un paraíso socialista. En cuanto entró a la casa se topó con Frida vestida de overol y trepada en la copa de un árbol bajando limones. Al verlo, descendió con pequeños brincos y riéndose se acercó hasta él, lo tomó de la mano como si fuera una niña que desea enseñar sus juguetes a un adulto, y lo llevó hasta su dormitorio donde le presumió el resto de sus obras. El rey sapo no sabía si deleitarse con las obras o con la mujer que acababa de conocer. Todas sus palabras las guardaba en su corazón, pues se había prendado completamente de ella. Frida supo que lo había hechizado y se dejó cortejar.

Después de varias visitas, Diego se animó a besarla bajo un farol afuera de su casa, como a una novia primeriza. Tanta fuerza desató ese beso, que las farolas de la calle se apagaron. Esa noche Frida se separó de aquel hombre dieciocho años mayor que ella con la certeza de que le estaba sucediendo algo extraordinario. Durante un segundo, tan efímero como el paso de una mosca, logró ver a la mujer del velo en la esquina de su cuadra.

Sus amigos, incluida Tina, que no sabía si llorar o reír, se sorprendieron al enterarse de que Diego pretendía desposar a Frida. Mamá Matilde no estaba tan contenta de que su hija se casara con ese "come-curas", divorciado y mujeriego; en cambio, papá Guillermo hizo a un lado su algidez alemana y le dijo a su futuro yerno:

—Veo que realmente te interesa mi hija.

—Pues claro, si no, no estaría viniendo desde México hasta Coyoacán para verla —contestó Diego como si fuera obvia la respuesta.

—Ella es un demonio —le confesó papá Guillermo.

—Ya lo sé.

—Bueno... Usted sabrá, yo se lo advertí —terminó la entrevista con el novio y se fue a leer a su estudio. El matrimonio estaba aceptado.

Las recetas de Tina

Para llenar el buche de todos esos lambiscones que llegaban al departamento de Tina, ella ponía el taco, y ellos, el chupe y tabaco. Era una hazaña preparar para todos.

Poníamos una gran cacerola con pasta y Tina hacía varias salsas. En la cremería de la esquina, al lado del Edificio Condesa, nuestro marchante nos conseguía un gran queso cotija ahumado para sustituir el parmesano. Era más barato, y un pintor borracho no reconoce la diferencia.

Salsa para pasta con mejillones, naranja y tomate

½ kilo de tomates pelados sin semillas, 2 cucharaditas de aceite de oliva, 1 cebolla gorda picada finamente, 1 diente de ajo machacado, ½ cucharadita de chile trozado, ¾ de taza de vino blanco seco, 3 cucharaditas de orégano, ½ cucharadita de azúcar, 3 cucharadas de jugo de naranja, 20 mejillones limpios, 2 cucharaditas de ralladura de naranja, 2 cucharaditas de perejil picado, sal y pimienta.

✦ Los tomates pelados se tienen que machacar con un mazo de cocina. Luego se pone a calentar el aceite en una cacerola y se fríe la cebolla, el ajo y el chile trozado como por 5 minutos. Después se añade el tomate, un poco de vino, el orégano, el azúcar y el jugo de naranja. Se sazona con sal y pimienta y se deja hervir un ratito; entonces se baja el fuego y así se deja hasta que la salsa quede espesa. Mientras tanto, los mejillones se ponen en el horno con el resto del vino blanco, hasta que abren; entonces se mezclan con la salsa de tomate con todo y el jugo del vino donde se cocieron. Para servir, se espolvorea encima la mezcla del perejil picado y la ralladura de naranja.

Salsa de anchoas y aceitunas

200 gramos de aceitunas verdes rebanadas, 1 cucharadita de filetes de anchoa picados finamente, ¼ de queso parmesano rallado, ½ taza de nueces picadas en trozos chicos, 1 cucharadita de orégano, 3 cucharaditas de albahaca fresca, 1 cucharadita de perejil picado, ½ taza de aceite de oliva puro, sal y pimienta.

✦ Se mezclan las aceitunas, las anchoas, el queso parmesano, las nueces, el orégano, la albahaca y el perejil; después, poco a poco, se vierte el aceite de oliva, revolviendo hasta conseguir una pasta. Se deja reposar durante 2 horas para que los sabores se mezclen bien. Se sazona al gusto con sal y pimienta y se mezcla con la pasta.

Tiramisú

Un día Tina me dijo que el nombre del pastel provenía de una expresión que quería decir: "es tan fresco, que tírame ahí". No sé si me mintió. Me gustó y lo anoté, pero luego me enteré que en verdad quería decir "jálame hacia arriba". Nunca se puede confiar en un italiano, menos si dice te amo.

500 gramos de galletas soletas, 200 gramos de crema dulce, 250 gramos de queso ricotta o mascarpone, 150 gramos de azúcar glasé, 1 queso crema, 1 taza de café *espresso*, 3 cucharadas de brandy, 3 cucharadas de licor de café, cocoa (la necesaria).

✵ Se bate muy bien la crema dulce con los quesos y el azúcar. Aparte se mezclan el café *espresso*, el licor de café y el brandy, para en esta mezcla remojar las soletas. En un molde se pone una capa de soletas remojadas, otra capa de la mezcla de queso y se espolvorea con cocoa, se van repitiendo las capas, hasta terminar con una última capa de cocoa. Se refrigera cuando menos durante 2 horas.

CAPÍTULO VIII

Frida se enamoró de Diego de la forma en que las mujeres se rinden ante los hombres que solo les traen dolor: como una perfecta idiota. Desde el momento en que decidió que Diego sería su nueva razón para vivir, Frida decidió guardar corazón, ojos y tripas en el armario de su cabeza, ponerle el nombre de Diego, cerrarlo con llave y tirarla al río de la pasión. Ahora que se le había cumplido el sueño de que el máximo representante intelectual de México le rindiera pleitesía a ella, una efímera paloma con la pata herida, no sólo había crecido su ego, sino que su cabeza se llenó de absurdas teorías, sintiéndose elevada al Olimpo donde ese dios-rana regía, convirtiéndola en una diosa, al menos para él.

Le había sido difícil volver a enamorarse después de su ruptura con Alejandro. Sus efímeras relaciones sexuales con otros hombres y mujeres simplemente le sirvieron para apaciguar el carbón que había comenzado a arder desde el accidente, pero por más que su cuerpo se entregara a sus compañeros, no lograba apagarlo. Con Diego todo fue diferente, pues por fin había encontrado a alguien afín en inteligencia, con quien su mente aguda y poco convencional nunca se aburriría. Lo confirmó cuando escuchó decir a Diego: "Frida, prefiero cien enemigos inteligentes que un amigo idiota."

Parecía que nunca llegarían a cansarse de ellos mismos, poseían un sinnúmero de temas comunes sobre los que conversaban por la tarde; ella sentada debajo de la estructura del andamio, él pintando: desde el realismo social, la lucha del proletariado, el arte y los chismes picosos de los conocidos.

Un día llegó Lupe, la ex mujer de Diego, para discutir algún tema sobre las hijas que habían procreado. Ahí encontró que Frida ya no vestía de elegante blusa blanca con escote ni falda negra. Se estaba transformando pausadamente, como si esta hubiera entrado a un capullo de mariposa. Usaba una simple camisa roja, con un lustroso broche de la hoz y el martillo, pantalones de mezclilla y chamarra de cuero, libre ya de todo símbolo de banalidad de la moral burguesa.

—¿Y esta escuincla? ¿Ya le dieron permiso sus papás de quedarse tan tarde? —comentó ponzoñosa soltándole una mirada de cuchillo recién afilado.

—Lupe, me voy a casar con Frida. He pedido su mano —le gritó Diego desde las alturas con sonrisa jovial.

Frida arqueó sarcásticamente su amplia ceja y colocó en su rostro la careta de triunfo.

—Me lo ha pedido ayer por la noche —aseguró Frida.

Lupe pateó la tarima y se dio media vuelta regalándole un consejo a la próxima mujer de Diego:

—Él es tan propenso al amor como una veleta.

Frida no le dio importancia, ella se sabía triunfadora. Así que, coronados como los dioses artistas del proletariado, decidieron consumar su unión como dignos militantes del Partido Comunista: muy sencilla, muy parca, muy alegre y con mucho alcohol.

Un 21 de agosto del último año de la década de los veinte fue la pachanga. Frida pensó mucho en cómo preparar el festejo, era la última hija soltera de la familia y siguiendo su costumbre de diferente, deseaba sorprender a todos. Pidió una de las largas faldas color caramelo que usaba su sirvienta. Luego buscó entre la ropa de la muchacha oaxaqueña una blusa que aún oliera a la cocina donde preparaban el mole, los panes y las torrejas. Por último, un rebozo, símbolo de la maternidad mexicana, pero también de las revolucionarias, mujeres fuertes y recias que no dudaban en despacharse a un pelón con tal de salvar a su hombre. Se hizo una trenza hacia atrás, con la raya en medio, pues le parecía que su Madrina aprobaría el peinado. Se acomodó su pierna raquítica dentro de gastados pero lustrosos zapatos. Así se dirigió al juzgado de Coyoacán con el único pariente que la acompañó: papá Guillermo, que orgulloso la condujo del brazo por las empedradas calles del pueblo, inclinando la cara a manera de saludo cuando se encontraban a algún conocido. Ahí estaba el español de la cantina que festejó la belleza de la novia, la marchante de la esquina que le regaló una rosa y el policía que descargó el aire de sus pulmones en un pitazo para saludar a la novia.

En una austera oficina burocrática, en la que sólo cabía la elegancia de un retrato del presidente de la república, esperaba ya el alcalde de Coyoacán con un corte de pelo estruendoso, corbata tan amplia como mantel y aliento alcohólico, pues combinaba su labor de funcionario con la de comerciante de pulque. A su lado, orgullosos, los testigos enrollaban con las manos las alas de sus sombreros cual tacos de sal: un peluquero, un doctor homeópata y el juez de la comunidad. Para recibir a la novia, el máximo pintor mexicano vivo, calzado con botas mineras que pedían a gritos una boleada, pantalones rabones ceñidos arriba del ombligo para evitar que se cayeran por la gran panza; camisa que en algún año fue planchada, saco de lana, corbata del tamaño de un mantel y sombrero que no atinaba a ocultar el pelo rizado de orgía en peluquería. A su lado, bella hasta molestar la vista, Tina, que se había arreglado bien coqueta para hacer el papel de Madrina.

"Estamos aquí reunidos para efectuar el matrimonio del señor Diego Rivera y la señorita Frida Kahlo...", comenzó el alcalde a recitar usando el mismo tono de un discurso de cierre de campaña electoral. Luego se arremetió con toda la epístola de Melchor Ocampo, resaltando los elementos machistas que provocaban cosquilleos en Frida y la hacían voltearse con sonrisa pícara en busca de la complicidad de Diego. Una vez terminada toda la perorata, el alcalde invitó a la pareja a darse un beso, acto que fue aplaudido por los presentes. De ahí siguieron las felicitaciones y los apretones de manos. Papá Guillermo se acercó hasta Diego, le ofreció su mano y como un par de caballeros, los dos hombres se dieron un cordial apretón.

—Dése cuenta de que mi hija es una persona enferma y que estará así toda su vida; es inteligente pero no bonita. Piénselo si quiere, aún es tiempo.

El abrazo con que Diego le respondió fue tan fuerte que lo levantó. Ambos rompieron en sonoras carcajadas, hasta que Diego soltó a su suegro y, embriagado por el momento, decidió brindar con uno de los pulques del alcalde:

—Señores, ¿no es cierto que estamos haciendo teatro?

La fiesta continuó en la azotea del departamento de Tina. Entre la ropa colgada de la última lavada de los vecinos, había cientos de banderitas de papel picado que llevaban palomas con mensajes de amor, corazones apasionados y recordatorios de que la unión de dos seres es la finalidad de nuestra estancia en este mundo. Los colores burbujeaban con el viento, peleándose por hacerse notar en las mesas decoradas con papel de china. La vajilla ya esperaba los suculentos platillos sentada en manteles de contrastes. Era una vajilla sencilla, digna de una boda de pueblo: barro, esmalte y pintura verde que se adornaba con diversos animales.

Los novios llegaron a tan folclórico recinto para el festejo. El alcalde de Coyoacán les regaló varios litros de pulque, había curados de apio y de tuna, que junto con su mejor compañero, el tequila, hicieron del jolgorio algo explosivo. Para cuando llegaron los invitados, que fueron muchos y muy diversos, los platillos estaban calientitos, listos para el atracón. Toda clase de delicias competían entre sí, algunas preparadas por Lupe, otras compradas en el mercado. La contienda era dura, pues todo se veía apetitoso y no era fácil decidir con qué rellenar la panza. Había auténtico mole oaxaqueño, con su obligado guajolote, y para acompañarlo tamales de frijol. El arroz como centro de todo, rojo y con verduritas. Chiles rellenos en salsa de jitomate, y esos que parecen arbolitos, los huauzontles, capeados y rellenos de queso. Para rematar, una deliciosa colección de suculentos postres, los cuales atraían un cúmulo de abejas que llegaron al banquete sin invitación: desde buñuelos, dulces de leche, frutas cristalizadas en azúcar, natillas, pasteles y chongos zamoranos.

Las culpables de ese carnaval de tentaciones gastronómicas fueron Tina, que le encargó la preparación a las marchantes del mercado de la calle de Puebla, e increíblemente, Lupe, que mantenía una extraña relación de amor-odio con su ex esposo. Ella misma había preparado varios platillos, sorprendiendo a la misma Frida por ser tan acomedida.

Ante los ojos de felicidad de Frida desfilaron platillos y amigos. Todos ellos siguieron la usanza del pueblo, mandando los cubiertos a la fregada y comiendo los platillos con un tambache de tortillas, una cerveza y un caballito de tequila, pues solo en México la tortilla es cuchara, plato y acompañamiento.

Al caer la noche, cuando los mariachis ya solo cantaban canciones de despecho a la embriagada concurrencia, prendieron unas series de focos cubiertos por lámparas de papel y el ambiente se llenó de coloridos destellos. Diego apenas si podía pararse y arrastraba las palabras en el piso con su alcoholizado aliento. Así que Frida lo dejó con su versión triste de un corrido revolucionario, y fue a sentarse a la orilla de la azotea del hermoso edificio tipo victoriano para contemplar la avenida. Algunos conductores noctámbulos pasaban en sus autos por la verde colonia Roma. El murmullo de las urracas buscando un lugar para dormir había terminado varios minutos atrás. Sólo estaban ella y su futuro. Al pensarlo, se bebió de golpe el tequila que llevaba en la mano y brindó con aquella que desde algún lugar la acompañaba. Ahí, en ese momento consigo misma, pensó la frase que anotó en el cuaderno que Tina le había regalado: "Ten coraje de vivir, pues cualquiera puede morir".

Suspiró satisfecha al sentirse afortunada por todo lo que vivía. Lástima que sus pensamientos fueran errados pues, como toda tragedia que se disfraza de fiesta, la noche terminó mal: Lupe la rondaba tequila en mano y con la envidia en el alma. Aprovechó un descanso del mariachi para soltar un grito a la concurrencia. Todos pelaron ojos y orejas para verla. Se plantó al lado de Frida, que no sospechaba de sus malas intenciones, y sin decir agua va le levantó la falda hasta los calzones, gritando con despecho:

—¡Vean estos dos pinches palos que tiene Diego ahora! ¡Muy diferentes a mis hermosas piernas! —y como si fuera concurso, se descubrió las piernas y todos pudieron admirar sus torneadas pantorrillas.

Definitivamente Frida tenía poco que ofrecer en ese tema.

Lupe dio un gruñido, soltó una mentada de madre y salió de la fiesta de manera dramática. Los mariachis comenzaron a cantar intentando desvanecer la pena ajena. Como si eso no fuera suficiente para hacer llorar a Frida, su propio marido terminó de echarle a perder la boda: aún estaba fresco el desplante de Lupe cuando Diego, ahogado de borracho, sacó su pistola de bravucón y comenzó a pelearse con un invitado.

Frida se escapó enjugando sus lágrimas en el rebozo. Su padre la llevó a la casa de Coyoacán. Al llegar se encerró en su habitación y mató el llanto con la almohada. En la fiesta no descubrieron su ausencia sino hasta que la pelea se disolvió, pero eso no impidió que Diego siguiera la borrachera.

Pasaron varios días antes de que Diego se la llevara a vivir con él. Si Frida hubiera sabido leer los sucesos, habría vislumbrado las penas y sinsabores que el destino le deparaba. Pero estaba enceguecida, parecía haber olvidado que en la noche de su boda, al quedarse dormida una voz femenina le susurró: "El dolor apenas comienza, pero tú así lo aceptaste."

Mi boda

Para la mujer, su boda es el pináculo del sueño infantil, remate del jugueteo con las muñecas que toman té y simulan la vida detrás de una casa de madera con utensi-

lios de juguete. La boda es cuando todas somos reinas, cuando nos rinden pleitesía... Son babosadas, simplemente puras idioteces. Esos son sueños capitalistas para comprar un vestido hipócritamente blanco, alejado de nuestra inmaculada virginidad.

Mi boda fue en el pueblo, y para el pueblo. Mi boda fui yo. Los demás, a los que no les gustó, que tiznen a su madre. Era mi boda y yo mandaba. La mujer siempre debe mandar en su boda, aunque de cabruna no la bajen.

Mole poblano

Hay un chorro de historias de cómo nació el mole. Para mí todas son mentiras y la pinche Iglesia se quiere robar el crédito. Pero dicen que fue en Puebla, cuando un obispo, seguramente gordo y cabrón, pidió a unas monjas dominicas que prepararan un platillo de calidad para agasajar al virrey de la Nueva España que los iba a visitar. Las monjas se pusieron a chambear, y cuando una vio cómo otra molía todos los ingredientes, dijo: "pero cómo mole". A mí me gusta porque es la unión de las dos culturas de donde venimos: la española, con la almendra, el clavo, la canela; y la indígena, con la gran variedad de chiles y el cacao. Es un platillo para celebrar.

15 piezas de pollo cocido o un guajolote grande partido en piezas, 5 chiles chipotles, 12 chiles mulatos desvenados y despepitados, 12 chiles pasilla desvenados y despepitados, 10 chiles anchos desvenados y despepitados, 450 gramos de manteca, 5 dientes de ajo medianos, 2 cebollas media-

nas rebanadas, 4 tortillas duras partidas en cuatro, 1 bolillo frito bien dorado, 125 gramos de pasitas, 250 gramos de almendras, 150 gramos de ajonjolí, ½ cucharada de anís, 1 cucharadita de clavo en polvo o 5 clavos de olor, 1 plátano macho, 150 gramos de cacahuate, 1 cucharadita de semillas de cilantro, 25 gramos de canela en trozo, 1 cucharadita de pimienta negra en polvo, 3 tabletas de chocolate de metate, 250 gramos de jitomate pelado y picado, azúcar.

✦ Los chiles se pasan por 300 gramos de manteca caliente, se colocan en una cazuela con agua caliente y se dejan hervir hasta que se suavicen. En la misma manteca se acitrona el ajo y la cebolla, se añade la tortilla, el pan, las pasas, las almendras, las pepitas de chile, la mitad del ajonjolí, el anís, el clavo, la canela, las pimientas, el chocolate y el jitomate, se fríe todo muy bien y se agregan los chiles escurridos por unos segundos más. Para facilitar la labor se puede ir friendo por tandas. Se muele todo en metate. Una vez obtenida la pasta se fríe con el resto de manteca y se disuelve con el caldo donde se coció el pollo o el guajolote, se deja hervir y se sazona con sal y azúcar. Debe quedar espesito. Se le añaden las piezas de pollo o guajolote y se sirve espolvoreado del resto del ajonjolí tostado.

Tamales de frijol

Si hay mole de guajolote, entonces debe haber tamales de frijol. Son el matrimonio perfecto, y el arroz hace el papel de la amante, que todo matrimonio respetado debe tener.

¼ kilo de frijol negro cocido, ¼ kilo de pipián en polvo, una pizca de polvo de hojas de aguacate, 50 gramos de ajonjolí, chiles de árbol, 350 gramos de manteca, 1 kilo de masa de maíz martajado, 30 hojas de maíz para tamales, sal.

✤ Los frijoles, no muy recocidos, se escurren. El pipián en polvo, el ajonjolí y los chiles se doran en un comal, para después molerlos. Se les agrega el polvo de hojas de aguacate para darles sabor, revolviendo todo y sazonando con sal. Hay que batir la manteca con una pala de madera hasta que esponje al doble de su tamaño. Se agrega la masa y se sigue batiendo hasta que al poner una bolita de masa en un vaso con agua, esta flote. Se sazona bien con sal y se preparan los tamales, cerrándolos muy bien para que no se les salga el relleno con la mezcla de frijol. Se acomodan en una vaporera bien paraditos. Se tapan y se dejan cocer al vapor por 1 hora.

Arroz a la mexicana

Una taza de arroz, aceite, caldo de pollo, 1 zanahoria picada en cuadros pequeños, 1 taza de chícharos, papas picadas también en cuadros pequeños, 2 jitomates medianos, un trozo de cebolla, un diente de ajo, sal.

✤ En una cazuela con agua hirviendo se pone a remojar el arroz durante 10 minutos. Después se escurre y se pone en el sol por otros 15 minutos. Entonces, se pone a calentar una cacerola con mucho aceite; ya que el aceite está muy caliente, se fríe el arroz junto con las verduras. Mientras tanto, se muele el jitomate, la cebolla y el ajo con un poco de agua. Cuando el arroz que se está friendo tomó un color café claro, se retira el exceso de aceite y se le vacía el jitomate molido y colado. Se sazona con sal y ya que el aceite se ve hervir por encima de la salsa de tomate, se agregan dos tazas de caldo de pollo y se tapa hasta que se consuma el líquido.

CAPÍTULO IX

Lupe, la némesis de Frida en su amor por Diego, era arrojada, un hueso duro de roer. De las que nadie quiere como enemigas. Era una verdadera guerrera: toda su vida había luchado por lo que deseaba, y seguiría haciéndolo. Así que cuando se encontró con la nueva mujer de su esposo, la confrontación entre las dos fue lo más parecido al choque de dos locomotoras. La desventaja de Frida era que Lupe sabía más por vieja que por diablo, y es que contaba con un gran kilometraje vivido a todo vapor: había estudiado en internado de monjas, pero sabiéndose joven y bella se confeccionaba vestidos a la última moda y así vestida se paraba en la esquina de la catedral de Guadalajara para que el viento le levantara la falda y quedaran al descubierto sus torneadas piernas, provocando escándalos y repartiendo deseos entre los muchachos tapatíos. Eso sucedía en la época en que Diego estaba autoexiliado en Europa, en protesta por el rumbo que había tomado el gobierno en México. Él ya era un pintor famoso y a su regreso conoció a la enigmática y bella Lupe Marín, quien lo atrapó como una hechicera que le hubiera dado a beber toloache. De tal manera llegó a idolatrarla, que la retrató como la mismísima Eva en su mural *La Creación*, de la Escuela Nacional Preparatoria. Su matrimonio fracasó sin duda gracias al interminable desfile de amantes de Diego. Pero bien se había desquitado ella de cada una de sus infidelidades, propinándole recias palizas por andar de coqueto; incluso intentó matarlo con la mano del molcajete que usaba para moler las salsas cuando se enteró de que se había acostado con Tina Modotti.

Diego dejó a Lupe con dos hijas que alimentar, Guadalupe y Ruth, cuando decidió irse a Rusia. Ella le advirtió duramente: "Te vas a ir con tus chichonas rusas, pero cuando regreses ya no me vas a encontrar".

Y lo cumplió. Ya separados, Diego no dejaba de ir a comer a casa de Lupe y le contaba de sus amantes. Bien se guardó ella los celos, provocados cuando le confesara que estaba enamorado de Frida. Aunque ya Lupe vivía con el poeta Jorge Cuesta, estaba convencida de que Diego era como el alcohol y ella una alcohólica: nunca podría despegarse de él. Así que una mañana de marzo, Lupe y Frida, chocaron cuando la guapa tapatía entró como vendaval a la casa del nuevo matrimonio sin decir agua va. Frida estaba aterrada ante la presencia de esa mujerona, y la seguía preguntándole cuáles eran los motivos de tal irrupción.

—Vengo a cocinarle a Diego porque ya me dijo que tú estás para el arrastre —gruñó mientras buscaba trastos y comida.

Se remangó el vestido, se puso un delantal y con la fuerza de un vikingo furioso empujó a Frida, haciéndola caer de sopetón sobre sus nalgas. Comenzó a picar cebolla y a mentar madres por los pocos utensilios que había en esa cocina.

Frida se quedó un minuto con las piernas abiertas en el suelo, mirando cómo su cocina era violada por esa mujer, y no es que le importara mucho esa parte de la casa, mucho menos le confería un estatus sagrado, pero había códigos que todos debían respetar: nunca revisar el bolso de una mujer, no desear al novio de la amiga, menos aún sacar a una esposa de su propia cocina. Se levantó con dignidad arreglándose el pelo a fin de estar presentable para la madriza que le acomodaría a esa intrusa. Cerró los puños, y aunque chiquita, fue tan brava como chile habanero: con un gruñido corrió hacia Lupe, le arrebató el cuchillo y la empujó hasta el brasero.

—¡Aquí la única que le prepara la cena a Diego es su mujer! Y tú lo dejaste de ser hace mucho, así que si no quieres que te haga birria tapatía con este cuchillo, será mejor que ahueques el ala. Y te me vas pitando de mi casa —le gritó Frida y se puso a picar ella la cebolla.

El primer *round* lo había ganado Frida, pero Lupe no se dejó intimidar: colocó una olla vieja sobre la lumbre y puso agua a hervir. Poco a poco comenzó a arrojarle las verduras que encontró, raquíticas y secas.

—Tú no puedes calentar nada ni a nadie, a güevo que lo quemas o lo dejas tibio. La mujer debe saber moverse en la cocina para que al hombre se le pare… el deseo de ir a comer a otra casa —respondió Lupe con asco arrojando con la delicadeza de un *pitcher* de beisbol un par de cebollas que ya estaban cultivando un hongo verde. Frida no quiso quedarse atrás: le arrebató el resto de las legumbres y las vació de sopetón, salpicando la ropa a Lupe.

—Pues será por eso que cuando estabas con Diego siempre prefirió ir a comer fuera de casa. A lo mejor no le gustaba cenar pollo pechugón todo los días.

Frida tuvo que soltar una sonrisa pícara al ver empapada a su contrincante. Lupe dio un grito en señal de que la guerra apenas comenzaba. Tomó un par de huevos, se plantó frente a Frida y los abrió con delicadeza de chef en la cabeza de su rival.

—No mijita, que aquí la de la sazón soy yo, se nota que ahora Diego cuando quiere cenar, ni un par de blanquillos tiene de donde agarrarse —tomó otro huevo y lo reventó en el busto de Frida, quien al sentir cómo la clara se le escurría por el pecho, alzó su ceja única con cara de estufa a punto de recibir el asado. Sin perder la compostura, tomó un bote de harina y lo volcó sobre Lupe hasta dejarla como cemita poblana.

—A Diego le gusta la carne pegada al hueso, porque dice que la grasa es mala para su salud y luego le da asco eructar los chicharrones —espetó Frida con firmeza.

Lupe le regaló una sonrisa maligna; ésta llenó el cuarto del odio que solo dos mujeres de carácter fuerte pueden tenerse. Se fue hacia la raquítica alacena y revisó si había algún producto que arrojarle; solo encontró café rancio, pan viejo y un bote de leche podrida. Ocupó todos para decorar a Frida.

—Pinche escuincla, ya verá Diego que eres pura llamarada de petate y al primer hervor se lanzará a atragantarse de buenas papayas, muslos jugosos, pozole de trompa y dos tacos de ojo... ¡pero sin pelos!

—Eres peor que un mole de olla, que te deja enchilado y sin satisfacción.

—Tú eres un tasajo duro comunista.

—Buñuelo persignado.

—Memela de masa marimacha.

—Embutido de jamón manoseado.

Ya no había comida que aventarse y el caldo comenzó a hervir y se desbordó, regándose por la estufa. La espuma se deslizó entre las hornillas hasta consumir las llamas, y con ellas se agotó el odio entre ambas mujeres. Al ver el desorden les llegó un suspiro de razón y al unísono soltaron una sonora carcajada, ésta duró tantos minutos que un vecino hubo de asomarse para comprobar que no había ningún crimen por atestiguar. De tanto reír las lágrimas se les escurrieron entre la harina, el café y las yemas reventadas, y como las dos estaban completamente sucias, no tuvieron tapujos para abrazarse cual dos pilluelas contentas de su diablura. Frida le ofreció un cigarro a Lupe y se sentaron a fumar entre los restos de la batalla de legumbres.

—Tu cocina es una mierda —dijo Lupe. Frida la miró molesta pues pensaba que los insultos habían terminado, pero al ver que ella sacó un rollo de billetes y se los entregó, comprendió que hablaba en serio—: Vámonos a la Merced a comprar ollas, sartenes y las cosas necesarias para preparar la comida que le gusta a Diego. Ya verás, habrá un momento en que vas a dejar de ser la razón por la que él regrese cada noche, por más joven y bella que seas. Así que dale otra razón: míralo, es un gordo antojadizo, llégale por la panza y atrápalo como a un pez. Cuando pruebe el mole, haz que le guste tanto que prefiera quedarse para el recalentado antes que ir a cogerse una gringa.

Nunca pensó escuchar esas palabras de ella, pero las supo francas y generosas, pues su mirada no la traicionaba. Frida dio una larga chupada a su cigarro y masticó infinidad de preguntas: ¿Cómo sabré cuando Diego deje de amarme?, ¿qué tanto debo perdonarlo?... hasta que llegó a la pregunta más importante:

—¿Tú crees que se pueda atrapar a cualquiera con la comida? ¿Que mediante un buen banquete te cumplan los deseos como si los hubieras hechizado con una pócima mágica?

—Yo sé que una cena bien hecha es mejor que un revolcón en la cama. A los hombres les pones collar por las cogidas, o por los guisados —contestó con su acento tapatío, como si fuera un importante dogma de fe—. Yo te enseñaré a que con la mesa cualquiera te rinda pleitesía.

—¿Y qué te daré a cambio? No tengo más que mis pinturas.

—No es mala idea... Quizá algún día puedas pintarme —le respondió Lupe. Se levantó acribillando el cigarrillo con su zapato, y agregó—: aunque tampoco me caería mal una buena amiga. Alguien con quien poder quejarme de las sandeces de ese sapo panzón. Vamos a preparar ese platillo que te llevará a la cumbre del monte de los dioses, pero para ello necesitamos buenas ollas.

Frida aceptó la idea de ser de nuevo estudiante, de adentrarse a ese mundo de alquimias y sabores. Además, si aprendía a cocinar, podría llevarle el almuerzo a Diego a su trabajo, tal como acostumbraban los campesinos mexicanos, a quienes sus mujeres les llevaban al campo de cultivo los exquisitos platillos preparados con amor. Pero también le daría la oportunidad de entablar amistad con aquella aguerrida mujer, y podría preparar ofrendas exquisitas para su Madrina en el Día de Muertos, su fiesta anual, así quizá podría ganarle más años de vida.

—¿Entonces?

—¿Verdad que los chiles en nogada van sin capear? —preguntó Frida.

Lupe no contestó, la sonrisa de ambas fue más que suficiente para comprender que ya estaban metidas en el mismo mundo de especias, chiles y caldos. Literalmente había entrado hasta el fondo de la cocina, ese mágico lugar donde se unen las mujeres para platicarse sus penas, sus amores y las recetas de comida.

Antes de salir al mercado para comprar los utensilios, Frida buscó una libreta para anotar las recetas de Lupe, y quizá porque así estaba marcado por el destino, tomó la primera que se le cruzó: ese cuaderno bellamente empastado en negro que le regaló Tina antes de su boda.

No solo aprendió a cocinar, sino que incluso superó la mano de Lupe. La amistad de las antiguas rivales prosperó a tal grado que llegaron a vivir en departamentos contiguos con sus respectivos esposos y las hijas de Diego. Cuando Lupe y Frida guisaban, apenas cabían en las diminutas cocinas. Lupe lo llenaba todo con su voluminoso cuerpo y Frida con sus abultadas ropas de tehuana. Tal como lo prometió, Frida pintó el retrato de Lupe y se lo regaló, pero años después la flamígera tapatía, en un ataque de rabia, lo destruyó. Luego lo lamentaría.

A los pocos días de iniciadas las clases de cocina, Frida aprendió a llevarle la comida a Diego a su trabajo, en una canasta decorada con flores donde los platillos iban envueltos en servilletas que ella misma bordaba con frases como “Te adoro”.

Los chiles en nogada de Lupe

No existe un platillo más mexicano que este. Te salen ganas de cantar corridos y de oír mariachi. Los colores de la bandera se plasmaron en él, y todo por culpa de las imaginativas monjitas poblanas. Su preparación debe ser un fiesta, así como fiesta es la independencia. Cuando los preparábamos, juntaba a mis hermanas y sus hijos para pelar las nueces, platicar chismes y echarnos un trago. Es tan maravilloso el proceso, como el sabor.

12 chiles poblanos, 1 granada (solo los granos). Para el relleno: 500 gramos de pierna de cerdo, 4 tazas de agua, ¼ de cebolla en un solo trozo, 5 dientes de ajos, 3 enteros y 2 picados, ¾ de taza de cebolla finamente picada, 2 tazas

de jitomates pelados y picados, 1 cucharadita de canela en polvo, 5 clavos de olor, 1 manzana pelada y picada, 1 pera grande pelada y picada, 1 durazno amarillo grande o 3 pequeños picados, 1 plátano macho grande pelado y picado, 60 gramos de pasitas, 60 gramos de almendras peladas y picadas, 1 acitrón picado. Para la nogada: 1 taza de nueces de castilla frescas, peladas y picadas, 1 taza de crema espesa, 1 taza de leche, 185 gramos de queso fresco, azúcar al gusto, si se desea se le puede añadir un poco de canela. Sal para sazonar. Perejil para decorar.

✦ Los chiles se asan, se pelan y con cuidado se les sacan las semillas, cuidando de que no se rompan. Para el relleno, se coloca en una olla la pierna de cerdo, el agua, la cebolla, el ajo entero y un poco de sal y se pone a hervir; cuando alcanzó el hervor hay que bajar el fuego y dejarlo así por unos 40 minutos o hasta que la pierna esté cocida y se pueda deshebrar fácilmente. Aparte, en una olla se pone aceite y se acitrona la cebolla y el ajo picados; se agrega la carne deshebrada y después el jitomate, una vez sazonado hay que agregar el clavo y la canela, y al final la fruta, empezando por la manzana, siguiendo por el durazno, la pera, el plátano, el acitrón y se sazona con sal. Si se reseca, se le agrega un poco del caldo donde se coció la carne. Al final, se le agregan las pasitas y las almendras. Para hacer la nogada, se muelen todos los ingredientes, agregándole a la mezcla un poco de leche hasta conseguir la espesura deseada. Los chiles se rellenan con la carne y se colocan en un platón que se decora con perejil. Se baña con la nogada y termina por decorarse con los granos de granada.

CAPÍTULO X

Para Frida los primeros meses como la mujer de Diego fueron entrañables. Cada minuto que pasaba con él encontraba la pasión en las palabras, en su arte y en el cuerpo de su hombre. Desde el día de su boda las albas terminaban con el desalojo de su falda de holanes y los pechos descubiertos de su blusa del istmo para dejarse atragantar de lujuria. Reían mucho, jugaban más. Exploraron cada parte de su cuerpo como niños que descubren el patio de juegos. Entre ellos lograban invocar dichas, estremecimientos y centellas tan sólo con el roce de sus manos, el intercambio de miradas o la escritura de una carta romántica. En el cuarto, al borde del majestuoso volcán Popocatépetl, donde pasaban sus noches de ímpetu, se olía la frescura del sexo y el cariño recién cocinado. Entre las exóticas aves del valle se entonaba "La Internacional" mientras se bañaban juntos, para luego volver a cubrirse de sudor, mordisqueando las frutas que cada mañana Frida colocaba en una gran vasija.

Los chicozapotes, mangos, guanábanas y capulines despertaban con ellos disfrutando la vida.

Versión moderna de Adán y Eva, pues recién casados los mandaron al paraíso: Cuernavaca. Los trazos pictóricos de Diego despertaron la admiración del embajador americano Morrow, quien después de colmarlo de elogios le encomendó un mural para el antiguo Palacio de Cortés, donde siglos atrás se había desarrollado otro amor trágico: el del conquistador Hernán Cortés y su traductora y amante, Malintzin. Así que Diego y Frida celebraron su luna de miel en la ciudad de la eterna primavera, santificada por una circunstancia por demás irónica: el gusto del máximo representante del imperio capitalista por la obra del más famoso pintor comunista de México. El diplomático fue quien convenció a Plutarco Elías Calles de cambiar la Constitución para favorecer a las empresas norteamericanas explotadoras de petróleo, y en agradecimiento pagó con un mural en contra del imperialismo. Fue entonces cuando Frida se dio cuenta de que Diego podía ser muy rojo, pero que lo rábano le florecía al oír dólares. Su hambre por comida y mujeres también se extendía a los dólares; para el obeso pintor no había mal dinero ni mal benefactor, aunque estos fueran la antítesis de lo que pregonaba. Para sellar el trato, el embajador prestó su casa de campo a fin de que Frida y Diego vivieran durante la realización del mural. Fue así como disfrutaron sus primeros días de casados rodeados del canto de las aves y el olor de las frutas, mirando los dos volcanes nevados que semejaban, según la antigua leyenda, al guerrero en espera del despertar anhelado de su amante dormida.

Durante esos días de ensueño, Frida pasaba la mayor parte del tiempo a los pies de la tarima donde trabajaba Diego, contemplando el mural en el que poco a poco se perfilaba la brutalidad de la Conquista y el triunfo de la Revolución Mexicana, representada en la figura de Emiliano Zapata. En sus ratos libres, disfrutaba la casa del embajador, una obra arquitectónica digna de saborearse con calma: poseía un bello jardín con fuentes, flores, platanares, palmeras y bugambilias. También se dedicaba a pintar sus cuadros, que mantenía ocultos de las miradas ajenas. De vez en cuando algún amigo de la capital iba a visitarlos; entonces lo llevaban a pasear por los alrededores y remataban la noche con tremendas parrandas. Increíblemente, Diego se iba a pintar a la mañana siguiente, como si nada. Sus amigos apenas podían sostenerles el paso, tan desbordante era la energía de la pareja.

En uno de esos días holgazanes decidieron ir al Tepozteco, el cerro, cuya cumbre alberga una pirámide prehispánica y en sus faldas al pueblo de Tepoztlán. Emocionada por el paseo, Frida preparó diversos platillos que llevaría al viaje, y los metió en canastas nuevas que cubrió con manteles bordados por las indígenas de la región.

Se habían citado en el Palacio de Cortés, adonde Frida llegó al marcar el mediodía. Los ayudantes de su esposo, al enterarse de la excursión que planeaban, propusieron acompañarlos, deseosos de compartir las conocidas tertulias de la pareja. Frida se acercó a la parte principal del mural, que Diego pintaba concentrado, y se quedó absorta ante la imagen de Zapata en su caballo. Su boca se abrió ligeramente y sus manos mostraron un ligero temblor. Diego notó que algo estaba mal y de inmediato bajó de su andamio.

—¿Qué opinas, mi Friducha? ¿Verdad que está de pocas tuercas este caballo? —se engolosinó Diego mostrándole su obra con las manos.

Pero Frida no contestó. Sus ojos se perdían en la pintura de ese jinete ensombrerado con bigote grueso y un caballo que recordaba al más temible titán. Su mente evocó aquella tarde en que se cruzó por primera vez con el Mensajero y los minutos anteriores a su accidente.

—¿A poco me quedó tan pinche? —preguntó Diego, volteándose para observar con más detenimiento su creación.

—No puede ser él... —murmuró Frida, sin mover siquiera los párpados.

—¡Ah, chingao! ¿Pues quién crees que sea este cabrón? —acribilló Rivera rascándose una de sus abultadas nalgas.

Frida salió de su estupor, se desempolvó el miedo para evitar preguntas incómodas. Agitó sus trenzas, se sacudió la falda y con el orgullo de un héroe condenado a muerte en un paredón, encendió un cigarro

—Está mal pintado. Todos saben que el caballo de Zapata era negro, no blanco... Lo hiciste mal —soltó, tratando de parecer crítica. Diego la miró sorprendido. Sabía que su diminuta mujer era dura, pero ese desplante era inusitado en ella.

—Eso ya lo sé, pero blanco se ve mejor. De haberlo pintado en negro habría oscurecido el mural. No jorobes enfrente de mis ayudantes, Frida.

—Y además está mal pintada esta pata. Parece pata de vaca: gorda, pero huesuda.

Diego tenía muchos defectos, algunos podían esconderse, y otros explotaban como una carga de dinamita, pero el orgullo era quizá el peor de ellos. El verse criticado, ninguneado y, para colmo, corregido por Frida, le tocó una fibra sensible. Así que cogió con furia una brocha para encalar y bastaron tres golpes para que borrara la pata del animal. Sus ayudantes no pudieron contener las exclamaciones de sorpresa. Diego se volteó con los ojos incendiados por el odio y bajó hasta colocarse frente a su mujer, aún con el arma asesina de su obra en mano. Frida no se retractó, siguió fumando, retándolo. En su aturdida cabeza pensaba que prefería seguir su actuación que explicar que ella conocía al de la pintura. No quería ser tachada de loca.

—Tienes razón, Frida, mañana la corrijo. Vámonos al paseo, que me muero de hambre —dijo tiernamente Diego pasando su potente brazo por el delicado cuello de Frida.

Frida le otorgó el mejor de sus presentes: una amplia y coqueta sonrisa y un sonoro beso. Los dos se fueron caminando hacia la salida; pero antes de alejarse Frida miró la pintura de reojo y se preguntó cómo era posible que en aquel caballo blanco hubiera visto un fantasma de su pasado. Y al no encontrar respuesta a su angustia, hizo lo que toda esposa hace con las preguntas incómodas: guardarla en un cajón, donde seguramente quedaría olvidada.

Recorrieron el camino de Cuernavaca a Tepoztlán con los dos ayudantes mientras bebían tequila y cantaban viejos corridos revolucionarios, de esos que encienden el alma y calientan la boca. La vieja camioneta Ford en la que viajaban saltaba entre baches y piedras, tratando de no arrollar cerdos, gallinas o burros que se cruzaban en su camino. Al llegar a una colina divisaron las torres del convento de Tepoztlán, que sobresalía como un Gulliver entre las enanas azoteas de tejas de barro, rodeado de grandes montañas como centinelas orgullosos. Al entrar al pueblo la camioneta comenzó a serpentear por calles empedradas hasta detenerse a la sombra de un portal cercano a la plaza y al patio del convento. La plaza estaba a reventar de toldos blancos del mercado que cubrían como lienzos las flores y frutas.

Frida y Diego pasearon por la plaza principal, seguidos de niños en trajes de manta que a grito pelado trataban de venderles frutas, juguetes de madera y antojitos. Se detuvieron a curiosear en cada puesto, hasta que el calor los obligó a meterse bajo un arco donde se refrescaron con helados de chicozapote, guanábana y jiotilla. Un niño con cara sucia se acercó a ofrecerles juguetes de madera. Dentro de su canasta llevaba maravillas artesanales que jugueteaban en el suelo: carritos, trapecistas, gallinas que picaban comida, ratones corredores y aeroplanos de carrizo.

—Dame uno de tus carritos. El rojo —le pidió Frida.

El niño se lo dio como un explorador entregaría una

pieza de oro a su reina. Frida le abrió las manos a Diego, que no dejaba de verla divertido. Colocó el coche en ellas, que por su tamaño se veía como un chiste entre un gigante. Y con la delicadeza del amor, le fue cerrando cada dedo para que apresara el pequeño automóvil rojo de madera.

—Este es mi regalo. Es mi corazón, por eso es color sangre, pero tiene ruedas, para que siempre te siga a donde vayas, mi niño Diego —y luego, como una madre inmaculada, lo besó en la frente.

Diego cerró sus saltones ojos, sintiendo palpitar el pequeño juguete. Volvió a abrirlos y guardó el presente en la bolsa para continuar comiendo su helado de frutas.

Mientras le daban sendos lengüetazos a sus golosinas, un hombre delgado, con cara encurtida como cuero viejo y con sombrero de palma, se les acercó.

—Si quieren ir a ver la pirámide del tepozteco, yo los puedo llevar, patrones.

Diego aceptó después de pactar el precio del guía. Entre los esposos hubo varios momentos de complicidad al notar que el hombre no parecía tener sentimientos, pues su cara apenas si se movía al hablar, como si fuera una estatua de mármol.

Dejaron a los ayudantes al cuidado de las canastas y emprendieron el ascenso entre piedras rodeadas de matorrales. La vereda era empinada, subirla era todo un desafío. Constantemente Diego tenía que rezagarse, ya por que estaba sofocado, ya por ayudar a Frida que sufría arrastrando su larga falda y el pie mocho. Soltó una letanía de groserías cuando estuvo a punto de resbalar por un barranco.

—No venga con odios a Tepoztlán, si llega bien lleno de malos sentimientos, se le revertirá, patrón. Déjelos salir. Antes de asistir hay que hacer la paces con el Tepozteco —le comentó impávido su guía.

—Pues ese cabrón Tepozteco quiere matarme —le dijo entre risas el pintor.

—Entonces está viendo un espejo y muchos le desean ese mal.

—Platíquenos la historia de su pueblo —lo invitó Frida.

—Pues desde hace mucho dicen que una doncella acostumbraba bañarse en la barranca, a pesar de que los viejos del pueblo le advirtieron que ahí "dan aires"; la muchacha no lo creyó y terminó preñada. Sus padres, al enterarse, la humillaron y la rechazaron. Al nacer el chamaco, el abuelo hizo varios intentos para deshacerse de él: lo arrojó a un barranco a fin de que se golpeara contra las rocas, pero no lo logró, pues el viento que lo agarra y que se lo lleva a una llanura; ahí lo abandonó en unos magueyes, pero las pencas se doblaron hacia su boca para darle de beber del aguamiel. Entonces una pareja de ancianos descubrió al chiquillo abandonado y lo adoptó, lo llamaron Tepoztécatl, patrono de Tepoztlán.

—Me gustan sus historias. Cuéntenos otra —le exigió Frida para no detener el ascenso y conocer ese centro religioso.

Diego luchaba en cada paso. Era gracioso verlos, criaturas de ciudad tratando de caminar en el campo. El hombre comenzó a recitar otra historia, quizá aprendida de memoria, como uno más de los merolicos que reciben un par de monedas por narraciones del lugar:

—Fue hace muchas lunas, cuando los hombres barbados dominaron nuestras tierras y la Muerte cruzó el territorio colocando templos con cruces bañadas en sangre. Entonces pasaron los años y cuando vivían ya en la gran ciudad, se daba el toque de queda marcado por las campanadas de la iglesia, que era a las once de la noche, y pasando las once a tardías horas, comenzaban a oírse los llantos y gritos de una mujer, recorriendo con su lamento las calles. Los vecinos se sentían cada vez más angustiados porque los desesperados gritos no los dejaban dormir. Se preguntaban quién sería esa mujer y qué pena la ahogaría. Decididos a resolver el misterio, unos se atrevieron a asomarse por las ventanas, viendo que era una mujer vestida de blanco con un velo en la cara, que se arrodillaba mirando al oriente de la Plaza Mayor. Los aguerridos la siguieron, pero siempre desaparecía entre la bruma del lago de Texcoco. Y por su desgarradora voz afligida las mujeres la llamaron 'la Llorona'.

"Esas comadres creían que era una mujer indígena que alguna vez se enamoró de un caballero español con quien tuvo tres niños. Él no la amaba ni deseaba desposarla, pero la poseía como un perro y al cansarse de su presencia, la echaba. Rehuía el señor al compromiso del matrimonio. Ese hombre de alma cruel, luego se casó con una mujer española rica. Al enterarse, la Llorona enloqueció de dolor y mató a sus tres hijos en el río, y al darse cuenta de lo que había hecho, se suicidó. Desde entonces pena y se le oye gritar 'Ay, mis hijos'.

"Pero otros rascan más profundo, en las raíces de nuestros ancestros totonacas y hablan de las mujeres cihuateteo, madres muertas en el parto a las que se consideraba diosas. Mi tío Concepción, que es gente culta como ustedes, me explicaba que era el alma en pena de la Malitzin, quien traicionó a todos sus hijos, los mexicanos, por dejarse vender a la lujuria del hombre barbado que nos esclavizó por siglos.

"Pero sin importar quién es, esa mujer seguirá lamentándose detrás de su velo por la pérdida de sus hijos, hasta que de esta Tierra se vaya el último de los hombres".

Al terminar su relato, el hombre se sacó el enorme sombrero y se enjugó con un paliacate de algodón la frente empapada de sudor. El sol que se ahogaba entre las montañas de roca, les guiñó el ojo como confabulando con su guía. Algunas parvadas de urracas cruzaron presurosas por el cielo aborregado. Frida miró el pueblo de Tepoztlán y se imaginó una niña jugando con esas diminutas casas de muñecas.

—Es una hermosa historia —murmuró chupando un cigarrillo reconfortante que le abrazaba al igual que su sarape.

Diego se rascó su maraña de pelo para balbucear algunas maldiciones y comenzar a desandar el camino hacia el pueblo:

—Todo es culpa de la religión, se inventa fantasmas... ¡Pinche Iglesia!, hasta para crearse ánimas en pena son cabrones. La verdad me vale madres llegar a la pirámide, yo me regreso, me muero de hambre... — el resto no se escuchó pues ya iba decidido a buscar una fonda donde le soltaran una botella de tequila para humedecerse la garganta.

Frida terminó su cigarro con la calma de una mujer que espera la mejoría de un hijo agonizante. Sus ojos permanecían fijos en el horizonte.

—La mujer tenía velo, ¿verdad? —preguntó al hombre que no se movía de su lugar en espera de alguna indicación.

—En todas las historias que he oído, la Llorona lleva un velo, patrona.

—Sí, así es. Ella siempre lleva un velo —se respondió a sí misma, aventando al vacío su colilla, que con la línea de humo creó un arco perfecto, de cuerda para saltar.

Frida comenzó a seguir a su esposo, mirando el gesto de confirmación del hombre del sombrero, creyendo que le aseguraba que la mujer que penaba por las noches era nada menos que su Madrina.

Esa noche la soñó: la miraba desde una calle solitaria, entre portones y fachadas rebuscadas, invitándola a penar juntas los dolores que la vida le tenía reservados. Su mano se introducía en su pecho, para arrancarse el pequeño carrito de madera rojo, que no paraba de palpitar. La mujer del velo no lloraba por sus hijos sino por Frida, mujer, madre y sufrimiento.

Al siguiente día olvidó el sueño.

Mi viaje a Cuernavaca

¿Por qué hay nieve en Tepoztlán? No lo sé, quizá su clima cálido invita a refrescarse con postres congelados.

Yo creo que fue un regalo de los dioses quienes resguardan la cumbre, para que pudiéramos deleitarnos con una probada del paraíso, que con cada lengüetada se deshace entre nuestras manos, mostrándonos que las cosas buenas son efímeras.

Nieve de mango del Tepozteco

1 kilo de mango, 2 cucharadas de limón, ½ cucharadita de raspadura de limón, ½ taza de agua, 3 cucharadas de azúcar morena, ¼ de crema ácida ligeramente batida, 1 clara de huevo batida y esponjada.

✦ Hay que pelar los mangos y desprender toda la pulpa del hueso, no hay que dejar que se desperdicie. Se pica la pulpa y se aparta media taza para hacer una nieve con textura. Luego se licuan todos los ingredientes, menos la crema y la clara, hasta obtener un puré. Cambiarlos a la enfriadora de metal para hacer helados y mover continuamente. Al empezar a batir, se va agregando la crema y la clara. Se sigue batiendo hasta que se forme el agua nieve. Se guarda en el congelador durante 12 horas para madurar. Retirarla 10 minutos antes de servirla.

CAPÍTULO XI

En ese día melancólico, cuando los ojos negros de Frida se perdieron entre la bruma matutina que devoraba la bahía, descubrió la causa exacta de su dolor. Parecía que la vida la arrullaba como a un bebé, pero en realidad la agitaba una tormenta que carcomía sus días felices. Como muchas mujeres, había descubierto que tan sólo le quedaba el sueño de lo que le hubiera gustado que fuera su vida. Se dejó llevar por los graznidos satíricos de las gaviotas que se carcajeaban de ella. Las observó y las maldijo por su descaro hasta que se perdieron entre la niebla, dejándola sola, envuelta en su rebozo color calabaza. Sus lamentos tenían muchas raíces: la ausencia del amor fiel, de la maternidad, hasta de su personalidad. Se preguntaba: ¿cuándo dejó Frida de ser la muchacha en trajes sencillos y maquillaje tenue para convertirse en una bizarra visión de lo mexicano con sus largas faldas de algodón, blusas oaxaqueñas y pesados collares aztecas? ¿Por qué abandonó el perfil de mujer que su madre le inculcó para convertirse en la exótica pareja de Diego, que presumía como si fuera un espectáculo circense? ¿Realmente Frida era la tehuana, o simplemente una niña que jugaba a ser otra persona?

La acompañaba en sus pensamientos el hermoso paisaje de la bahía de San Francisco, donde vivían desde hacía casi un año. Diego aceptó el encargo de pintar una obra para la casa de bolsa de San Francisco y otra para el Colegio de las Bellas Artes de California. De inmediato coqueteó con la idea de extender el viaje para radicar en los Estados Unidos: podría sacar mucho provecho de la moda de pintores mexicanos en el mercado de arte. En México el presidente Calles se había encargado de perseguir, con mano dura, a los artistas; mandó destruir murales y encarcelar a artistas comunistas. San Francisco le ofrecía un santuario al que aferrarse.

Frida llegó hambrienta de exóticos ambientes. Cultivó amistades nuevas y se le abrió un mundo inesperado que parecía infinito. A Diego lo trataban como rey. Frida se mantenía atrás, escondida entre la voluminosa presencia de su marido, tímida, sin presentarse como artista, pero sus comentarios ácidos eran punzantes. Su ojo crítico, de mujer comprometida con la causa comunista, no podía sino detestar las banalidades de la sociedad norteamericana. Mitad odio, mitad dolor, Frida pasó esos días en silencio, sufriendo la pérdida del que hubiera sido su primer hijo.

Nada ejemplificaba mejor su cambio que los dos autorretratos que pintó: en el primero, una joven fresca y cálida mirada ladeada con ojos brillantes. En el retrato que pintó un año después, se le ve melancólica, y apenas, casi imperceptible, la comisura de sus labios ha dejado de alzar el vuelo y cae como si le hubieran disparado.

Frida se sentía adolorida. Se miró el vientre, luego introdujo su mano fría entre la camisa tehuana para palparlo. Se sentía tibio, como si aún no olvidara que estuvo empollando. Frida deseaba engendrar un hijo de Diego, pero en su vientre sólo había vacío: el feto estaba en mala posición y tuvieron que extirpárselo. Ésa fue su primera desdicha matrimonial, y fue también la que resquebrajó su relación con Diego. Cuando ella estuvo en el hospital para el aborto, Diego no estaba a su lado. Ni siquiera trabajando, sino ocupado en un nuevo desfile de amantes.

Recordó cómo le arrancaron a su pequeño Dieguito mientras el grande, en algún hotelucho, consumía su hambre de sexo con su asistente Ione Robinson. Esa idea le hizo solidarizarse con los miles de suicidas que saltaban del puente de San Francisco. Sus infortunios de la niñez comenzarían a ser arrollados por los nuevos, tal como le dijo la mujer del velo: el dolor crecería con el tiempo.

Era tan simple acabar con sus penas, cerrar los ojos y saltar desde el puente. Diego se daría cuenta después. Quizá mañana. Hoy estaba muy ocupado con su modelo, la tenista Helen Wills. Frida oyó los gritos del orgasmo de la mujer rebotando por cada esquina del salón donde Diego pintaba el mural. No se atrevió a sorprender a los amantes revolcándose en el suelo entre las lonas del andamio, pero tampoco se movió mientras los escuchaba. Estaba absorta en la imagen de la mujer que flotaba desnuda en la parte superior de la obra, eran los pechos y las curvas que la deportista presumía en las canchas de tenis que visitó Diego a fin de sacar trazos de ella para su mural. Mientras Helen parecía ser llevada a un paraíso de excitación, Frida simplemente dejó la canasta y salió del recinto.

De vuelta en su departamento Frida intentó distraerse cocinando y tejiendo, pero no lograba acallar los ecos de aquel orgasmo que seguían retumbando en su inconsciente. Se miró en el espejo y descubrió a una extraña, a un ser ajeno. No es que su vestimenta exótica fuera una careta que ocultara su personalidad para convertirse en la doncella indígena que Diego deseaba, más bien había dramatizado al máximo su propia personalidad. Se había transformado en una obra de arte, y ya no sabía si deseaba serlo. Se había inventado para exhibirse.

¿Por qué seguir?, se preguntó mientras paseaba por la bahía. El dolor en la pierna era cada vez más fuerte, como si un centenar de clavos le atravesaran cada célula de su miembro. Por qué sonreír si todo en ella era vacío. Se sentía como una piñata, hermosa por fuera, vacía por dentro y frágil como una olla. Diego y la vida se confabulaban para azotarla. Frida no quería quedarse a ver lo que había en su interior cuando la rompieran.

Caminó con lentitud por el andador. Subiría al puente, que la acosaba como una enorme fiera pidiendo su sangre, y vería si aún podía tener el valor de continuar viviendo.

—En tu libreta puedes leer "Ten el coraje de vivir, pues cualquiera puede morir" —escuchó decir a la voz detrás de ella.

Casualmente en ese mismo instante que pensaba en su libreta de Hierba Santa, aquellas palabras le parecieron un eco de sus pensamientos. Frida volteó y se encontró a la mujer de piel chocolate, ojos brillantes y profundos como una buena copa de coñac. Permanecía sentada en una banca con su abrigo y su camisa vaporosa de seda. Frida sintió una inmediata empatía con esa mujer de pelo corto y pómulos grandes. Quedó prendada de su amplia sonrisa, que combinaba con su collar de enormes esferas color amarillo limón.

—Disculpe... ¿la conozco? —preguntó Frida.

—No veo por qué debas conocerme. Se te nota que no eres de aquí y yo he crecido en los campos de Kentucky. No existe razón para que una princesa como tú voltee la cara hacia una mujer como yo —respondió la mujer que permanecía en la banca del mirador alimentando a las chocantes gaviotas con pedazos de pan duro.

—Entonces no hay nada que podamos hablar —le soltó Frida arropándose con su rebozo.

—¡Oh, claro que sí! Las mujeres tenemos mucho en común como para platicar durante horas, sin importar que vengamos de África, Nueva York o el Amazonas. Todas lloramos, todas amamos y todas alimentamos a nuestros hijos con nuestro cuerpo. Eso hicimos desde el primer día y eso seguiremos haciendo hasta que alguien apague la lámpara, cierre la puerta y le eche llave a este mundo.

Las dos mujeres se miraron. Frida sentía miedo, mas no estaba incómoda ante la desconocida, que le regalaba una cálida sonrisa. Frida se sentó a su lado.

—¿Tiene cigarros? Salí de casa y los olvidé. En verdad me quería olvidar de todo.

La mujer sacó de su pequeña bolsa una cajetilla, de donde robó dos vicios que terminaron prendidos en las bocas de cada una. El humo no ahuyentó a las golosas gaviotas, pero sí hizo que dejaran de graznar exigiendo más mijagas de pan.

—Mucho gusto, muchacha, mi nombre es Eva Frederick, pero si vas al barrio de La Misión y preguntas por Mommy Eve, todos darán parte de mí.

Las dos miraron al frente, al puente de los suicidas.

—¿Qué hace por aquí, Eve? —cuestionó Frida dándole nerviosas chupadas a su tabaco.

—Alimentando pájaros. Son como los hombres, su panza no tiene fin. Si hicieran el amor como tragan, tendríamos más mujeres satisfechas y menos asesinos en las cárceles —soltó la mujer aventando las últimas migajas a las aves.

—Amén —terminó Frida.

Después, silencio. Luego la complicidad que terminó en carcajadas.

—¿Y tú, querida? ¿Qué te trae al gran coloso de Frisco?

—Tan sólo mastico la idea de convertirme en cadáver. Pero tengo un problema: me dan vértigo las alturas.

—Si lo haces, serás la muerta más bella que yo haya conocido, toda enfundada en esa ropa de princesa. Al menos brillarás en el velorio, hay gente que ni para su entierro tiene clase —dictó la mujer. Frida se supo llena de algo que había venido a buscar en ese paraje: comprensión—. Claro que si sufres miedo a las alturas, entonces tienes un grave problema, muchacha, pues ningún suicida desea morir de un paro en el corazón antes de saltar. Si se desea hacer algo, hay que hacerlo bien y no sólo intentarlo. El mundo está lleno de intentos fallidos, ya cubrió su cuota de perdedores, no necesitamos uno más.

—Gracias por los consejos, creo que será mejor dejarlo para otro día. Cuando encuentre una manera menos dolorosa de acabar mi sufrimiento, lo haré. Ya demasiado dolor he sentido estos días para aún recibir más en el porrazo que me meteré al caer al agua.

—Seguro duele, debe ser tan doloroso como que te arrolle un tranvía... —murmuró Eve acomodándose su coqueta falda baja. Frida volteó sorprendida a verla, y antes de que pudiera decir algo, la sonrisa de la mujer la absorbió, calmándola con unas palmaditas sobre la pierna mala.

—¿Quién eres? —balbuceó con terror Frida.

—Eve Frederick.

—¿Eres mi... Madrina? ¿Esa es tu cara detrás del velo?

—Me confundes, soy una amiga. Y de caras, tengo muchas. Hija, toma un cigarro más, fúmalo. No voltees el rostro al pasado. Hay algo que está esperándote allá, en casa. Sería una lástima que todo terminara tan rápido. Eres más dura de lo que crees.

—¿No eres la muerte? —disparó intrigada Frida.

La respuesta fue una de las mejores carcajadas que había oído en su vida. El solo hecho de recordarla el resto de su existencia servía para alegrarle el día. Era esa voz de canto de iglesia lo que adoraba de la mujer, y si a eso le sumaba la explosiva risa, el resultado era un éxtasis.

—¿Tú crees que con estas curvas sería la muerte? —preguntó sarcástica la mujer tomándose la voluminosa cadera y los redondos pechos típicos de las afroamericanas—. Yo soy una mujer verdadera, y esas tenemos curvas.

—O sea, tampoco eres un sueño…

La mujer se llevó la mano al pelo con otra risotada.

—¡Qué Dios nos tome en su seno si esta vida es un sueño! Pequeña, esta vida, de sueño no tiene nada. Cada gota de sangre que te exprimen del corazón solamente sirve para recordarnos que somos reales —exclamó alegre Eve. Se levantó de golpe, ahuyentando a las gaviotas que esperaban ilusas más comida—. Siempre habrá algo que te espere en tu casa. Sin importar qué tan mal vayan las cosas. Busca qué es eso por lo que vale la pena regresar. Y no lo olvides nunca.

—¿Se va, miss Frederick? —preguntó Frida tratando de retenerla.

—Las palomas ya comieron. Tú, preciosura, ya no saltaste, si ves algo más importante que preparar un buen pay de manzana para reparar el alma, avísame y me quedo.

—Mi alma está más que reparada, es lo único en mí que no está roto. Es una lástima que el alma sea un concepto tan cristiano —dijo sarcástica Frida.

No le gustaban los desplantes religiosos. Había tenido suficientes con los de su madre.

—Cariño, la comida para el alma no es para alimentar políticas ni credos, pues estoy segura que aun en Rusia ahora mismo una mujer está cocinando para sus hijos. Nuestro señor, alabado sea, nos dio la misión de alimentar cada alma en este mundo. Ya sean negros, amarillos o rojos, hasta a los soldados su madre les prepara un buen plato de sopa.

—La mujer tiene otras aspiraciones que vivir en la cocina —gruñó molesta Frida.

—Claro que sí. ¡Así hablan las mujeres que tienen curvas...! Pero nadie nos va a arrebatar el placer de ver a una persona amada comiéndose el platillo que le hemos preparado con lágrimas y sudor. ¡Oh no! ¡Eso es un derecho divino!

Eve se alejó moviendo sus caderas como un velero en la mar. No se despidió, pero entonó con su bella voz de canto de iglesia de Harlem alguna melodía que agradecía a Dios la cosecha. Luego, sin voltear a ver a Frida, de manera picaresca silbó "Dead Man Blues" de Jelly Roy Morton, danzando sobre la vereda alumbrada con farolas que luchaban por no ser cubiertas por la niebla. Y sin más, desapareció, abandonando unos minutos su canto hasta que sucumbió entre la bruma.

Frida tuvo un gran deseo en ese instante: pintar a esa mujer. El deseo comenzó a llenar todo su cuerpo como jarra que se colma hasta desbordarse. Y olvidando todo el dolor, partió a su departamento para comenzar el cuadro. Sabiéndose engañada, con su maternidad frustrada y su pierna adolorida, los trazos con carboncillo en el lienzo fueron precisos, continuos, seguían las curvas que toda mujer debe tener, tal como le dijo Eve. Regresó a pintar, a ese universo donde se sentía liberada de las presiones. Sólo el pincel o la sartén en mano podían acallar el grito de desesperación de su vida ahorcada.

Un par de días después, Diego notó la diferencia de actitud de su esposa, que había dejado de ser la tímida señora Rivera para convertirse en Frida con nombre propio. Fue en una noche de bohemia, cuando se reunieron varios intelectuales, artistas y besaculos de Diego para agasajarlo en una cena. Una joven sentada a lado de Diego estaba absorta por su plática y le coqueteaba abiertamente. No era raro encontrar aprendices de arte que se le insinuaran a Diego como si fuera la presea más codiciada del lado sur de su frontera. Había algo en él que lo volvía típico como el tequila y las pirámides. Acostarse con Rivera era igual de folclórico, o hasta más picoso que el chile. Frida los observaba con detenimiento desde la esquina del salón, remembrando la firmeza de las palabras de Mommy Eve. Bebió dos largos tragos de bourbon y adoptando una nueva actitud que perduraría para el resto de su vida, comenzó el contraataque: primero se acicaló, pues si iba a luchar contra todas las putas de Diego, siempre debería verse bien. Luego se levantó, caminó de manera coqueta entre los invitados hasta plantarse con aplomo de general golpista junto a los músicos y, como tal, les ordenó tocar una canción mexicana, picosa y nóstalgica, que prendiera a los presentes: "La Llorona".

La entonó con la misma pasión con que cocinaba y pintaba. Se aventó a cantar *a capela*, arrebatando la atención de todos los presentes. Luego los músicos la siguieron con sus instrumentos. Con la botella de bourbon como compañera de espectáculo, pronunció frases humorísticas entre trago y trago. Y por fin se acercó a Diego y les dijo a sus admiradores:

—¡Salud por el maestro! Soy yo quien les puede decir todo de él, pues soy yo quien le cocina, y a los artistas no se les conoce por su obra, sino por su panza... ¡Y Diego tiene mucha! —la gente se carcajeó.

El mismo Diego también, ya que no le importaba ser el blanco de las burlas mientras fuera el centro de atención.

—A Diego le gustan los frijoles porque viene de rancho, y ahora se siente patrón: come frijoles y eructa jamón. Además, está como los frijoles: al primer hervor se arruga.

Vino otro buen buche de alcohol. Más aplausos, más risas.

—Pero se casó conmigo. Yo sólo le dije: Ahora verás, huarache, ya apareció tu correa —Frida se acercó a la muchacha que coqueteaba con Diego, la tomó de la barbilla y le plantó un gran beso. Se separó tiernamente de ella y les dijo a los invitados—: Vengo a darle una sopa de su propio chocolate.

Tomó la mano de la muchacha que reía alcoholizada. La jaló hacia ella para abrazarla, y con la otra mano le acarició la espalda y el trasero. Si Diego era una comida exótica, ella sería el postre.

—Dicen que robar es malo, cosa que yo nunca haría, pero un beso de su boca con gusto lo robaría —y de nuevo besó a la estudiante, que comenzó a dejarse llevar por el momento y acarició a Frida.

Diego sonrió incómodo. Luego, como buen valemadrista, aplaudió. Ésa era su mujer, y así la quería. Se levantó para hacerle coro y se le declaró:

—Friducha, contigo la milpa es rancho y el atole champurrado.

Frida le tomó la mano para besarla como una madre que recibe al hijo cuando llega de la escuela.

—Del cielo cayó un perico con una flor en el pico, yo sólo sé que te quiero y a nadie se lo platico.

Con esa frase, los asistentes aplaudieron un rato, divertidos por el matrimonio Rivera, que ya no podía escuchar los aplausos porque se besaban cariñosamente.

Sin darse cuenta, Diego, absorto por la representación de su mujer, estaba siendo hipnotizado. Al poco rato se olvidó de la muchacha, que prefirió refugiarse tras las espaldas de los artistas lambiscones. Diego se plantó junto a Frida para seguir cantando y bebiendo. La mirada cariñosa y divertida de Diego era como la mano que se unía con la de Frida en el cuadro en que ella los había pintado a ambos: el enorme pintor mirando sus pinceles y paleta, aferrado a su esposa-hija-madre-amante. Frida había ganado.

Al día siguiente, Frida se aferró al bolso donde guardaba el carrito de madera de Diego, y bastante adolorida de la cabeza por la resaca, tomó un tranvía hasta la zona de La Misión, en pleno corazón de San Francisco. Caminó dando tumbos entre los migrantes mexicanos que trabajaban en maquilas de ropa y los afroamericanos que cargaban cajas de frutas. Entre el ruido y el caótico movimiento, decidió acercarse a una mujer que vendía manzanas en la calle.

—¿Sabe quién es Mommy Eve? Me dijeron que podría preguntar a cualquiera y me darían razón de ella.

—Todos conocen a Mommy Eve. ¿Qué deseas de ella?

—Agradecerle —explicó Frida.

—Pues tendrás que ir al cementerio de La Misión, en Dolores y la calle 16. Le gustaban las rosas blancas si quieres llevarle algo —explicó la vendedora con una sonrisa.

Para esconder su sorpresa, le compró una bolsa de manzanas que convertiría en el pay que tanto deleitaría a Diego acompañado con leches malteadas. Frida caminó hasta el cementerio de la zona, el más antiguo de la ciudad. Con una rosa blanca colocada en su pecho, deambuló entre los mausoleos y esculturas fúnebres del recinto. Cerca de un gran roble encontró una lápida pelona que llevaba inscrito el nombre "Eve Marie Frederick". Había muerto hacía cinco años. La rosa se quedó reposando en la placa de piedra hasta marchitarse. Sólo fue regada por algunas lágrimas que soltó Frida.

A nadie le diría sobre su encuentro con esa mujer. Fue un secreto que perduró toda su vida; inclusive cuando inmortalizó a aquella dama en un famoso retrato, nadie supo quién era y no encontraban referencia a ella en ninguna parte. Solamente cuando Dolores Olmedo adquirió la obra y le preguntó quién era, sabiamente Frida le contestó: "Alguien que decía verdades".

La comida en Gringolandia

No me gustó nada comer entre los güeros. Yo sólo quería un huevo revuelto con su chilito y un tambache de tortillas, pero ni modo, uno había de callarse y tragarse las mentadas para disfrutar el mundo moderno.

Lo que sí me gustaba eran sus pasteles. Eran como edificios perfectamente construidos. También me gustaban los restaurantes de la gente de color. Ahí todo era colorido, desde la música hasta la amable sonrisa de la camarera.

Mommy Eve's Apple Pie

2 tazas de harina, 1 cucharada de azúcar, ¾ de cucharadita de sal, 10 cucharas o 1 ¼ barra de mantequilla sin sal, cortada en pedazos, ¼ taza de manteca vegetal, 6 cucharadas de agua fría. Para el relleno: ½ taza de azúcar, ¼ taza de azúcar morena, 2 cucharadas de harina, 1 cucharada de jugo de limón, 2 cucharaditas de limón rallado, una pizquita muy pequeña de nuez moscada, 2 kilos de manzanas golden peladas y rebanadas finas, leche, un poquito de azúcar.

✤ Primero se prepara la corteza: se mezcla harina, azúcar y sal; después se agrega la mantequilla y la manteca vegetal dando vueltas continuamente hasta que espese, y entonces se le ponen las 6 cucharadas de agua para humedecerla; agregar más agua si la pasta se seca. Se divide en dos pedazos, cada uno aplanado en forma de disco y se deja reposar durante 2 horas o más. Mientras tanto se prepara el relleno: se mezclan todos los ingredientes, excepto las manzanas, la leche y el poquito de azúcar, se ponen a fuego bajo hasta que se forme un caramelo uniforme, entonces se agregan las manzanas rebanadas. A uno de los discos de corteza se le doblan hacia arriba los bordes, para formar una especie de platón, y se le vacía el relleno de manzanas. El otro disco de corteza se corta en tiras que se colocan encima del relleno, formando un enrejado; se presionan suavemente los extremos en los bordes de la corteza para unirlos. Se barniza el enrejado con un poco de leche, se le esparce azúcar y se hornea el pay durante 10 minutos a 200 grados centígrados. Después se reduce la temperatura del horno a 180 grados y se deja cocinar durante 1 hora o hasta que burbujeen los jugos y la corteza esté dorada.

CAPÍTULO XII

Su nueva actitud la impulsó a que buscara ayuda para calmar los dolores de su pierna. Quizá había recuperado la atención de Diego, pero cuando se levantaba cada día y veía los dedos de su pie izquierdo marchitándose, comenzó a preguntarse qué tanto valía la pena vivir el día a día con un dolor que asemejaba a la muerte. Se preguntaba si no sería ése el precio que debía pagar a la muerte por vivir tiempo prestado, pero el hecho de que aun el intento de cruzar la sala de su diminuto departamento le reportara una sensación de caminar sobre miles de clavos, la hizo decidirse a buscar ayuda.

Soñó entonces un puerto atestado de trabajadores, algunos con armas en las manos que ella misma les había dado para que fueran a pelear a una tierra lejana, llamada La República. Había gente de todas las nacionalidades, y entre ellas logró distinguir a Mommy Eve, quien la abrazó para despedirse. El abrazo se sintió cariñoso, como si la mujer le dejara un soplo de comprensión hacia su angustiante vida. De inmediato se encaminó por un puente para abordar un hermoso velero con blancas lonas.

—¿Te vas? —le preguntó Frida corriendo detrás del barco que zarpaba.

—Hija, he encontrado al mejor capitán para que me dirija a la muerte. Él te conoce y te admira. Necesitas un capitán que lleve tu barco al último lecho, alguien que sepa sortear tormentas, pues las tuyas son enormes —le contestó Eve. Frida volteó a ver el velero. En éste había un hombre vestido de capitán; sus maneras eran suaves y sus ojos metálicos como el acero. Ambas cualidades las usaba con distinción según las necesitara. Su porte era caballeresco y correcto como el té en la tarde, pero sus manos firmes detrás del timón eran salvajes como la mar. Su sonrisa palaciega regalaba paz como caramelos a niños en Navidad. Sus ojos fríos e indescifrables siempre estaban en otra parte, salvando a quien se dejara.

—Lo conozco. Es el doctorcito Leo —exclamó Frida ante el barco que zarpaba entre la calma mar.

Después de esas vívidas escenas, su sueño prosiguió como lo hacen casi todos los sueños: con tonterías y locuras que solo complacen a la mente divagadora.

Al siguiente día buscó al doctor Leo Eloesser, a quien había conocido en 1926 en México y ahora radicaba en la ciudad, trabajando en la Universidad de Stanford.

—¿Por qué vino a buscarme a mí, Frida? —le preguntó el mismo hombre de su sueño, salvo por su baja estatura.

—Porque sé que es el mejor, porque es un comunista. No podría poner mi vida en manos de un mocho persignado —contestó Frida alegre.

—¿Y los comunistas curamos mejor a nuestros pacientes? —continuó el juego el doctor Leo.

Frida saboreó las obras de la pintora Georgia O'Keeffe que colgaban de las paredes, y sonrió al descubrir un lienzo de Diego en el cuarto: *La tortillera.*

—No, pero al menos no dan absurdas y falsas esperanzas del cielo y el infierno. Curan con la ciencia, no con la fe —le respondió Frida.

Del propio puño y letra de Frida saldrían las más descarnadas cartas hacia quien desde ese momento sería su mejor amigo. En él confiaría como en ningún otro, llegaron a tenerse un enorme cariño y terminaron por incurrir en uno de los delitos más sancionados: la verdadera amistad entre un hombre y una mujer, sin que existiera entre ellos alguna atracción sexual.

—Mi pata cada vez está peor, doctorcito. Mi columna me acribilla cada vez que hago corajes por culpa del panzón de Diego, y mi vientre siente un vacío que nunca podré llenar —explicó sus síntomas Frida.

—Son buenas noticias.

—¿Buenas?

—Malas serían que estuvieras muerta. En la medicina curamos lo que se puede curar. No podemos hacer milagros, porque esos se curan solos. Y los últimos milagros que dio el mundo fueron Manet y su discípulo Hugo Clément —exclamó con sonrisa el doctor Leo, quien era apasionado del arte, la música y los veleros.

Frida dejó que le examinara los huesos como quien revisa a un caballo antes de la gran carrera. Después de varios minutos, sintió que el doctor indagaba en su vida a través de cada uno de sus síntomas, como hombre curioso que busca objetos en la bolsa de una mujer. Su cara no le decía buenas cosas, pero no eran nuevas, se sabía jodida desde la punta de la uña hasta el último cabello. Jodida totalmente.

—¿Acaso mando pintar mi sarcófago de rosa mexicano para que combine con mis faldas?

—Sería aún más bello el ataúd si tú misma lo pintas con tus paisajes de barro y vestidos de flores, pequeña Frida.

—Me ha descubierto doctorcito: todos mis cuadros son sólo proyectos para la decoración de mi tumba.

Las confesiones que le haría en sus cartas serían dolorosas, casi siempre comenzando con un "Querido doctorcito" para endulzar las aflicciones que le referiría. El doctor Leo estuvo tan comprometido con la causa social, que fue un médico del mundo: estuvo en China, en la Guerra Civil española del lado de los liberales, en México con trabajadores huelguistas, atendiendo a los pobres en Tacámbaro, Michoacán; y desde luego, con su querida Frida. Y al igual que todos los que se comprometen en hacer el bien, despertó recelos entre los burócratas encorbatados del gobierno; llegó incluso a ser perseguido por la CIA.

—Ese tranvía hizo un buen trabajo: te partió totalmente la madre.

—Ni que lo diga, pero para asegurarse de mi destino mandaron a Diego a rematarme.

—Si ya sobreviste más de un año a Diego, entonces podrás sobrevivir tu vida con esa columna como vasija rota. Tienes una deformación congénita de la espina dorsal.

—Suena como algo incurable, doctorcito —dijo acongojada Frida.

El doctor Leo la miró, le besó las manos y la apapachó como nunca su frío padre lo había hecho. Pero no le contestó.

Leo Eloesser se sabía unido a esa mujer por un proyecto del destino. Muchos años después, desde la lejanía, le escribía con cariño a su protegida Frida: "Te beso las manos, chula, y la pata trunca, no sabes cuánto te echo de menos con tus enaguas tepehuanas y tus labios de carne viva".

—Quiero tener un Dieguito dentro de mi panza, ¿acaso es mucho pedir a la naturaleza? —preguntó Frida levantándose la blusa tehuana y enseñando su blanco vientre que luchaba para no confundirse con las vasijas del hospital.

—Tu cadera es como un edificio sostenido con palos, cualquier presión y se desmoronaría. Ese Dieguito terminaría lo que el tranvía y Diego no han logrado —le explicó el doctor torciendo su acicalado bigote en una mueca picaresca.

—Si él sobreviviera y yo no, no me importaría tomar el riesgo. A fin de cuentas, en el peor de los casos me moriría, y no le miento, pero eso ya lo he hecho —confesó Frida.

—Es muy noble de tu parte ofrecerte en sacrificio al

gran jefe Diego para darle un chamaco, pero ese niño tendría menos oportunidades que tú, chula.

—¿Acaso me queda otra opción que resignarme a medio vivir?

—Es la misma opción que tengo yo, o Diego, o mi enfermera... O el resto del mundo. Todos hacemos como que vivimos, pero te recuerdo que la vida es sólo el trámite entre nacer y morir.

—Es una mierda de opción —gruñó Frida.

El doctor Leo tuvo que admitirlo con la cabeza, mientras sus ojos ya estaban planeando salvar alguna comunidad perdida en la más alejada región del mundo.

—Ni hablar de eso, es una mierda de opción.

Leo sería el testigo de toda la historia de Frida y Diego. Convencido de que ambos eran como semidioses y, como tales, podrían vivir entre los habitantes de la Tierra, el doctor Leo disfrutaría cada momento de su relación con ellos. Aunque tuvo que compartir momentos desoladores con ambos, como el sabio que era, asimiló que bueno y malo son dos caras de la moneda que siempre está en el aire. Frida fue el azúcar que le sazonó la vida, encontró en esa mujer de faldas acarameladas y blusas de mercado la más dulce de las mieles.

—El mural de Diego está terminado y su enorme culo nos sonríe a todos. Y ahora, ¿qué van a hacer ustedes? —preguntó el doctor con picardía, pues en su nueva obra Diego, mitad broma mitad serio, se pintó de espaldas, sentado en un andamio, realizando la obra.

—A veces creo que esa es su mejor cara. No habla, no se queja y es sonrojada como mejillas de niño. Me imagino que lo hizo como quien pinta una imagen santificada para que vayan a besarla sus discípulos —agregó sarcástica Frida. Desde luego a la comunidad cultural americana no le gustó el gesto humorístico, pero así era él, como cualquier otro mexicano, alburero y malandrín—. Ahora Diego ha decidido que nos mudemos a una nueva jaula, donde podrá mostrar mejor sus plumas de pavorreal.

—¿Se regresan a México, Frida?

—No lo sé, pues hay nuevos trabajos, pero ha gastado nuestros ahorros en un par de casas que le encomendó al bueno de Juanito, que entre murales, edificios y problemas personales ha construido. No puedo quejarme, son bonitas e inservibles como florero de Talavera, que de tan incómodo nadie sabe dónde ponerlo.

El doctor se rió de buena gana. Frida sabía que las casas que Diego construyó en el barrio de San Ángel para consumar "su nido de amor", tenían poco de amor y mucho de política. Juan, un arquitecto joven que seguía a Diego como perrito y adoraba su arte como monje devoto, convenció a Diego de que esas casas equivaldrían a un manifiesto socialista de arquitectura de vanguardia. O'Gorman quería demostrar con ellas que se podía construir con un máximo de eficiencia al mínimo costo. Como ninguno era tonto, Diego consiguió regalados los terrenos, y Juan un promotor. Frida se quedó en medio, con una pinche cocina eléctrica del tamaño de un frijol, donde no se podía preparar ni una taza de café. Eso sí, fueron tan exitosas que cuando Diego se las presumió al secretario de Educación Pública, este quedó tan impresionando por el bajo costo que contrató de inmediato a

Juanito para que construyera veintitantas escuelas igual de pelonas e incómodas que las casas, a fin de cuentas sólo eran para chamacos y en ninguna necesitarían una buena cocina donde hacer mole.

—Diego me enseñó los planos. Me gusta el simbolismo. Son dos casas separadas: rosa la suya y azul la tuya, ambas unidas por un puente, como tu amor.

—Juanito se encargó de poner un puente muy chiquito.

—¿Te gustan?

—Digamos que explican perfectamente cómo ve Diego nuestra relación: él es la casa grande y yo "la casa chica".

El doctor Leo se sentó al lado del sofá donde estaba Frida. Con la delicadeza de un cirujano trayendo una nueva vida, le tomó las manos y se las acarició para reconfortarla.

—No sólo mi pierna y mi columna sufren, doctorcito. Necesito otra consulta, pero me va a prometer que no se va a reír de una tonta como yo, que ya tengo demasiadas burlas con estos gringos estúpidos —le murmuró Frida a un ritmo de voz tan lento que sólo un ratón y un buen amigo podrían oír.

—Aquí estoy...

—Como hombre de ciencia contésteme, ¿será posible que yo sea una difunta y sólo esté viviendo por un favor de la muerte? ¿Acaso todos mis males se deben a que yo ya estiré la pata y ando de tiempo extra...? No se ría, que no es juego. Creo que la Muerte me anda queriendo cobrar una deuda.

El doctor se acomodó su acicalado cuello. Se chupó

el bigote, pues para esas respuestas de cerebro y corazón se necesita mucha saliva en los labios, y apretó más duro las manos como sobando el golpe que un niño se hizo al resbalarse.

—Mira, Frida, si lo que dices es verdad, y yo, que para serte franco sólo soy un doctor revoltoso que ni siquiera toca bien la viola, creo que toda la vida tiene un balance. A todo hecho, hay una respuesta. Soy ateo porque las matemáticas son el mejor dios, y en mi mundo, donde todo está acomodado, si le quitas dos al cuatro, dos te quedan. ¿Me entiendes?

Frida movió la cabeza afirmando. No es que comprendiera del todo, pero sabía que al menos ambos ya estaban hablando en el mismo cuarto donde conviven la locura y la desesperación.

—Bien, si estás robándole días a tu muerte, la misma vida te tendrá que ir quitando cosas. Uno no puede engañarla. Si es un año más, quizá fue tu aborto. Si quitas una roca de un lado de la balanza, tendrás que quitar una igual del otro extremo... Pero para eso estoy aquí, para que la balanza esté a tu favor.

—¿Me diagnostica como rematadamente loca, doctorcito? —preguntó Frida a su amigo.

Él de nuevo le ofreció su reconfortante sonrisa, y aprovechándose del ya reconocido talento de Frida para cocinar, le dictó:

—No, pero sólo con una condición te dejaré ir sin que te metan al loquero: prepárame unas costillas como las que comí en Michoacán, con todo y sus frijolitos, que aquí toda la comida me sabe insípida.

Frida le cumplió la promesa. Y en agradecimiento por sus palabras medicinales y su cariño reconfortante, también le pintaría un cuadro antes de partir de San Francisco. Lo dibujó como un viejo retrato: con la inocencia de la desproporción, el cuello como el de un pájaro, vestido de catrín con camisa almidonada y cuello alto. Parecía un hombre joven que se hubiera vuelto viejo de repente. Atrás del doctor Leo puso un modelo de su velero que sacaba a navegar en la bahía. Nunca antes había pintado Frida un barco, por lo que preguntó a Diego cómo delinear las velas.

—Píntalas como quieras —le respondió sin darle importancia, muy preocupado por comenzar su nuevo proyecto en Detroit. Frida las pintó planas, con rebordes y unidas al mástil con grandes anillos, como cortinas.

—Así no son las velas del barco —la criticó Diego un día, tratando de vengarse del caballo de Zapata.

Frida alzó los hombros.

—Pues así las vi en mi sueño —contestó ella.

Las costillitas del doctorcito Leo

Cuando el doctorcito viene a verme, sólo pone un telegrama diciéndome: "prepárame mis costillitas". Yo sé que hay que cocinarle ese platillo del que se enamoró cuando andaba curando inditos. Lo amo, es mi mejor amigo.

2 costillares de cerdo, cortados en trozos para separar las costillas, ½ cucharadita de comino molido, 6 dientes de ajo bien picaditos, 1 cucharadita de sal, 2 cucharadas de manteca de cerdo, 4 tazas de agua, 6 dientes de ajo, ¼ de cebolla partida en pedazos, 8 chiles serranos, 1 kilo de tomates verdes sin cáscara, 8 ramitas de cilantro fresco, sal y pimienta para sazonar.

❋ Hay que mezclar el comino con el ajo picadito fino y la sal, para untar la mezcla en las costillas. Si se puede, hacerlo con un día de anticipación para que se absorban bien los sabores. Las costillitas se colocan en una cazuela grande o un caldero de hierro con agua, hasta cubrirlas, y se ponen al fuego hasta que hiervan. Se cuecen hasta que un tenedor entre a la carne con facilidad. Se sacan del caldo y se fríen en la manteca durante 10 minutos, después se dejan aparte. En otra cacerola se pone el agua y los dientes de ajo; al hervir se le agregan los chiles y la cebolla y se dejan cocer durante 5 minutos. Se añade el tomate verde y se deja cocer otros 5 minutos más. Entonces, todo se muele en el molcajete hasta hacer un puré; a esa mezcla se le agregan dos tazas del caldo donde se coció todo y se le pone el cilantro apenas molido. Si la salsa queda espesa, se rebaja con más agua.

En un sartén grande se calientan dos cucharadas de la grasa donde se frieron las costillitas, se agrega el puré, se deja hervir tapado para que se cueza durante 10 minutos. Las costillas se incorporan a esta salsa, se sazona con sal y pimienta, se mezcla todo muy bien y se deja cocinar a fuego lento durante 20 minutos.

CAPÍTULO XIII

No fue raro que Diego dejara de jugar al hombre perfecto y que se le agotara la vena por consentir a su mujer. Eso de quedar bien con Frida pasó a segundo plano, y prefirió caerle bien a otra. Nada más fácil para ese pintor de mañas añejas y corazón voluble que encontrar amante. Y la actitud de Frida no ayudaba: no deseaba estar donde vivían, siempre estaba deprimida y con la ira dispuesta a saltar en cualquier momento. Así que Diego simplemente buscó un lugar para esconderse, un cuerpo joven dispuesto a ceder su sexo a cambio del renombre de ser la amante del artista. Visto de frente ese áspero panorama, la peor parte era que las debilidades de Diego se sucedían mientras en su vida conyugal parecía no pasar nada.

Detroit fue para Frida la encarnación de todas las agonías descritas por Dante. Para Diego, en cambio, era el corazón del engranaje de los Estados Unidos, desde donde comenzaría la revolución a través de sus murales.

La tortura de Frida comenzaba con la comida, desabrida y sin vida, continuaba con lo gris del paisaje, siempre nublado a causa de las continuas emanaciones de las fábricas. Esa ciudad de ladrillos desnudos, chimeneas largas y humos pesados no era el mejor lugar para que su hijo naciera, pero como todo en su vida, ni siquiera su concepción fue planeada. Frida estaba embarazada y su cabeza era una olla en ebullición donde se calentaban preguntas sobre su futuro con una criatura que no era bien recibida por el famoso padre, a quien temía decirle el secreto que guardaba en su vientre.

Desde sus primeros días en Detroit, Frida sintió la soledad como un escalofrío en su espalda enferma. Pasaba mucho tiempo sola, dando vueltas por el cuarto del hotel, buscando en qué ocuparse. La habitación era tan ínfima como su esperanza, y el letrero que colgaba en la entrada del hotel prohibiendo el acceso a judíos, reducía más el espacio, que parecía construido con navajas de racismo. Detroit era una ciudad dura para ella; también lo era el mecenas de Diego, el señor Edsel Ford, tan robótico y frío como una de sus máquinas armadas con perfección obrera en la línea de ensamblado. Frida no podía encontrar ni un respiro de humanidad entre los trastos de acero y la maquinaria fría.

Cuando los invitaron a una fiesta para Diego, que plasmaría al héroe colectivo del hombre y la máquina como el espíritu liberador de un pueblo que extrañamente no deseaba ser liberado, ella se comió la lengua y, vistiendo galas dignas de una estrella de cine, se dejó arrastrar para ser mostrada como hermosa joya. Tanto la molestó el ambiente falso y superficial, que al oír los comentarios déspotas y racistas de Ford, el millonario de la industria automovilística, no pudo contenerse y llena de malicia le soltó:

—¿Es usted judío, señor Ford?

La pregunta causó revuelo entre los presentes y disgusto en el anfitrión. Diego estaba sorprendido de que el odio que en su esposa provocaban sus infidelidades se desahogara contra el empresario que les pagaba casa, comida y sustento. Molesto, se apartó de su grupo de alabadores profesionales y la llevó a una terraza de la mansión Ford para confrontarla:

—Frida, ¿acaso estás loca?

—No, estoy embarazada —le respondió con rabia.

La noticia que debería traer felicidad fue lanzada como un escupitajo a la cara. Pero Diego era masa voluble y lo primero que pensó fue en los problemas de tener un hijo. Ya tenía dos niñas de su antiguo matrimonio con Lupe y no le quedaba humor para recibir una criatura que lo anclara a algún sitio, cortando su ascendente carrera como muralista, ahora favorito de los empresarios norteamericanos.

—¿Es cierto lo que dices, Friducha? Hay que pensar bien qué es lo mejor.

—Lo mejor ya lo resolverá un hombre más inteligente que tú. Hoy cuando menos simula que te dio alegría la noticia —reclamó Frida.

Diego la tomó de los hombros con fuerza y cuando parecía a punto de agitarla para poder lanzarla por el balcón, agachó su cabeza con la lentitud de un tren acoplándose a un vagón y pegó los labios en los de su mujer. La saliva le supo diferente, a hierbabuena y menta. El beso continuó por un tiempo, borrando en la mente de los dos al resto de los comensales de la fiesta. Si Frida deseaba tener un Dieguito, esa sería su decisión. Lo cabrón podía guardarse para otro día, hoy ella mandaba.

Al día siguiente permaneció en la habitación para escribirle guía y dirección a su confidente, el doctor Eloesser.

> Doctorcito:
>
> De mí tengo mucho que contarle, aunque no es muy agradable que digamos. Debo decirle que mi salud no anda muy bien. Yo quisiera hablarle de todo menos de eso, pues comprendo que ya debe estar aburrido de oír quejas de todo el mundo.
>
> Creí que por mi estado de salud lo mejor sería abortar, y por eso el doctor de aquí me dio una dosis de quinina y una purga muy fuerte. Cuando me examinó, me dijo que él estaba completamente seguro de que no había abortado, y que en su opinión debería continuar el embarazo, pues a pesar de las malas condiciones de mi organismo podría yo tener a mi hijo sin grandes dificultades con una operación cesárea. Él dice que si nos quedamos en Detroit siete meses, podría atenderme. Yo quiero que usted me diga qué opina, con toda confianza, pues yo no sé qué hacer.

Frida no esperó la respuesta de su amigo. Decidió no abortar, esperanzada en la ilusión que le había dado el doctor de Detroit.

* * *

No había manera de saber quién podía ser enemigo o aliado. Cualquier mujer joven que se acercaba a Diego en búsqueda de aceptación, conocimiento o simplemente por el afán de relacionarse con él, podía desatar la furia del tornado que encerraba Frida. Ella misma parecía no recordar que de esa manera había llegado a él, mientras tenía relaciones con Lupe. Por eso cuando apareció Lucienne, la hija de un compositor suizo que buscaba la guía de Diego en su arte escultórico, las sospechas emergieron en cada esquina, con cada ausencia de Diego. En una reunión con la comunidad intelectual, Diego se pasó encantando a la rubia con discursos de elogio a la estética de las máquinas. La mujer tenía una charla inteligente y contestaba con respuestas acertadas. No podía decirse que fuera una cualquiera. Por más de una hora el chacoteo entre el gran pintor y la joven escultora continuó saltando de las influencias de cada uno hacia las opiniones que tenían de otros artistas. Cuando Lucienne se levantó para servirse algo de comer, encontró en el umbral del salón a Frida. Como siempre, aparecía deslumbrante, arreglada con hermosas joyas, sendos regalos por el nuevo embarazo. Le cortó el paso como una leona que defiende lo suyo.

—Te odio —le disparó Frida en la cara.

Lucienne quedó desarmada, trató de buscar el apoyo de Diego pero él ya estaba ocupado con otra estudiante, a la que también hechizaría con sus palabras como encantador de serpientes.

—No te culpo de que lo ames. Si estuviera en tu lugar, yo también pelearía por él —respondió la fría escultora. Si le ofrecían verdades, ella devolvería verdades también.

—Aléjate de él —sentenció Frida sin mover un músculo.

Las mujeres permanecieron varios minutos mirándose, simulando un viejo duelo entre enemigos.

—Eso será un problema. Me ha pedido que sea su asistente en el mural —explicó Lucienne.

—Él no te quiere como asistente, te desea como amante. Primero te irá envolviendo con frases suaves y un trato amable. Luego, cuando se aburra, te mancillará y te cambiará por una nueva amante. Si fueras inteligente no aceptarías el puesto —explicó Frida, decidida por fin a luchar.

—Yo sé que trabajar con Diego me conviene para mi carrera. Pero será él quien se encontrará con la sorpresa de que no me interesa acostarme con él. Es tuyo en su vida privada, pero yo seré de él en las horas de trabajo. Haré todo lo que me pida excepto sexo. Si tú puedes vivir con esas reglas, entonces yo también.

Frida se quedó aturdida. Era una sorpresa encontrarse con una respuesta así ante la ya acostumbrada cantidad de mujeres ávidas de seducir a su esposo. Esa joven rubia de ojos cristalinos no lo admiraba más que por su pintura y su talento.

—¿Te gusta cocinar? —preguntó la pintora.

—Mis manos están hechas para esculpir. Cocinar es un arte sutil. Tendré que buscar un maestro tan bueno como Diego lo es con la pintura.

—Si mañana vas al departamento, podremos cocinarle a ese panzón —la invitó Frida. Lucienne aceptó de inmediato. Había ganado dos maestros.

La relación entre ellas fue creciendo con el tiempo. Diego, al darse cuenta de que sus intentos de seducción no eran bien recibidos, se dejó llevar por la inteligencia de su asistente y la convirtió en su más cercana colaboradora. Frida descubrió a una aliada en un lugar hostil y en un momento difícil. Incluso Diego le pidió a Lucienne que se fuera a vivir con ellos para que cuidara a Frida, y Lucienne aceptó de buen gusto pues sus clases de español y cocina mexicana eran toda una experiencia.

Lucienne permaneció al lado de Frida tal como se lo prometió a Diego. Un día en que ambas contemplaban desde el hotel los fuegos artificiales del festejo de la independencia de los Estados Unidos, Frida no pudo permanecer más tiempo de pie y regresó a su cuarto quejándose de un dolor, que en parte era físico y en parte era depresión. Diego le exigió que durmiera para que descansara.

En la madrugada, el grito de Frida rasgó la paz del lugar. Rápidamente Lucienne fue a verla a su habitación y se encontró con un charco carmesí salpicado de pequeños bultos de sangre coagulada. Frida lloraba.

La trasladaron de inmediato al hospital Henry Ford. Mientras los enfermeros la llevaban en la camilla a urgencias, Frida advirtió en el techo del sanatorio el impresionante tráfico de tuberías pintadas de colores. Sus ojos se perdieron en ese laberinto y le dijeron a su esposo, que le tenía tomada la mano:

—Mira, Diego, ¡qué hermoso es!

Y los colores se volvieron oscuridad.

Frida se descubrió desnuda en una cama de hospital, con el vientre inflado como balón pero vacía como jícara sin agua. Un remolino oscuro en la entrepierna manchaba la blancura de su piel. La sangre teñía las sábanas con figuras de corazones ofrecidos en sacrificio. Era lenta la acometida roja, tanto como el arrastre de un caracol en el piso. De su maternidad salían tubos rebosantes de sangre alimentando su columna rota, una orquídea azul que agonizaba en el suelo, aparatos ortopédicos y el embrión que flotaba encima de ella. El rostro de su hijo nonato le hizo frente al girar la cabeza, y antes de que se le extinguiera el último soplo de vida, le mostró sus ojos y labios gruesos; inconfundiblemente eran los rasgos de Diego. A los pies de su cama, Frida notó que una pequeña vela se apagaba; con la muerte de la flama, el nonato desapareció. Gritó adolorida: le habían arrancado a su hijo del mundo de los vivos. No podría nunca sentir el aire en su rostro ni degustaría una comida elaborada por su madre. La Madrina se lo había llevado.

—Lo siento, querida —le dijo la mujer colocándose a su lado de la cama.

Un gran sombrero coronaba el rostro velado. Se marchitaba la estola de plumas blancas como árbol en otoño. Su Madrina se palpaba triste detrás del velo oscuro que cubría el rostro.

—¿Por qué no me llevas a mí y dejas que Dieguito viva? —le recriminó entre llantos Frida, pero la señora del fin de los días no respondió. Tomó con sus dos manos el cirio apagado y lo apretó en su corazón hasta que lo disolvió entre sus dedos.

—Todos ustedes me pertenecen —sentenció la Madrina—. Estoy unida al primero que existió y seguiré aquí hasta el último. Cuando no haya más, terminaré mi labor y sólo entonces dejaremos de estar unidos.

—¿Por qué?

—Porque para unos es un respiro y para otros son muchas novelas. Cada uno cuenta su historia, sin importar cuán larga o corta sea. Para él fue suficiente. Tuvo lo necesario. Ni un minuto más, ni un minuto menos. Así funciona —explicó su Madrina.

Frida sentía odio. No deseaba más tratos con esa mujer fría, que no comprendía el dolor de ser madre. Por desgracia no entendería hasta muchos días después que aquélla era la madre de todos, y cada vez que cerraba una vida sufría a su manera, pues no hay dolor más grande que la pérdida de un hijo.

—No deseo vivir más —la retó Frida.

La muerte dio un paso atrás, apartándose de la cama. Su estola se perdía en el horizonte donde una fábrica desprendía sus vapores.

—Será cuando acordamos. Ni un minuto más, ni uno menos.

—¿Y ese momento cuándo es? ¡No puedes llegar a arrancarme todo lo que amo cuando tú lo desees!

La mujer del velo tomó la mano de Frida. Le extendió cada dedo, exponiendo su palma al cielo gris. Le colocó un huevo de gallina que permanecía misteriosamente caliente. Entre las motas cafés que lo adornaban, en el extremo superior, había una inconfundible marca: un lunar rojo en forma de corazón.

—Este será quien selle nuestro pacto. El que nazca de ese huevo te recordará con su canto al sol del nuevo día que seguirás viviendo porque así lo acordamos. El día que no cante al sol, morirás.

No hubo despedida. Frida despertó en el hospital rodeada de doctores. Sus ojos se encontraron con Diego. Después sintió el aire inflando sus pulmones, y se palpó el vientre vacío.

Cinco días después Frida comenzó a dibujar como una psicópata. Deseaba plasmar en sus obras al niño que perdió, tal y como era cuando literalmente se deshizo en pedazos dentro de su vientre, según le había explicado el doctor. Frida le pidió que le consiguiera un feto en formol. El médico se aterró ante la idea, convencido de que se trataba de una desviación mental a causa de la pérdida. Diego fue el que lo hizo entender que Frida estaba haciendo arte, que estaba expulsando sus fantasmas con el lápiz y el papel. Inspirada por las ilustraciones de libros que mostraban las etapas de gestación, Frida pasaba horas dibujando fetos masculinos y autorretratos donde aparecía tendida en la cama rodeada de extrañas imágenes que había arrancado de la visita que le hizo su Madrina: sus cabellos convertidos ya en tentáculos, ya en raíces. No pronunció ni una palabra durante su convalecencia, solo dibujaba, trazaba, volvía a dibujar. Lucienne y Diego la miraban sentados en la habitación. De vez en cuando soltaba lágrimas, para de inmediato limpiarlas con sus sábanas y proseguir desesperados trazos.

Le escribió al doctor Leo el mismo día que la dieron de alta del hospital. Fue una carta larga en la que le agradecía sus atenciones. Plasmar ese sentimiento le ayudó a que su férrea voluntad comenzara a imponerse sobre el dolor y recuperó la razón. Al final, escribió: "No hay más remedio que aguantarme. Tengo la suerte de un gato con siete vidas". Cerró la carta, plantándole un beso con lápiz labial, y se la entregó a Lucienne.

—Mándasela al doctorcito.

—¿Quieres hacer algo más, Frida? —preguntó nerviosa ante el cambio.

—Quiero pintar —respondió.

De nuevo, como lo hizo después del accidente, comenzó a trabajar con todas sus fuerzas para poder extirpar de su cuerpo el fracaso maternal a través de los pinceles.

La conmoción del aborto y la asimilación de la terrible verdad de que nunca tendría hijos, le hizo decirle a Diego varias veces que deseaba morir. Aunque estaba muy compenetrado en la obra mural, Diego dejó a sus amantes y comenzó a cuidar de Frida, a consentirla como si fuera niña. En cuanto Frida recobró fuerzas, volvió a levantarse temprano para prepararle la comida y llevársela al recinto donde trabajaba en la magna obra. El ritual de llegar con la canasta arrastrando aromas exóticos de moles, enchiladas y platillos mexicanos, se volvió común entre los ayudantes de Diego. Al verla acercarse, Diego bajaba del andamio para besarla, platicar con ella y mostrarle el avance de su obra. Mientras disponía la mesa, Frida le hacía comentarios sobre su avance artístico. Era lo más cercano a la relación que le hubiera gustado llevar con su esposo. Lucienne se avocó en tratar de organizarle su vida par darle espacio a cada una de sus pasiones, pues se había dado cuenta de que Frida era poco afecta a llevar horarios. Le inculcó trabajar en su pintura por la mañana, logrando que tuviera mayor rapidez, sin demeritar el detalle que con paciencia obtenían sus cuadros.

Un eclipse sumió a la ciudad en total oscuridad a mitad del día, y Frida sintió una corriente gélida circulando entre Diego y sus ayudantes, que observaban el fenómeno afuera del edificio donde realizaba el mural. Para ellos era normal la ventisca fría que acompañaba a esa clase de fenómenos, pero para Frida eran símbolos de transformación: mientras todos miraban con cristales ahumados hacia el sol, ella bajó la cara en búsqueda de quien debería llegar con la corriente fría: el Mensajero.

No se equivocó. En medio de los automóviles y camiones estacionados, trotaba un jinete en su caballo blanco. El Mensajero no miró en ningún momento a Frida, simplemente se limitó a desfilar en silencio. El golpeteo de los cascos del caballo poco a poco se confundió con los ruidos de las fábricas lejanas. Cuando el primer rayo de sol emergió de la sombra, el jinete desapareció.

—¿Qué opinas del eclipse, Frida? —le preguntó Lucienne.

—No es hermoso. Sólo parece un día nublado —respondió muy aturdida por la presencia del hombre que le auguraba alguna fatalidad.

Diego se rió, sin entender, pues a veces el hombre sólo responde con humor ante el desconocimiento de los temas profundos, y prefiere esconderse tras una broma o un comentario sarcástico.

Cuando entraron de nuevo al salón donde pintaban el mural, un paquete de cartas esperaba ser abierto. Muchas contenían propuestas para nuevos murales, incluso había una invitación de Nelson Rockefeller para Nueva York. Pero había también un telegrama urgente a nombre de Frida. Diego presintió que había una mala noticia de México. Sin decirle nada, lo leyó. Frida se asustó al ver que palidecía.

—Tu mamá Matilde se muere.

El Mensajero había anunciado la tragedia. El anhelo de Frida por regresar a México se había cumplido, pero de una manera macabra. Era una jugada sarcástica de su Madrina. Frida y Lucienne salieron para México al día siguiente.

Para la pintora, los sucesos la fueron esculpiendo, dándole una complacencia sarcástica sobre su situación, y si en principio parecía conformista, su actitud era la de una sobreviviente. Sabía que viviría con las fechorías de Diego y la Muerte. Cada uno por su lado se encargaría de golpearla para que se rindiera. Pero este mundo le ofrecía algo más que tan sólo respirar. Antes de llegar a la ciudad de México, resonaron en ella las palabras de su sueño: “Ni un minuto más, ni uno menos”.

Cristina y Matilde las recibieron en la estación. Lloraban como si su madre hubiera muerto, pero parecía haber aguantado lo suficiente para despedirse de Frida.

El cáncer la consumía rápidamente. Su padre se volvía loco con la idea de perder a la mujer que, aunque nunca lo amó, lo había atado con los lazos de la costumbre.

En la casa de Coyoacán, su mamá aguardaba la resolución final. Frida la encontró reducida a un saco de huesos reposando en la cama. Al verla, no pudo contener el llanto. La mujer apenas si logró darle unas palmadas en la cabeza.

—Frida, hija... —murmuró.

—Aquí estoy, ya volví.

—Nunca te fuiste. Sé que nunca te irás de esta casa —respondió su madre.

Cerró los ojos y, aceptando que eran sus últimos días en la Tierra, sus hijas comenzaron a rezarle un rosario.

Murió una semana después. Las hermanas desfilaron ante el cuerpo envueltas en chales negros y ojos irritados. Entre avemarías y padrenuestros enterraron a mamá Matilde. En el panteón dejaron flores amarillas y veladoras que alumbrarían su recorrido al más allá. Regresaron todos a la casa de Coyoacán para acompañar a papá Guillermo. Frida pidió un momento de privacidad a Lucienne y se dedicó a pasear por los jardines. Algunas gallinas correteaban detrás de su falda negra, esperanzadas en recibir semillas. Frida notó que en uno de los nidos de las aves había un único huevo con la marca en forma de corazón en la punta. Sorprendida, trató de tocarlo, pero para su sorpresa se movió por sí solo. El cascarón tronó como grieta en un desierto. El extraño y estrujante milagro de la vida se desarrolló ante su vista:

emergió un pico pequeñito, luego la cabeza, mojada y sin plumas. Al final salió un pollo diminuto, amarillo y negro. Abría y cerraba los ojos tratando de controlar la vista. Lo primero que vio no fue a su madre, que seguramente era alguna de las anónimas gallinas de la casa, sino a Frida que lloraba sin parar. "Buenos días, señor Cui-cui-ri", le dijo al pollo que trataba de ponerse en pie.

Lo tomó con ambas manos y se lo llevó a su cuarto para cuidarlo. Le hizo un nido con una caja, telas viejas y un foco de lámpara. Al pollo no pareció molestarle que ella lo cuidara. Ambos se sentían a gusto. Durante los dos meses que permaneció con su familia, el pollito la seguía a todas partes. Frida supo que ese pequeño pollo era quien marcaría el pacto con su Madrina, y que al crecer, su canto anunciaría el nuevo día que ella viviría de prestado. Sabía que así sería hasta que ya no lo hiciera y ella dejara de existir.

Cuando partió a Detroit acompañada de Lucienne, de regreso con Diego, le encargó a Cristina el cuidado del pequeño pollo, que ya empezaba a tomar la forma de un gallo bastante flaco y débil. Frida cogió sus maletas y recuerdos, e hizo el largo trayecto.

Después de varios días de exhausto viaje, cuando llegó al andén de la ciudad de Detroit, las esperaba un hombre con traje. Frida no lo reconoció. Era delgado y de pelo corto. Se acercó a ella y le dijo: "Soy yo". Frida comprendió que era su esposo, Diego. Sometido a dieta a causa de un malestar gastrointestinal se había vuelto increíblemente delgado, tanto, que le habían tenido que prestar un traje. No hubo más palabras entre ellos. Frida se lanzó a sus brazos, y él la acurrucó en su cuerpo como si fuera una paloma. Y así se quedaron abrazados por varios minutos, llorando.

LAS CANASTAS PARA EL PANZÓN

No me gusta Detroit. Es una ciudad que da la impresión de aldea antigua y pobre. Pero yo estoy contenta porque Diego está trabajando muy a gusto aquí, y ha encontrado inspiración para sus frescos. Esto es la capital de la industria moderna, un monstruo de engranes y chimeneas. Contra eso sólo me queda pelear con mis enaguas largas, mis blusas del istmo y los platillos mexicanos que le gustan al panzón de mi esposo. No hay más que darle un buen mole para que se ponga contento mientras trabaja.

Mole tapatío

1 kilo de lomo de cerdo cortado en trozos pequeños, 4 chiles anchos asados y despepitados, 4 chiles pasilla asados y despepitados, 1 cebolla asada, 2 dientes de ajo asados, 100 gramos de cacahuates tostados sin sal, 1 cucharadita de semillas de los chiles, 4 pimientas gordas, 2 clavos, 1 raja de canela, manteca de cerdo, sal.

✦ La carne se tiene que cocer en una buena olla con suficiente agua y un poco de sal. Ya que esté blanda, se saca la carne y se pone por separado, mientras el caldo se reserva aparte. Los chiles ya asados se ponen a remojar por 5 minutos en agua caliente para que se ablanden. Después se muelen con la cebolla, los ajos y un poco del caldo que se apartó. Aparte se muelen los cacahuates, las semillas de los chiles, las pimientas, los clavos y la canela, con otro poco del caldo que apartamos. Se ponen a calentar unas 3 o 4 cucharadas de manteca en una cacerola, y ahí se pone a freír la mezcla de cacahuate para después agregarle la preparación de los chiles. Mientras ambas pastas se mezclan, se va agregando un poco de caldo para que no quede muy espeso el mole. Se deja hervir por media hora a fuego bajo. Se sazona con sal, se agrega la carne de cerdo y se deja hervir otros 5 o 10 minutos más. Se sirve con arroz, tortillas, frijoles refritos y se le puede poner una pizca de cacahuate molido encima de cada plato cuando ya está servido.

CAPÍTULO XIV

Cuando Frida levantó la vista sin dejar de acicalarse como una presumida guacamaya de colores explosivos, se encontró con un par de ojos glaciares que se pasearon por su cuerpo como un pequeño hielo rondando la piel para conferirle una sensación de placer fusionada con el nerviosismo de una virgen. La mirada de las dos mujeres se unió de manera extraña, sincronizando su respiración y sus deseos. Un par de ojos fríos recorrieron la blusa oaxaqueña que ocultaba los pechos de Frida. Ella se colocó derecha, con porte de pavorreal que extiende sus plumas en el cortejo. Esos ojos la despojaron de enaguas, blusa y pesada joyería, para alterarla como si estuviera sobre las brasas.

—¿Estás coqueteando con Georgia O'Keeffe? —le preguntó Diego al oído cuando descubrió el espectáculo entre las dos pintoras.

Frida tuvo que bajar la vista al suelo y soltar una risita infantil. Diego no dejó de sonreír. Ese gesto lo hacía verse aún mejor, pues el esmoquin que vestía le quitaba lo feo, y pese a que estaba recobrando peso, le daba un toque interesante. Frida, como siempre, impecable, princesa prehispánica, musa artística hecha obra de arte. Después de los graves sucesos vividos en Detroit y México, se había concentrado en recuperar su papel de mujer, con todo lo que eso implica, como verse siempre envidiable, pues no hay envidia de la buena, y si viene de una mujer, seguramente es de la mala.

—Ya sabes que no me importa. Yo creo que las mujeres son más civilizadas y sensibles que los hombres, nosotros somos sencillos en lo sexual. Tenemos nuestro órgano en un solo lugar, mientras que ustedes lo tienen distribuido en todo el cuerpo —le dijo Diego dándole un besito tronador en la frente, con todo el cariño que le tenía a su esposa.

Frida, desconfiada, sospechaba que ésa era una manera de marcar a su mujer, una forma sutil de decirle a todos los presentes: "Pueden coquetear con ella, pero recuerden que al final es mía". No era un recado que pudiera olvidarse, pues Diego era el dueño del momento. No sólo esa noche, sino durante los últimos meses. Su encanto se propagaba por todo Nueva York. Una versión moderna del flautista de Hammelin, adorado hasta la divinidad en espera de que con sus mágicos pinceles llevara prosperidad a la pared del más importante complejo de negocios, cultural y político de la isla: el Rockefeller Center. Ahora que era el invitado de la poderosa familia, que no necesitaba la silla presidencial para maniobrar los hilos de las decisiones en los Estados Unidos, el artista se sabía en su mejor momento. Si los Rockefeller deseaban que Diego se convirtiera en deidad, entonces todos los habitantes de Manhattan le rendirían pleitesía.

—No necesito tu permiso para hacerlo. Tú no me pediste el mío para revolcarte con tu ayudante Louise. Y aunque te lo hubiera negado, no me habrías hecho mucho caso —le contestó a Diego.

El tono no era ácido como limón, tan sólo sarcástico como sandía rebanada que se carcajea del crepúsculo de una relación matrimonial.

Diego fumó su oloroso puro cubano, con chupadas continuas de niño regañado que se empeña en succionar el chupete.

—¡Diego! ¡Ven a conocer a mi esposa, Georgia! —lo invitó el dueño de la galería, Alfred Stieglitz, abrazándolo por la espalda.

El fotógrafo y galerista se veía desproporcionado al lado del muralista. Parecía que ambos fueran de razas tan distintas como un elefante y un perico. Con la mano libre, Alfred hizo señales a la mujer de los ojos glaciales, que con lentitud se acercó a ellos abriéndose paso entre los invitados, que se apartaban ante su porte de rasgos delgados, piel blanca y pelo dorado. Georgia O'Keeffe vestía pantalones negros y camisa de seda transparente, lo que le daba un toque de amazona transportada al centro de esa ciudad. Sus pecas relucían como brillantina en su cuerpo tostado por el sol de Nuevo México. Frida se consumía de deseo al verla caminar cual guerrero apache, con gallardía masculina y delicadeza de cristal.

—Georgia, creo que conoces a Diego y a su esposa

—los presentó Alfred abrazando a su mujer, quien continuaba recta, con altivez monárquica.

Frida la devoró con los ojos como si devorase una jugosa manzana.

—Es un placer —dijo Georgia, sin dejar de tocar la mano de Frida, quien en su papel de reina maya se dejaba también consumir por la mirada helada.

Mientras Diego y Alfred platicaban sobre el proyecto Rockefeller, las mujeres se hablaban con los ojos.

—Quisiera tomar una fotografía de la señora Rivera —pidió un intruso.

Era un fotógrafo de baja estatura y sombrero ancho que cargaba una cámara fotográfica del tamaño de una fábrica. Frida soltó a Georgia, sorprendida por la interrupción. De manera natural, se colocó junto a una de las obras de la galería y posó con mirada profunda. Para cuando el reflector estalló frente a ella, Georgia estaba perdida entre un grupo de invitados que reían a su alrededor. Frida trató de seguirla, pero el periodista volvió a atacar:

—Usted debe divertirse bastante mientras el maestro Rivera trabaja en sus murales. Hay mucho que ver en la ciudad. ¿Qué hace el señor Rivera en sus ratos de ocio?

—El amor —respondió Frida, y se alejó mostrándole una sonrisa.

Quizá le hubiera gustado agregar "aunque no conmigo", pero estaba dispuesta a encontrarse con Georgia.

Por desgracia, fue imposible. La fiesta fue una locura y terminaron en un bar de Harlem. Las brasas que prendió Georgia no podrían ser sofocadas esa noche, pero Frida conservaba en su mente ese par de ojos desnudándola. Nunca la habían mirado así. Jamás se había sentido tan deseada ni había ella deseado con tanta fuerza. Para dar por terminada su frustración, bebió su coñac en ese bar que aún olía a trabajadores, mientras Diego dormitaba borracho y un grupo de jazz tocaba "Dead Man Blues."

Nueva York fue una ciudad de sueños. Sueños de triunfo, de reinados inmortales sobre los dogmáticos críticos de arte, pero también sueños inocuos de una felicidad matrimonial que aparentaba perfección sobre una realidad requebrajada. Diego, el consumado comunista y autonombrado pintor que rompería las cadenas de la opresión capitalista con sus pinceles, adoraba estar donde se encontraba: en el templo del dinero, en el mausoleo de los empresarios, en el panteón divino de los millonarios. Él se proclamaba rojo, pero su interior era el blanco de una camisa ceñida dentro del esmoquin que portaba con falsa modestia en las elegantes reuniones que parecían no tener fin. A Frida le agradaba saberse el centro de atención, pero no podía disipar sus añoranzas por la maternidad, la familia y la comida picante con tortillas. Mientras Diego trabajaba, ella suspiraba durante horas metida en su tina de baño, creyéndose capullo de mariposa a la espera de su transformción, o de un milagro. Era en vano, todo seguía igual. Diego iba y venía con mujeres colgadas de su brazo como si fueran bolsas de compras después de una barata; los reporteros la perseguían como la atracción principal de un circo; y las reuniones bohemias que desparramaban alcohol parecían una institución diaria, pues todos los intelectuales o socialités querían parrandear con la pareja Rivera.

Metida en su tina, mientras observaba sobresaliendo del agua, pensaba que el trato con su Madrina no era una cuestión intrascendente. Son pocos los humanos que poseen una segunda oportunidad, y si ella era la elegida entre la bola de ojetes que era el resto de las personas que la acompañaban en este viaje por la vida, cuando menos debía pasársela bien y divertirse en el trayecto. Así que mientras sus dedos salpicaban el agua, moviéndose como nerviosos gusanos que están a punto de ser freídos para un taco, comenzó a reírse como loca. Sus recuerdos flotaban en desorden frente a ella, haciéndole divertidas cosquillas en los pies. Ahí estaban los momentos más dolorosos vividos en una parafernalia psicótica que su condición de mujer asimilaba como delirios cuerdos. Su mente comenzaba a divagar. El agua le ofrecía imágenes de su pasado y su presente, de vida y muerte, de consuelo y pérdida, y así se quedó dormida en la tina, para grabarse como placa fotográfica y poder ser exhibida en uno de sus cuadros años después.

—¿Piensas quedarte así todo el día? Pareciera que deseas convertirte en pez —la despertó un par de horas después Lucienne, que con cara burlona le entregó una toalla. Frida abrió los ojos, sintiendo un escalofrío en todo el cuerpo. Sus dedos comenzaban a tornarse ligeramente azules por el frío.

—No es mala idea, dicen que su vida es divertida. Imagínate las orgías que organizaría en un cardumen —bromeó titiritando mientras se cubría con la toalla.

—A mí no me gustaría. Muy mojado, muy resbaloso

—soltó con mueca de asco Lucienne mientras con un cepillo comenzó a peinar el largo pelo de Frida, que se desparramaba por su desnudo cuerpo imitando la brea.

—No hay que ser pez para estar mojada y resbalosa —aderezó la plática Frida, pasando su palma por la toalla que la cubría.

Lucienne no expresó nada, dejando que las caras con la sonrisa dibujada de ambas se reflejaran en el espejo de la pared. Sólo dejó que el ronroneo del cepillo al contacto con el pelo musicalizara la escena.

—¿Seguimos hablando de los peces, verdad? —tuvo que cuestionar aturdida Lucienne.

Como respuesta recibió un par de ojos coquetos y juguetones que se carcajeaban de ella debajo de las cejas pobladas. La traviesa confianza que tenía Frida en sí misma se desbordaba con todos sus conocidos.

—Salgamos hoy —la retó Frida.

—¿Y Diego?

—Fornicando con alguna gringa.

—¿Estás segura?

—Diego sólo hace cuatro cosas en la vida: pinta, come, duerme y fornica. No está trabajando, y hoy no le cociné la cochinita pibil que se come por toneladas. Si te asomas a la cama, encontrarás que no hay ningún gordo durmiendo, por lo que solo queda una opción, y en esa no estoy incluida pues desde Detroit no me toca.

El cepillo detuvo su juego de sube y baja. La mano de Lucienne fue cayéndose a un lado, como cuando las niñas reciben la noticia de que sus padres se van a separar. Frida alzó los hombros como si fuera una pequeña molestia, tan insignificante como olvidar un cumpleaños. Al verla tan segura, tan mujer, Lucienne continuó peinándola.

—¿Y qué quieres hacer?

—Podríamos ir al cine. Quizá estén pasando una película de Tarzán donde salgan gorilas.

—¡Eres rara! ¿Por qué te gustan las películas donde salen simios?

—Me recuerdan a Diego. Me agradan más que él, son más chistosos y no hablan.

Dejándose masajear por el cepillo, comenzó a arreglarse con coquetos moños e intrincadas trenzas.

—Hoy quiero que sea nuestra noche, pues mañana tenemos cena con los cacas grandes de los Rockefeller, y sus fiestas son puro pedo.

Lucienne mascullό las malas palabras, ella y Frida jugaban a enseñarse groserías en varios idiomas. Frida tenía un amplio repertorio en español.

—Hace dos días fuimos al cine, mejor vayamos al barrio chino. Luego podemos bajar al Village a bebernos unos tragos. Invitemos a la comitiva *Vanity Fair*.

—¿Iría Georgia O'Keeffe?

—Yo creo que ella ya se regresó a vivir con los coyotes a Nuevo México, es un bicho raro que se refugia en el desierto cuando puede.

—Es una lástima, quería seducirla —remató Frida alzando los hombros desilusionada.

Para Lucienne la homosexualidad de Frida era nueva, la descubrió cuando Diego, jugando, le dijo: "Claro que tú sabes que Frida es homosexual. Deberías verla cómo coqueteó con Georgia O'Keeffe en la galería de su esposo".

* * *

Frida no se imaginaba que la fiesta de Nelson Rockefeller sería su despedida de ese mundo de élite. El joven Nelson Rockefeller había contratado a Diego en su calidad de vicepresidente del centro de su mismo apellido. Era un admirador de toda la obra de Diego, y quizá por la inocencia y rebeldía que conlleva la juventud, consideró buena idea que un renombrado capitalista le diera trabajo a un importante comunista para pintar el próximo templo de las finanzas. Su primer encuentro fue años atrás, en la casa de Diego en México, cuando Frida comenzaba a ser una aprendiz avanzada en el manejo de pócimas de cocina. Desde que llegó el muchacho, elegantemente ataviado, a arrimar su nariz al guisado yucateco que Frida preparaba para festejar esa reunión, ella comprendió las palabras de Lupe Marín. "Una comida bien servida puede ser el más hechicero de los encantos". El joven mandó a volar a Diego y acribilló con preguntas sobre comida mexicana a Frida, que ella se limitó a responder con frialdad. Después de ese banquete, Nelson quedó prendido de la forma de ser de la pareja, de las recias pinceladas de Diego, y desde luego, de los matices gastronómicos de Frida. Introducido a ese mágico mundo, se fue convirtiendo en un estudioso del arte prehispánico y del arte popular mexicano. Nelson, totalmente embriagado por el carisma de Diego, le propuso pintar el mural en Nueva York, y el pintor de inmediato le dio título a lo que creyó sería la cúspide de su carrera: "El hombre en la encrucijada, mirando la esperanza hacia un nuevo porvenir". Rockefeller de inmediato aprobó el tema.

Pero las críticas a la obra del Rockefeller Center no se hicieron esperar. Cuando el mural estaba casi terminado, y astutamente Diego cambió el personaje de obrero del bosquejo por la figura de Lenin, los periódicos gastaron tinta para criticar el cariz comunista de su obra. Así que el joven Nelson tomó cartas en el asunto y llegó unos días antes de la fiesta a revisar la realización de la obra que adornaría sus edificios. Era un hombre delgado y de mirada inteligente, con nariz afilada como la decoración metálica de la capota de un auto de lujo; vestía con sobriedad y sus manos descansaban en sus bolsillos en una actitud desinteresada, la misma que podría tener la muerte después de una eternidad cegando almas.

—Maestro Diego, señora Rivera, vengo a invitarlos a una pequeña fiesta en mi casa —les dijo al pie del andamio sin quitar la vista del trazo de Lenin que parecía mirarlo con cara sarcástica.

—¿Y a qué se debe el gusto? —rugió Diego bajándose del andamio.

—A eso, al gusto —su mano hizo acto de aparición y salió de su bolsillo señalando la cabeza de Lenin—. A su obrero se le ve muy calvo, muy piocha y muy rojo. Quizá se equivocó pues en su bosquejo no era así.

Diego murmuró algunas palabras indescifrables, como si masticara sus pensamientos.

—Si lo elimino alterará todo el concepto del mural... Si quiere algo patriótico que resalte sus barras y estrellas, pongo al lado al presidente Lincoln —ofreció Diego como si regateara en un mercado.

—Sabrá usted que este será un edificio con empresarios importantes, siento que podrían ofenderse algunos de mis clientes. Es sólo un pequeño cambio —insistió el joven Nelson. Diego se rascó las nalgas, molesto.

—No puedo... Es imposible.

Nelson Rockefeller, con gentileza, alzó los brazos, como señor feudal que sólo debiera esperar a que los hilos de las marionetas manejadas por él hicieran su labor. Regaló una sonrisa a Frida y se despidió:

—Señora Rivera, la espero en mi casa. Yo también puedo hacer maravillas con los cocteles, no serán tan mágicos como sus platillos, pero reconfortan igual el alma —dicho esto se fue con la misma gracia que entró.

A decir verdad, la reunión fue agradable: un pequeño convite entre amigos, artistas de la alta sociedad e intelectuales que se dieron cita en el piso del joven Nelson, que era en sí mismo un museo, con cuadros y esculturas de grandes maestros.

—Cuando mi familia deseaba un mural para que la gente se detuviera y pensara, yo le recomendé a Picasso o Matisse. El arte moderno es un acto de liberación —explicó a Frida, que lucía hermosa, y a Diego, orgulloso como un león que domina la selva. Ambos habían llegado a la reunión, rodeados de fotógrafos buscando la portada de la revista *Life*—. Pero recordé que mi madre era admiradora de Diego, y después de nuestra visita a su casa, donde comí ese deliciosa cochinita pibil, me sentí impulsado a contratarlo.

—Es inteligente, muchacho —afirmó Diego.

Frida bajó la cabeza, como si agradeciera el cumplido sobre su comida.

—Espero que nuestra disputa sea vista solo como

una confrontación de ideologías —explicó a Diego, llevando a Frida del brazo hacia el bar—. Por ello, tendré que robarle a su esposa, para enseñarle que en mis manos también hay hechicería culinaria.

Nelson y Frida caminaron entre los presentes, saludando y presentándose como una pareja de quinceañeros en su noche de baile. Se instalaron en una sala donde su esposa Tod platicaba con algunas amigas de la iglesia. Al ver a Frida, la examinó con falsa sonrisa, como si estuviera frente a la exhibición de un reptil exótico en algún zoológico.

—Es un placer, señora Rivera. Nelson afirma que pinta y cocina maravillosamente.

—¡Ella es mejor pintora que yo! —gritó a lo lejos Diego, que ya bebía de una gran copa y estaba reunido con una corte de aduladores.

Frida solo sonrió y bajó la cara.

—Mi madre era indígena, me enseñó algunas recetas antes de morir —respondió Frida con el orgullo de su raza exudado por cada poro de su cuerpo.

—Es una pena su fallecimiento. Ojalá haya encontrado un buen guía del Crossroad Club —se disculpó Nelson, pidiéndole a un mesero que lo dejara preparar las bebidas.

Frida de inmediato puso cara de interrogación.

—Bueno, seguro ha oído la historia del Crossroad Club —soltó al aire Nelson, mientras con la destreza del alquimista moderno mezclaba la ginebra y el vermut para elaborar un martini seco.

—¿El Crossroad Club? Suena interesante —arqueó sus pobladas cejas Frida con curiosidad.

—Es sólo una leyenda citadina. Patrañas de lavanderas o fregonas —gruñó su esposa como si hubieran caído por sorpresa en un vecindario pobre.

Nelson terminó de servir su copa y colocó la de Frida en sus manos con un gesto de caballerosidad reconfortante.

—Cuéntemela, me parece que será de lo más interesante —lo invitó, metiendo sus rojos labios cerezas en el frío líquido del coctel. No fue ella la que saltó al sentir el perfume de la ginebra y el vermut, al contrario, fue el mismo martini quien tembló lujurioso al experimentar el beso acaramelado de Frida en la copa.

—Debo admitir que es una especie de leyenda urbana, del tipo que platican para asustar a los niños antes de dormir. Me la contó el viejo de intendencia que trabajaba con mi padre. Un hombre de pelo blanco, y que pregonaba que su linaje venía del primer esclavo africano en tierras americanas. Era un buen charlador. Podía mantenerte embobado con sus relatos fantásticos por horas. Todos le decían "*Old Pickles*" y nunca dejaba de silbar canciones de los prostíbulos de Chicago...

"A veces puede ser tan fútil que preferiría morirme de aburrimiento oyendo cómo Diego le besa el trasero a los comunistas", gruñó la señora Rockefeller a una amiga, en secreto, pero Frida logró escuchar el venenoso comentario. Tod Rockefeller se levantó del sofá con el porte de un guardia inglés, y se alejó caminando como pavorreal hasta el grupo donde Diego escupía patrañas sobre política y narraba falsas conquistas.

—...un día decidí comer los restos del pavo de Acción de Gracias en la azotea, y allí estaba *Old Pickles*, devorando su almuerzo de sardinas y una manzana roja.

De inmediato me pidió que me sentara a su lado, sin importarle que fuera el hijo de su jefe. Para él, durante la hora de los alimentos, las clases y posiciones eran un estorbo, al final todos comemos sentados a la misma altura —continuó Nelson agradecido de tener una interlocutora tan apasionada por su relato.

—Una mujer de San Francisco me dijo algo parecido —completó Frida, recordando el aromático pay de manzana de Mommy Eve.

—Comenzó a platicarme vida y obra de todos los de la empresa. Quién se acostaba con quién, o cuál odiaba a mi padre. Pero cuando dijo que un viejo contador polaco había muerto en la calle, se persignó y soltó: "Que haya encontrado un buen guía en el Crossroad Club" —Rockefeller se detuvo para refrescar su boca con el martini que sostenía en la mano. La ginebra le encendió los ojos—. Le pregunté qué era ese Crossroad Club, y Old Pickles me lo explicó sin dejar de masticar sus olorosas sardinas. Dijo que al morir todos tenemos que recorrer un camino para llegar a nuestro destino, y para guiarnos por ese camino oscuro, se fundó el Crossroad Club: un grupo de almas que trabajan como guías para que cada humano llegue a su destino. Como si me explicara el funcionamiento de una empresa, me dio a entender que sus miembros fueron en vida personas admiradas, reconocidas y queridas por muchos. Por eso se les escoge, porque la gente los reconoce cuando mueren, pues cuando a uno le llega la hora desea ver una cara conocida.

Frida quedó embelesada por la narración, que le refería su complicada realidad en pocas palabras. En su cabeza las imágenes recurrentes del jinete revolucionario desfilaban como una tromba de sucesos.

—¿Como quién? ¿quiénes son esos guías? —balbuceó Frida.

—No lo sé, Quizá George Washington, Dante o Matisse. Supongo que cada persona tendrá uno diferente.

—Si muriera, a mí me gustaría encontrarme con Mary Pickford desnuda —le gritó un invitado que tenía la oreja puesta en la plática.

Nelson sonrió ante la ocurrencia y señaló a Diego que seguía copa en mano hechizando a los presentes con su discurso.

—Es seguro que para su esposo sería Lenin. Por lo que se ve, está obsesionado con él. Me extrañaría que un hombre deseara a ese comunista como acompañante, pero cada mente es distinta, no cabe duda —murmuró para sí Nelson, quedándose pensativo por un rato. Volvió hacia Frida como si despertara de una siesta y le soltó la pregunta como una pelota—: ¿A quién escogería del Crossroad Club, señora Rivera? ¿Quién sería su Guía de la Muerte?

Frida esculpió una sonrisa tonta para no contestar, pues ciertamente era complicado revelar que ella ya conocía a ese misterioso personaje, quien se le aparecía en los momentos clave de su vida, siempre con su ancho sombrero montado a caballo, el mismo que se encontró de niña cuando los revolucionarios entraron a su casa.

—Soy atea —respondió con frialdad, dándole carpetazo a la discusión.

Nelson Rockefeller le tomó la mano emperifollada con anillos.

—Puede negar al Dios cristiano, tiene su derecho. Si conociera al pastor de la Quinta Avenida tan bien como yo, me diría que usted tiene la razón. Pero no puede negar que la muerte existe. Ahí está, detrás de cada esquina, esperando en silencio para llegar hasta nosotros y ofrecernos su mano. Y esto no se trata de creer o no creer, solo se trata de dejar de existir —expuso con un murmullo.

Frida se quedó en silencio, soportando esa mirada de témpano de hielo que sólo cargaba dólares y poder, y cuyos labios se abrían lentamente para ofrecerle una sonrisa aterradora. A veces el poder absoluto da más miedo que la muerte.

Nelson se levantó del sofá con su copa vacía. Se metió la mano en el bolsillo del pantalón y le guiñó un ojo a Frida:

—Yo creo que el día que usted muera, pasará a formar parte del Crossroad Club. Usted es una elegida de la muerte. Fue un gusto conocerla, espero que algún día me perdone por lo que sucederá.

Dio media vuelta, y se perdió entre sus invitados. Frida intentó pensar que todo era un cuento para asustarla, que no debía confiar en un hombre con tantos dólares, pues estos no nacen de sueños, crecen en realidades, así que decidió olvidarse de todo y disfrutar la fiesta.

Y tenía razón al desconfiar del joven Rockefeller: al día siguiente se presentó a donde Diego terminaba los últimos toques de su obra, acompañado de un grupo de guardias, y estos merodearon a sus ayudantes. Nelson no se veía disgustado, al contrario, ofrecía la misma sonrisa caballerosa que mantuvo la noche anterior durante toda la fiesta. Y con esa sonrisa de dios-aplasta-hormigas-humanas, le extendió un sobre a Diego, donde estaba el resto del pago acordado para el mural.

—No puede hacerme esto —murmuró rompiendo con rabia sus pinceles.

—Usted sabe que puedo hacer cualquier cosa. La solución respecto de la imagen que le pedí quitar en el mural es sencilla: si hay Lenin en la pared, no hay pared —y dicho esto, con una elegante inclinación de cabeza dirigida a Frida, los corrió de su edificio, pues los servicios de Diego como artista ya no eran requeridos. No había vuelta de hoja. Diego, antes de escupir leperadas, sacó espuma cual perro rabioso que ha bebido cerveza rancia. No eran las armas de los guardias las que disuadían de intentar oponerse a la decisión de Rockefeller, sino su sonrisa y las dos manos escondidas dentro del pantalón, como un capataz que tranquilamente asesora la construcción de su imperio. Esa misma tarde, martillos y cinceles comenzaron a trabajar. Los trazos del gran mural que consagraría a su majestad Diego como el artista que salvaría al pueblo a través de sus pinceles, cayeron en pedazos. Diego nunca comprendió aquel dicho mexicano que advierte: "No hay que mear en el pesebre".

Tres meses después, y tras más de cuatro años de vivir en los Estados Unidos, el sueño de Frida de retornar a casa se haría realidad.

YO Y LA GRAN CIUDAD

Nuestra estancia en Nueva York fue pagada por un caca grande. Dólares tiene y de sobra, pero admito que en el fondo siempre me agradó. El Rockefeller gastaba el dinero de su papá coleccionando ídolos prehispánicos, al igual que Diego. Aún después de la mulada que nos hizo, nos fue a ver a la casa en México. Siempre pedía su cochinita y tortillas de maíz azul. Decía que había tres etapas en la vida: joven, mediana edad y "qué bien te ves hoy."

Cochinita pibil

Dicen las malas lenguas que en Yucatán fue el primer lugar en el continente americano donde los indios en la conquista probaron la carne de cerdo. Por eso luego, luego, se pusieron a inventar cosas como la Cochinita Pibil. La preparación de la cochinita debe hacerse con sumo cuidado, dándole su tiempo a cada cosa para obtener un platillo como debe ser. A muchos les gusta usar el lomo, pero Eulalia la prepara con espaldilla, que es más jugosa.

4 hojas de plátano, 1½ kilos de pierna de puerco o espaldilla, ½ kilo de lomo de puerco con costilla, 200 gramos de achiote, 1 taza de jugo de naranja agria, ¼ de cucharadita de comino en polvo, 1 cucharadita de orégano seco, 1 cucharadita de pimienta blanca en polvo, ½ cucharadita de

pimienta negra en polvo, ½ cucharadita de canela en polvo, 5 pimientas gordas toscamente molidas, 4 hojas de laurel, 3 dientes de ajo exprimidos, ½ cucharadita de chile piquín, 125 gramos de manteca de cerdo.

✣ Se pasan las hojas de plátano por el fuego para ablandarlas, pero sin que se partan, y con ellas se forra una charola de horno dejando que sobresalgan para poder envolver el guisado, ahí se coloca la carne. El achiote se disuelve en la naranja agria, se le añaden las especias y con esto se baña la carne. Se deja marinar cuando menos 8 horas o de un día para otro. La manteca se derrite y se usa para bañar la carne, que se envuelve muy bien con las puntas de las hojas de plátano hacia adentro, se rocían con un poco de agua para evitar que se quemen. Se mete al horno precalentado a 175 grados centígrados y se deja cocer durante una hora y media o hasta que la carne se desbarate por lo suave. Se desmenuza y se sirve en el mismo plato con las hojas abiertas acompañada de tortillas.

La salsa de la Cochinita

3 cebollas moradas picadas, 4 chiles habaneros picados, ½ taza de cilantro picado, 1 taza de jugo de naranja agria o de vinagre.

✣ Se mezclan todos los ingredientes y se deja reposar 3 horas. Sirve para condimentar la cochinita en tacos.

CAPÍTULO XV

El día que Frida se enteró que su marido le había jugado chueco, decidió que ese panzón estaría muerto para ella. Su sangre en ebullición desprendía vapores de odio. Se sentía culpable de haber propiciado ese acto doloso, pero había también otras razones para su enojo. Se lo merecía, por pendeja. No hay peor coraje que descubrir que el engaño lo tuvo siempre bajo sus narices. Esa sensación de sentirse pendeja la irritaba tanto que apenas podía contener las ganas de desmadrar la vajilla.

Desde que la pareja Rivera había vuelto de su exilio en Norteamérica, Frida sentía que su país les era ajeno. El público había olvidado a Diego; luego de tanto tiempo en el extranjero, los periódicos ya no se ocupaban de él. Todo había cambiado, hasta la música campirana del mariachi se diluía en la radio para dar paso a los boleros de Guty Cárdenas y las melodías de arrumacos de Agustín Lara. Verdad era que el gobierno del general Cárdenas simpatizaba con los movimientos revolucionarios y comunistas, pero ya la era dorada de los grandes muralistas se extinguía ante los aires de guerra en Europa.

Diego también había cambiado, ahora sólo era una sombra de aquel ogro glotón del que se enamoró. La dieta que le prescribieron en los Estados Unidos, y que prohibía todas esas delicias que Frida preparaba maravillosamente, lo había vuelto gruñón, explosivo, arrugado y decaído. Para el flemático pintor todo estaba mal. Los lienzos en blanco permanecían así por semanas, mientras que las botellas de licor desfilaban ante él. Desesperada, Frida le escribía a su doctorcito querido en busca de la comprensión de un amigo: "Como Diego no se siente bien, no ha empezado a pintar. Eso me tiene a mí como nunca de triste, pues si yo no lo veo contento, no puedo estar tranquila nunca, y me preocupa su salud más que la mía".

Frida no tenía un pelo de tonta. Sabía que Diego la culpaba de todos sus males, como si ella hubiera influido en cada una de las decisiones que provocaron la caída del pedestal donde plácidamente se columpiaba. De ninguna manera Frida aceptaría estar en el club de mujeres que cargaban las desgracias de sus maridos en el trabajo por el simple hecho de pedirles que consiguieran algo superior. Si él prefería esconderse en su madriguera de coyote herido por miedo a fracasar, esa era su cobardía y nada más suya.

Así, mientras Diego se encerraba en su supuesto fracaso, estrenaban casa. Los edificios cúbicos de color azul y rosa en el barrio de San Ángel se despertaban cada día con los ruidos de perros, loros y el canto del desplumado gallo, al que Frida seguía llamando señor Cui-cui-ri. Las nuevas casas parecían reflejar el estado de su relación amorosa: bellas, pero frías. Frida decidió que no se dejaría vencer: se apropiaría de esas cuatro paredes de tabique pelón, las adornaría con cazuelas, piñatas, árboles de la vida, judas de cartón y pinturas. Todo un intento de borrar la álgida modernidad con su toque folclórico y explosivo.

Lo único que no podía hacer era cocinar, y eso sí que era grave. Cuando entraba a trabajar a ese diminuto espacio, su falda tehuana hacía tanto bulto que se desparramaba por puertas y ventanas. Un día quiso levantarle el ánimo a Diego y se metió a la cocina a prepararle un mole pipián, entonces descubrió que la diminuta hornilla apenas podría servir para calentar un huevo. Molesta, llevó anafre y comal a la azotea, y ahí preparó el pipián, cual adelita combatiendo la modernidad arquitectónica. Incómoda por esa ridiculez de cocina, propia de casa de muñecas comprimida, invitó a comer al diseñador de su hogar. Juanito ya había oído que Frida era excelente cocinera, así que llegó saboreándose el convite. Frida le sirvió dos frijoles, media ala de pollo y una tortilla, bellamente acomodados en un diminuto plato.

—Tu cocina solo alcanza para hacer esto, disfrútalo —le dijo Frida, y enseguida colocó el humeante y delicioso mole pipián para Diego.

Las teorías arquitectónicas de O'Gorman se encontraron con un fuerte muro en la mujer mexicana que representaba Frida: la cocina es el corazón de la casa.

Ese día, Diego rió a costa de su compañero y discípulo. Desde luego, nunca le confesó a Frida que él mismo influyó en las decisiones de los espacios de su hogar.

Frida se alegró de que su ocurrencia al menos le hubiera devuelto un poco de felicidad a Diego. Su glotón esposo se tragó el primer plato de pipián sin convidarle a nadie; fue hasta el segundo cuando se compadeció de Juanito y le ofreció un poco. Al final de la comida hablaron de Trotsky, la revolución, el arte y los cabrones capitalistas del otro lado del río Bravo. Luego Diego se fumó un puro tan oloroso como ingenio azucarero y tan grande como rodillo, se bebió una botella de tequila y dio por terminada su visita con O'Gorman para encerrarse de nuevo en el estudio.

—Se ve flaco —comentó Juanito antes de irse.

—No, se ve jodido —corrigió Frida.

Y en ese momento decidió que Diego necesitaba alguien que le ayudara a ordenar sus papeles, que le arreglara su estudio e incluso que posara para el nuevo mural que le habían encargado. Y esa persona tenía que ser su mejor amiga: su hermana Cristina. Cristi era su lugar seguro, su refugio, su pañuelo. Desde escuinclas tenían un vínculo emocional muy fuerte, a pesar de ser tan distintas. Frida era la intelectual, la artista, la mujer de mundo y casada con el pintor famoso; Cristi era lo contrario, con dos hijos, un matrimonio tan insoportablemente erróneo que tan sólo comentarlo hacía daño, sumisa, golpeada, boba y simple. Los libros no se habían hecho para ella, salvo cuando tenía necesidad de ajustar una mesa; tenía olvidada la cordura en algún desván de su mente.

Cuando su esposo, que la trataba igual a un saco de boxeo, la abandonó al nacer su segundo hijo, Cristi se fue a vivir con sus padres. Ella fue quien cuidó a su madre y ahora se hacía cargo de papá Guillermo, que solía quedarse encerrado por horas mirando las fotografías familiares como si tratara de rescatar algún puñado de la felicidad que nunca tuvo.

Frida y Cristina se complementaban en todos los aspectos, eran pilares de la sensible vida que cargaban. Por eso, Frida de inmediato la tomó de la mano, adoptó a sus dos hijos como sobrinos preferidos, la colmó de regalos y dinero, y se la llevó a las casas de San Ángel. Los gritos de felicidad de los niños correteando al pobre Cui-cui-ri y las risotadas generosas de la voluptuosa Cristina llenaron los espacios vacíos que se habían abierto entre Diego y Frida. En esa época, el contacto con Diego se limitaba a algunas suaves palmadas. Desde el aborto en Detroit, el sexo parecía una ilusión. Como las pirámides de Teotihuacan, decía Frida, sabes que está ahí, pero nunca vas.

Frida llegaba con sus sobrinos al taller para alegrar la tarde. Diego, como duende gruñón, se encerraba en una esquina fumando y leyendo el periódico mientras las hermanas servían la comida preparada en los anafres colocados en el techo sin parar el chismorreo. El lienzo blanco seguía ahí, esperando una pincelada.

—Debes trabajar —le decía Frida—. Ya sé que esa gente que anda por ahí es de lo más mula del mundo, pero ya olvídate de esos cabrones. Tú eres más que ellos.

—No me gusta.

—¿Pintar o tu pintura?

—Las dos cosas —gruñía Diego envolviéndose en el periódico para perderse de la vista de los niños y de su cuñada.

Frida servía la comida canturreando un corrido o cualquier otra canción, y Cristina le hacía par, soltando su risa empalagosa, de miel derramada. Diego se limitaba a sonreírles. Quizá un poco más a Cristina.

—Me voy a llevar a los niños para que te quedes dándole a ese lienzo, que está más que triste porque no le has remojado el pincel. Cristi te puede ayudar para todos los recibos y papeles, ¿verdad?

—Claro, Friducha, yo cuidaré a Dieguito por ti.

—Y si te portas bien, a ver si nos vamos el domingo de guateque a Xochimilco —propuso Frida.

Y ése fue su error. No lo de Xochimilco, pues desde que andaba en Estados Unidos deseaba regresar a ese encantador rincón del paraíso donde las trajineras flotan como perezosas nubes entre lirios y cantos de jilgueros, sino todo lo demás. Todo.

Precisamente en Xochimilco, frente a los ojos de sus dos sobrinos, tía Frida estalló como caldera.

Ese día comenzó alegre y esperanzador. Al primer canto del señor Cui-cui-ri, Frida abrió los ojos. Sintió que era un placer estar ahí, en la vida, circulando todavía. El canto diario de ese plumífero era mágico; le recordaba que estaba jugando con el destino, y que hasta ahora, a pesar de sus dolores, iba ganando.

Se vistió con una coqueta blusa del istmo, con bordados carmesí y verde sobre tela negra; una falda larga y pesada con holanes, que ocultaba perfectamente el verde cadavérico de su pierna, luego de que le cortaron unos dedos. Al verla, no pudo dejar de imaginar que literalmente estaba muriéndose, pero se calmó al pensar: "mejor que mi Madrina se lleve mi pierna, y no mi corazón". Convencida de ello, se hizo un complicado peinado de trenzas que se cruzaban como orgía de serpientes, se engalanó con un pesado collar de amatista y jade, aretes oaxaqueños ligeramente más pequeños que el candelabro central de la catedral y un par de anillos de plata. Estaba lista para irse a Xochimilco.

Se lanzó por el puente a la casa de su esposo, pero encontró cerrada la puerta. Comenzó a golpearla al ritmo de "La Paloma", canturreándola como pichón. Se oyeron las maldiciones y las mentadas de madre de Diego. La noche anterior lo había dejado con media botella de tequila y una discusión sobre el arte socialista con un invitado. Sin importarle que el mitote hubiera terminado apenas unas cuantas horas antes, insistió para que se fueran de paseo.

—¡Deja de hacer tanto ruido, pinche Frida! ¡Aquí los muertos descansan!

Se escucharon ruidos y pasos. Muchos. Diego debía ir y venir en busca de las llaves. La puerta se abrió. Diego no esperó a que Frida entrara, regresó rebotando a su cama para sumergirse entre las sábanas, que Frida comenzó a jalonear como escuincla traviesa.

—Está oscuro. Quiero abrir las persianas.

—Qué cabrona eres, Friducha, ten piedad de un crudo medio muerto —rezongó Diego, desnudo, enrollándose como taco. Al ver que perdía el juego, se sentó y se puso a besuquear a Frida.

—¡Apestas!

—Sí, a obrero libre. Puro tabaco, sudor y tequila.

—Vístete, nos vamos a Xochimilco con Cristina y los niños.

Diego se volvió a meter entre las sábanas, como almeja penosa. Murmuró varias palabras ininteligibles. Frida observó el cuarto. El lienzo que mucho tiempo había permanecido en blanco sobre el caballete, había perdido su sencillez con potentes brochazos. Un desnudo femenino, de espaldas e hincado, abrazaba el enorme ramo de alcatraces que llenaba la obra. La imagen era bella, tan fuertemente demoledora como un beso apasionado, como una cogida matutina, como una caricia prohibida. Era Diego, tal como a Frida le gustaba.

—No me dijo nada Cristi —replicó Diego.

—Debería haberlo hecho. Seguro se le olvidó. Ya ves que su cabeza nunca la sigue a donde va. Quedamos desde hace una semana. Cociné un budín azteca para ti.

Con los platillos preparados, guardados en canastas, y listos para despacharse con botellas de tequila, ya no había manera de zafarse. Diego se levantó aventando las sábanas a un lado. El aire hizo volar algunos bocetos mientras Diego caminaba a buscar su ropa. Al destapar la cama, un fuerte olor abofeteó a Frida. Era el aroma dulzón del semen derramado, sexo revuelto con sudor. Por un momento se sintió con ganas de correr lejos de ese lugar, salir hasta Coyoacán para caer en los brazos de su hermana y olvidarse de todo, pero una voz fría la tranquilizó, recordándole que ayer sólo había conocidos y familiares, nadie a quien Diego pudiera haber seducido. Pensó que la locura y los celos son una combinación poco inteligente, y se olvidó de ello.

Cristina y los niños llegaron después de media hora. A ella se le veía maltrecha y cansada.

—¿Qué sucedió? —preguntó Frida.

—Nada. Después de ayudarle a Diego, fui a la casa y me encontré a Carlos. No pude dormir.

La respuesta fue un fuerte apretón y un beso en la frente. Cristina lo recibió fría, dura como estatua de hielo, aunque Frida ni se percató.

La canasta con los hechizos gastronómicos fue colocada en la cajuela del auto con la misma delicadeza que se usa para bajar un ataúd al foso, y enseguida se trepó toda la familia. Se les unieron el buen Chamaco Covarrubias y su esposa Rosita, que también era excelente cocinera, los ayudantes de Diego y dos periodistas.

En el campirano pueblo de Xochimilco tuvieron que rentar dos trajineras. Cada una coronada con un nombre, a veces femenino, otras popular. Las dos barcazas pintadas de vistosos colores y con el techo adornado por flores que alquilaron, tenían motes que Frida ya nunca podría olvidar: "Traicionera" y "La Llorona".

Precisamente con esa melodía los recibieron unos mariachis. Frida y los niños se sentaron al frente para juguetear con el agua entre los canales. Acomodados en sus trajineras con el mariachi en una lancha anexa, la comitiva partió jalada por las diestras manos de los lancheros que empujaban la plancha de madera remando con unos enormes palos que les servían también para abrirse paso entre lirios, ranas saltarinas y libélulas. Al fondo se observaban los sembradíos de flores, los cipreses y los ahuehuetes; más allá, el cielo tan azul que dañaba la vista. Los mariachis continuaron con la marcha de Zacatecas, y luego con un vals melancólico. Algunas golondrinas decidieron bailarlo en el cielo entre las nubes y las risotadas de los navegantes. Frida bebía complacida, abrazando a sus amigos y bromeando sobre su vida, la gordura de Diego, la mala saña de los Rockefeller y la desdicha de México. No había espacio para su propia desgracia. La comida apareció como por arte de magia: tacos, quesadillas, pambazos y picadas se pasaban entre las manos, acompañados de cervezas y golosinas que compraban a las marchantes quienes se les arrimaban en sus balsas.

Frida terminó de cantar un corrido junto con los músicos y dio una gran bocanada de aire. Se acomodó el coqueto rebozo poblano en la cintura para ceñirse la falda. Sintió una brisa que le bañaba la cara cual chapuzón de agua. El cielo rugió con una lejana lluvia, quejándose envidioso de la alegría de ese día. Volteó la cara para ver a su sobrino jugando en la punta de la balsa con un pequeño carrito de madera rojo: el que ella le había regalado a Diego. El chamaco jugaba inocentemente, sin voltear a verla. Sorprendida movió su cabeza una y otra vez, tratando de no gritar. Al principio imaginó que el niño lo había tomado de casa de Diego, pero ese algo que encierra el instinto femenino, despertó sus sospechas. De dos zancadas llegó hasta donde el hijo de Cristina jugaba con el cochecito de madera y lo tomó del hombro para levantarlo; al verse sorprendido, el chico soltó el juguete, que cayó al canal. Frida mató un grito de terror mordiéndose la mano. El rojo palpitante del carrito se fue hundiendo en lo profundo de las aguas, hasta perderse.

—¿De dónde tomaste ese juguete, Toñito? ¡Era de tu tío Diego! —gruñó molesta.

El niño seguía asustado. Acostumbrado a los golpes de su padre, se llevó la mano a la cara para protegerse.

—Perdón, tía. Me asustaste y lo solté.

Imposible para Frida recuperarlo. Parecía que nadie se había dado cuenta de lo sucedido, la fiesta continuaba y la trajinera seguía su perezoso paso por los canales.

—¡No debiste tomarlo sin permiso! —continuó Frida, cada vez más enfadada.

El niño bajó los ojos, cada vez más asustado. Su carita encontró valor para mirar a su tía de frente y decirle:

—No lo tomé. Me lo dio Diego para que jugara con él y no lo molestara mientras trabajaba con mi mamá.

Frida sintió que su pierna mala se volvía hielo, y esa escarcha le subía por toda la columna hasta congelarla por completo. Clavó la vista en Diego, sentado junto a su Cristina, que reía melosamente a carcajadas abrazada de él. Diego le daba a beber de su copa, y Cristi mostraba su reticencia con cariñosos golpecitos. Frida notó que cada vez que los dedos de su hermana rozaban los de su esposo, estos se sentían cómodos. No había duda de que esos dedos ya habían recorrido el cuerpo de Diego. Y Diego sólo levantaba la trompa cual cochinito pidiendo su maíz, como demostración de que sus labios conocían la boca de Cristina. Su hermana susurró algo al oído del pintor y

Frida sintió que su cuerpo se hundía en las aguas del canal como el juguete donde guardaba el amor a Diego. No necesitó ver a Cristina revolcarse esa mañana con Diego, no necesitó verla posar para su cuadro de los alcatraces, no necesitó verlos dormir juntos hasta el amanecer. No necesitaba pruebas: Diego la había traicionado.

Nadie comprendió por qué Frida se lanzó a golpes contra Diego. El Chamaco Covarrubias y su esposa la apartaron sin que ella dejara de lanzarle patadas ni de gritar groserías. No obstante sus esfuerzos, Frida logró asestarle una bofetada a su Cristina: "Eres una puta".

Cristina lloró, pero no se sobó el golpe. Intentó disculparse, explicarle que Diego la había seducido... pero Frida ya había contratado otra balsa para regresarse. Diego no dijo nada, sólo bajó los ojos, mirando la profundidad del canal que ahora entre algas y peces guardaba su amor por Frida.

La casa de San Ángel

Hoy pusimos el primer altar de muertos en nuestra casa nueva. Lo colocamos con Isolda y Antonio, los hijos de Cristi, en una esquina del estudio. Coloqué una hermosa foto de mamá Matilde y otra de Lenin. Pusimos una cazuela de mole verde, que tuvimos que cocinar en la azotea de la casa porque la cocina que hizo Juanito sólo sirve para dar pena.

Mole verde

2 chiles serranos, 2 chiles cuaresmeños, 1 chile poblano, 150 gramos de pepitas de calabaza peladas, 15 tomates verdes, 2 dientes de ajo, 2 clavos de olor, 3 pimientas gordas, 1 taza de cilantro picado, ½ taza de epazote picado, 3 hojas de lechuga orejona picadas, 1 cucharadita de azúcar, ½ taza de manteca de cerdo, 100 gramos de ajonjolí, 8 piezas de pollo cocidas, 100 gramos de cacahuates, 1 cucharadita de semillas de cilantro, 1 hoja de aguacate.

✱ Se asan los chiles, los cacahuates, las pepitas de calabaza, el ajonjolí, las semillas de cilantro, los tomates, el ajo, el clavo y la pimienta. Se muelen en un metate o molcajete junto con los demás ingredientes a excepción del pollo y la manteca, que se calienta en una cazuela y en ella se fríe a fuego medio lo molido, sin dejar de mover hasta conseguir una pasta espesa. Un poco de ésta se puede guardar para usarla después. La pasta se disuelve con un poco del caldo donde se coció el pollo y se le agregan las piezas hasta que suelte el hervor. Se acompaña con tortillas.

CAPÍTULO XVI

Cuando se asomó a la ventana, Frida se percató de que uno de sus nuevos demonios le restregaba su realidad con una carcajada sarcástica. Miró atónita a su hermana Cristina, quien estaba en la gasolinera que daba exactamente a su departamento. Podría haberse quedado ahí, mirando cómo se burlaba de ella, pero lo perra brava le salió cual guisado picoso y decidió que si era chile, ardería esa noche. Soltó la taza de café, se llevó el cigarro a la boca para que sus labios lo detuvieran con gesto de odio. Sin más, dejó solo a su ex novio, Alejandro, que se quedó boquiabierto. Bajó Frida los escalones a pequeños saltos, tal y como la obligaba su pierna maltrecha, e imitando a un toro furioso al encuentro del capote rojo, llegó hasta su hermana que esperaba el combustible para su automóvil. La sacó por la ventanilla del auto y, como si fuera salero, la sacudió para condimentarle una sarta de groserías: "¡A ver, cabrona! ¡Ven acá! ¿Me viste tú cara de pendeja, o qué? ¡Si ya sabes que ahora vivo aquí! ¿Para qué vienes?

¡No quiero volver a verte! ¡Lárgate de aquí, arrastrada!"

Alejandro ya había llegado a separar a las dos hermanas que se jaloneaban como chiquillas disputándose los dulces de una piñata. Frida, al sentirse aprisionada, redobló sus patadas e insultos contra Cristina, quien con supremo terror y un poquito de decoro, decidió largarse en el auto a toda velocidad. Frida alcanzó a seguirla unos metros, lanzándole culebras, ciempiés y musarañas por la boca. Sin embargo, ambas hermanas llevaban en los ojos las mismas lágrimas, idénticas en forma, color y dolor. Ambas se querían, pero la traición había cortado cualquier hilo de perdón.

Alejandro comprendió que el dolor estaba enloqueciendo a Frida. Era, además, distinta a la que él conocía. Se había hecho cortar el pelo en un arranque de *vendetta*, dejando a la zaga esas trenzas elaboradas que tanto le gustaban a su esposo. Tampoco vestía sus trajes tehuanos, ni se adornaba con joyas; ahora usaba ropa europea, faldas ajustadas y chaquetas sobrias arrancadas del último número de la revista *Vogue*.

Frida y Alejandro regresaron en silencio al departamento. Ella se dejó caer en el sillón de piel, como si la hubieran derribado a mazazos. Apagó el cigarrillo que ya era todo cenizas y de inmediato encendió uno nuevo, lo fumó con desesperación.

—Bonita sala, Frida. Es encantadora tu casita —murmuró Alex para romper la tensión después de la extravagante escena de celos que acababa de presenciar.

Frida curveó sus labios y pasó la mano por el sillón como si fuera la piel desnuda de uno de sus amantes.

—¿Te gustan? Me los compró Diego. Los escogí en color azul, pues los rojos se los compró a Cristi —explicó terminando su vicio con un largo suspiro.

Esa surrealista declaración le recordó a Alejandro que lo bizarro era común en el cotidiano de Frida. Aunque Frida había decidido vivir sola, seguía viendo a Diego, por lo que Alejandro tomó la salomónica decisión de largarse de esa complicada vida y evitar más situaciones incómodas. Se despidió con un consejo:

—Frida, vete de aquí. No necesitas hacerte más daño con estas cosas.

La sugerencia era tentadora para Frida. Alejandro la conocía bien. En la puerta se despidieron con un beso en la boca. En cuanto Alejandro se fue, ella se descubrió sola con sus pinturas. Se quedó contemplándolas con nostalgia. Y maldijo a la Muerte que la mantenía con vida mientras su corazón se desangraba. En sus lienzos encontró el dolor que la agobiaba, pues en cada pincelada estaba la penitencia de sus lágrimas. Se limpió los rastros del llanto y decidió seguir el consejo de su amigo. De inmediato habló con un abogado para que arreglara los papeles del divorcio y se aseguró de irse lo más lejos de ahí, a Nueva York. Frida empacó sus cosas y tomó un vuelo, durante el cual le escribió al doctor Eloesser: "He puesto todo lo que está de mi parte para olvidar lo que pasó entre Diego y yo. No creo que lo logre por completo, hay cosas que son más fuertes que la voluntad, pero ya no podía seguir en un estado de tristeza tan grande, que a pasos agigantados me convertía en una histérica de esas tan chocantes que se comportan como idiotas y son totalmente antipáticas. Al menos estoy un poco contenta de saber que pude controlar ese estado de semidiotez en el que estaba ya…"

En Manhattan, Frida retomó aquella vida desenfadada a la que se entregó años atrás en esa misma ciudad. Se reunió con sus amigas Bertram y Ella Wolfe, y volvió a Harlem para ver absurdas películas de gorilas, y entregarse a maratónicas jornadas en los bares y las parrandas en el Village.

Por las tardes salía al balcón a ver el sol meterse entre los rascacielos, y maldecía el trato hecho con su Madrina, sobre todo ahora que la ausencia de Diego le sangraba el corazón.

Una tarde sintió el impulso de encontrarse con Georgia O'Keeffe. Se supo afortunada porque Georgia estaba en la ciudad. Le llamó por teléfono y durante horas platicaron como si fueran dos amigas de la infancia que se reúnen tras años de separación. Arte y maridos infieles fueron temas comunes para esas dos esposas adoloridas. En un arranque de confianza propia, Frida la invitó a cenar a su cuarto, y quedaron de encontrarse la noche siguiente.

Muy temprano, Frida se levantó para ir a la zona latina de los altos de Manhattan, donde logró encontrar los víveres necesarios para la cena. Ataviada con un elegante traje sastre, caminó por las *grocery stores* de puertorriqueños, buscando chiles, tortillas y especias. De los edificios escapaban danzones y boleros que la hacían sentirse en casa. Inspirada y alegre, preparó la cena al ritmo de jazz.

Georgia llegó al atardecer, vestida con una sobria camisa de algodón y pantalones negros. Frida, en cambio, decidió tomar de nuevo su personalidad exótica y lució pesados collares de jade, una larga falda color frambuesa y blusa bordada. Las mujeres bebieron a la par, dejando que los vapores etílicos de un brandy les ablandaran la tensión del cuerpo y les soltaran la lengua. Frida sirvió varios platillos que Georgia gozó hasta el éxtasis. Fue un desfile de platillos escogidos premeditadamente para que funcionaran como mecha pero que fueron quizá los responsables de que emergiera la tensión sexual que experimentaron el día de su primer encuentro.

—Tu mirada es extraña —le dijo Georgia, ya sentadas las dos en la sala bebiendo sus copas.

—¿Cómo miro? —preguntó Frida sosteniéndole la mirada y curveando sus labios en una mueca, mitad sonrisa mitad interrogación.

Ante el cuestionamiento, Georgia le tomó las manos delicadamente cual esposo recibiendo a su prometida frente al altar.

—Miras profundamente, como si te hundieras en el océano de mis ojos; pero si ríes, tu mirada se transforma en un haz de luz.

—Tal vez deseo hipnotizarte —respondió Frida con cierto toque burlón que intentaba ocultar su nerviosismo.

Georgia rió con tal deleite que contagió a Frida y al fin pudieron relajarse.

Frida tomó las manos de su amiga y las besó dulcemente. Con la mano que le quedaba libre, Georgia jugó con el cabello corto de Frida, y dejó que la mirada de esta se zambullera en sus ojos e hiciera piruetas de bailarina acuática. Así entraron las dos mujeres a un juego de reconocimiento de sus cuerpos: Frida besaba el rostro de Georgia con la punta de sus labios, mientras ella comenzaba a acariciar los senos firmes por encima de la blusa de exaltadas tonalidades florales.

—Tus senos me gustan.

—¿De verdad?

—Sí... me gustan.

—Son muy pequeños, como un par de melocotones.

—Tienen el tamaño correcto, justo el de mis manos —respondió Georgia tomándolos con ambas manos y masajeándolos.

Frida suspiró, dejando que su busto, inservible para alimentar al nonato hijo de Diego, se sintiera deseado y sensible a las caricias. Cuando Georgia comenzó a levantar la blusa de colores, Frida alzó los brazos para dejar que se la quitara. Se besaron nuevamente, con lentitud, mientras sus dedos recorrían las espaldas. Cuando sus labios se separaron, Frida ya había desabotonado la camisa de su amiga, que sin vergüenza mostraba una lechosa piel decorada por pecas que se arremolinaban alrededor de sus senos cubiertos por un sencillo sostén blanco. La cara de Frida buscó un recoveco entre el cuello para besarlo y descendió por el pecho, siguiendo la suave curva de los senos. Luego besó el vientre, hasta encontrarse con el ombligo que hurgó con la punta de la lengua. Después, Georgia pasó su lengua alrededor de los pezones erectos de Frida, devolviéndole la excitación. Así, subió hasta la oreja y le susurró:

—Te deseo...

En respuesta, Frida desabrochó el pantalón de su nueva amante y su mano se abrió paso hacia el sexo para acariciarlo pausadamente, hasta sentir que ambas se movían al mismo ritmo.

—Y yo a ti —por fin soltó Frida con un suspiro, despojándose de la pesada falda de algodón, los zapatos y el calzón blanco.

El sexo de Frida era pequeño, de labios apretados y vello extrañamente ralo. Las delgadas manos de Georgia ubicaron pronto el clítoris prodigándole un delicado masaje que pronto hizo que Frida se mojara y comenzara a mover las caderas en busca de la presión de la mano en su entrepierna, mientras se dedicaba a chuparle los senos con fuerza contenida, pues el fuego la atormentaba. Intentó meter su mano en el sexo de la pelirroja, que suspiró ruidosamente y le pidió:

—Sigue...

Frida comenzó a satisfacer a Georgia con ritmo rápido, pues los movimientos que recibía de ella le indicaban que probablemente estaría cerca del orgasmo y no deseaba arruinarlo por su torpeza. No se equivocó, poco después pudo escuchar sus gemidos y sentir en sus dedos las contracciones, intensas y sin control. Continuó hasta que se quedó quieta y sudorosa sobre el sofá. Se acurrucó en el pecho de su amante y se besaron con ternura.

—Gracias.

—¿Por qué? —cuestionó.

—Por recordarme que puedo cambiar.

—Siempre has estado ahí, Frida —le dijo la pálida artista volteándose a verla y recargándose en su pecho desnudo—. Desde que te conocí me recordaste una historia de los indios navajos que escuché en Nuevo México. Se llama "La mujer que cambia".

—¿La mujer que cambia? —preguntó con una sonrisa Frida, esperando que la noche se alargara con la charla íntima de las dos, pues siempre pensó que no era el sexo lo que se disfruta, sino las palabras que flotan sobre los cuerpos desnudos.

—Los veranos, cuando huyo de mi esposo a mi casa en medio del desierto, me junto con mis hermanos indios para escuchar sus historias, pues sé que ellos hablan con verdades. De ellos escuché *La mujer que cambia*, *Nádleehé de Asdz*. Ella es la Madre Tierra, y por eso creen que es un ser cambiante como las estaciones: su nacimiento es primavera, maduración es verano, vejez del otoño y la muerte del invierno. Pero no termina su existencia ahí. Para ellos el universo está formado por varios mundos, creen que el origen del primer hombre y la primera mujer son los granos del maíz blanco. Al principio los crearon juntos, pero porque cada uno no apreció las contribuciones del otro se separaron y trajeron la desgracia a la gente. Así, cada vez que vas de un mundo a otro, cambias. Algunas cosas se dejan atrás y otras se traen para ayudarte a reconstruir el nuevo. Pero nunca deja de existir la muerte en esos mundos, está aferrada a nosotros y los dioses nos dieron las ceremonias para recordárnoslo.

—¿Y yo qué soy?

—La mujer que cambia en cada estación, que lucha

por tener un hijo para vencer a la muerte... pero no lo lograrás, porque ella está en ti —le explicó Georgia.

Y con esas palabras Frida se quedó tendida mirando su propia desnudez y su cuerpo desposeído del don de la procreación. Entendió que el dolor era parte del trato que tuvo con la mujer del velo, pero antes que todo, entendió su naturaleza verdadera como una mujer única. Ante el silencio, comenzaron de nuevo a acariciarse y besarse para llegar a un nuevo clímax. Del sofá pasaron a la cama, y a medianoche se quedaron de nuevo en silencio, abrazadas, descansando desnudas, tan sólo escuchando su respiración agitada y el tráfico nocturno de la calle.

—¿Eres feliz? —preguntó Georgia con timidez, como si hubiera roto una porcelana.

—Ahora lo soy. Mañana regresaré a mi calvario. Es mi destino. Tengo que regresar a México, voy a verme con Diego, me ha escrito que desea pedirme un favor.

No supo qué contestarle, pues en cierto modo la comprendía y se identificaba con ella más que con cualquiera de sus amantes. Sabía que esos momentos eran robados, que mañana despertarían con la careta de colegas en el arte para hablar sobre trazos, colores y texturas. No le importó, pues esa noche ambas sintieron que juntas habían realizado una obra de arte. Durmieron en paz hasta que Frida soñó con el canto del señor Cui-cuiri, que de manera coqueta y encubridora, le cerraba el ojo para mostrarle el nuevo día.

Resignada a regresar a su vida, le escribió a Diego: "Ahora sé que todas esas cartas y aventuras con todas esas mujeres solo constituyen flirteos. En el fondo, tú y yo nos queremos muchísimo, por lo cual soportamos un sinnúmero de aventuras, golpes sobre puertas, imprecaciones, insultos y reclamaciones internacionales, pero siempre nos amaremos...

Al llegar a México, Frida le llevó a su hermana Cristina una canasta con postres y flores en señal de perdón. Cristina la abrazó y lloraron juntas toda la tarde. El cariño entre ambas era mayor que el desliz con Diego. Aunque le dijo a su hermana que también a él lo había perdonado, ella no le creyó.

LAS DELICIAS DE GEORGIA

Georgia me hizo reír cuando dijo que pinta flores porque son más baratas que las modelos y no se mueven. Yo le expliqué que además nunca se acostarían con su esposo. Estuvo de acuerdo. Me gusta preparar platillos para la gente que quiero. Pensar en la comida como una serie de reverencias, de caricias, para que se sientan extasiados.

Mole de olla

½ kilo de maciza de res, 1 kilo de chamberete con hueso, 2 dientes de ajo troceados, ¼ de cebolla troceada, 5 chiles guajillo, 2 chiles anchos, 4 jitomates guajillo, 2 dientes de ajo troceados, ¼ de cebolla troceada, 1 elote limpio y cortado en rodajas, 2 zanahorias peladas y cortadas en rodajas, 2 calabazas rebanadas, 1 ramita de epazote, 1 xoconostle pelado y cortado en cuadros chicos, 400 gramos de masa en bolitas, cebolla picada, hojas de cilantro, limones.

✦ Se pone a cocer la carne con ajo y cebolla. Mientras tanto se mezclan el chile guajillo, el chile ancho, el jitomate, el ajo y la cebolla, esto se cuela y se vacía a la olla donde se coció la carne; se le agrega sal, elote y zanahoria. Se tapa y deja cocer durante otros 45 minutos. Después de ese tiempo se agregan las calabazas, el epazote, los xoconostles pelados y limpios y las bolitas de masa; y se deja cocer por 10 minutos más. Hay que servirlo acompañado de cebolla, cilantro y limón.

CAPÍTULO XVII

Cuando Frida lo conoció por primera vez lo sintió arcaico, viejo, pasado de moda, tedioso, aburrido y solemne; uno de esos muebles heredados de la abuela al que todos relegan a la esquina del cuarto. No obstante, era un héroe revolucionario. Todos los comunistas del mundo lo admiraban; ninguno le ofrecía asilo. La enemistad de Stalin no era una broma. Ganarse el odio del líder del partido ruso era un asunto mortal. Aun así, el presidente Cárdenas había decidido recibir a Trotsky en México a pesar de que eso lo convertiría en blanco de las críticas de la extrema derecha y de la extrema izquierda, y lo hacía quedar mal con el diablo y con dios.

Parecía una situación poco favorable, pero Diego la abrazó sin reparos debido a sus creencias políticas. Él mismo fue quien intercedió en favor del revolucionario, consciente de que en cada esquina podrían acechar los asesinos dispuestos a descabezar al último obstáculo para que Stalin se coronara como único amo de su país. Por eso le pidió a Frida que fuera la anfitriona para alojar a uno de los principales arquitectos de la revolución comunista soviética. Eso era lo que le quería decir mientras viajaba en los Estados Unidos y Frida aceptó sin remilgos.

—Ustedes las mujeres son las ruedas del progreso de la humanidad. Podríamos hablar de que son una fuerza absoluta por sí mismas, pero eso sería mentir. Más bien son una condición de armonía y balance que las religiones, gobiernos y esposos hemos convertido en un cómodo cojín donde apoyarnos —comenzó a hablar "el Piochitas", como le decía Frida a sus espaldas.

Trotsky hacía un brindis, levantando su copa de tequila. Diego calló y se sentó a su lado para escucharlo. Frida sirvió tequila para todos, disfrutando de agasajar a sus invitados. Ofrecía una gran comida a miembros del partido trotskista, parientes y amigos. Desde Francia había viajado el surrealista André Breton con su esposa, para conocer al pensador comunista.

—En esta sociedad imperfecta las mujeres han sido capaces de coser pieles que con el tiempo se convirtieron en telas con preciosos bordados; cuidaron niños que se transformaron en obreros, soldados o médicos que luchan por la libertad; sembraron campos para cultivar las semillas del futuro; enseñaron las letras que marcarían la educación del pueblo. Pero el tiempo se les consume penosamente detrás de una olla en la cocina. En ello han perdido cuando menos la mitad de sus vidas —Trotsky volteó a ver a Frida con ojos brillantes, pero esclavizados a sus espejuelos. Se mojó los labios, como quien desea el postre tras el aparador—. Tanto han cocinado las mujeres, que si ese tiempo lo hubieran dedicado a liberar a la humanidad de cualquier yugo, esta viviría en plena libertad desde hace mucho tiempo. No obstante, me es imposible imaginarme un mundo libre sin el placer de la comida, por ello alabo esta mesa, y aún más las manos que nos la dieron. Gracias señora Rivera, cada bocado es una batalla ganada en pro del pueblo —cerró Trotsky bebiéndose el tequila.

Todos los presentes lo imitaron. Frida supo que su comida estaba haciendo efecto en el cuerpo del refugiado, como un elixir capaz de rejuvenecerlo y aliviarle el dolor del exilio. Frida le sonrió, dejándose acariciar por el ronroneo de los aplausos de los presentes. Había preparado cada platillo con la intención de halagar a Trotsky. Cada plato estaba colmado con el sentimiento que Lupe le enseñó: "Con la mesa, cualquiera te rinde pleitesía". Quizá por la competencia con Diego, quizá por el deseo de sobresalir, o simplemente por la sencilla razón de que podía, había decidido ganarse el aprecio del hombre a quien su esposo más admiraba. Frida deseaba que Trotsky se rindiera ante ella y le permitiera ejecutar su inmadura venganza.

Así que no la sorprendió cuando por debajo de la mesa la mano de Trotsky le acarició el muslo. Esa seducción clandestina le pintó una mueca de triunfo a Diego, que no pudo ni siquiera imaginarse la razón de ella.

Con la guerra en España y las tormentas políticas mundiales rondando el destino de la humanidad a finales de la década de los treinta, Frida se comprometió por completo con el movimiento comunista. Una vez que aceptó estar encadenada a Diego de por vida, regresó a México para apoyarlo en el asilo a León Trotsky.

Ella misma fue a Tampico a recibir a los exiliados rusos, como si fuera una embajadora azteca, una versión roja de la Malintzin. La primera impresión que le causó Trotsky no fue muy halagadora. Vestido de pantalones bombachos de lana, cachucha a cuadros, bastón y un enorme portafolio, se veía aún más bajo de lo que era. Era peculiar su grueso saco a la espera de que una nueva glaciación cubriera otra vez la tierra. Y aunque caminaba recto, con su barba de chivo en alto a la manera de general retirado, la edad le restaba porte. Ni qué decir de su esposa Natalia, que para Frida siempre fue como una burócrata amargada. Esos eran sus invitados, por ellos había arreglado la casa de sus padres en la calle de Londres en Coyoacán, por ellos mandó a Cristi a vivir a una casa a un par de cuadras, por ellos mandó a su padre con su hermana mayor. Papá Guillermo, al enterarse de que su castillo de Coyoacán sería prestado para recibir a un importante ruso, sólo pudo decirle a su hija: "Si estimas a ese señor, quiero aconsejarle que no se mezcle con la política porque es muy mala."

Esa nueva situación de ser la anfitriona del revolucionario y su esposa la llenaba de orgullo y le daba razones para vivir. Ella misma sirvió de traductora, pues ninguno hablaba español y, para colmo, Natalia tampoco entendía inglés. Por eso decidió usar un lenguaje universal: la comida. Y si de algo sabía ella, era de eso. Sus delicias gastronómicas podrían disfrutarse en cualquier lengua, y claro que deleitarían el paladar de la pareja soviética, acostumbrada a comidas austeras de arenques fríos, verduras insípidas y sabores planos. Fue en casa de Frida donde en su paladar descubrieron la extraña sazón del mole, la consagración perfecta de chile, chocolate, fruta y pan.

—Cada bocado de este platillo me hace pensar en que la comida en México se ha rebelado de los cánones europeos. Pelea por su autenticidad. Pero la insurrección es un arte, y como todas las artes, tiene sus leyes —exclamó Trotsky una mañana cuando se levantó y encontró a Frida y Eulalia, la cocinera, preparando la comida.

Para ayudarle a despertar, lo deleitaron con una taza de café de olla, borracha de canela y piloncillo. Al verlo recargado en el umbral de la puerta con una gran sonrisa, Frida le lanzó una mirada evaluadora, atractiva y llena de sensualidad. Y luego, regresó a su trabajo en la cocina, abandonando el aguijón del deseo clavado en Trotsky.

—¿Cuáles son las leyes en la cocina, Frida? —la cuestionó.

Frida se limpió las manos y le mostró a Eulalia la receta escrita en el Libro de Hierba Santa, que debería seguir para lograr la magia de los sabores. Pilló un cigarro colocándolo en sus labios como si fuera un colibrí que alcanza la miel de una flor. Ese movimiento lo hizo con la calma necesaria para dejar que el veneno de la lujuria se extendiera por cada parte del cuerpo del viejo. Prendió su vicio. Dio una gran chupada y expulsó lentamente el humo que danzó por el aire para acariciar las barbas blancas de Trotsky colándose por sus fosas nasales. El ruso paladeó un sabor a hierbabuena, vainilla y limones. Tuvo que moverse sorprendido al sentir cómo se abultaba su pantalón.

—Son más sencillas de lo que cree. La primera es

que nadie se mete en la cocina de una mujer sin su permiso, es tan grave como acostarse con su esposo. Quizá un poco más —comenzó Frida, sentándose a su lado—. En la cocina se puede ser ignorante, mezquino o descuidado, pero nunca los tres, que por eso luego anda uno meneando el arroz cuando se cuece, no poniendo algún ingrediente porque se olvidó de comprarlo, cociendo juntas pasta y salsa, friendo la carne con más aceite que el lago de Chapala, sirviendo frijoles quemados.

En Trotsky fue dibujándose una sonrisa que se extendió en una carcajada, y sin querer, sus risotadas fueron tan altas que hizo que el señor Cui-cui-ri, que andaba picoteando restos de comida, saliera huyendo.

—¿Con qué nos deleitarás el día de hoy que tenemos invitados? —consultó Trotsky.

—Caldo de pescado de Veracruz, pescado al cilantro de la Costa Chica y un pan de natas, receta de familia. Tequila y pulque, para alegrar el día, que todos necesitan de chupe y tabaco para que sea divertido.

—¿Pulque? —cuestionó de nuevo el ruso.

Frida le hizo señas a Eulalia para que sirviera un poco del recién comprado en la pulquería de la esquina. A ese pulque lo habían curado con el aromático sabor de guayaba, otorgándole un tono de mejilla sonrosada.

—Antiguamente los indígenas prehispánicos tomaban esta bebida en ceremonias religiosas. Lo usaban para los sacerdotes, para comunicarse con los dioses.

El viejo no se atrevía a tomar ese brebaje de consistencia babosa que le recordaba fluidos corporales. Sin poder ocultar su repugnancia, preguntó:

—¿Qué es?

—Es jugo de maguey fermentado —respondió Frida quitándole el vaso—. A nadie se le puede insistir que pruebe algo. El paladar es por placer, no por obligación.

—Hay algo de bruja en usted que encanta y deslumbra. Quizá me esté envenenando con su comida, pues desde que llegué a México todo lo veo de otro modo.

Frida echó su cuerpo hacia atrás al tiempo que soltaba el humo de su tabaco. En el fondo de la cocina, Agustín Lara cantaba en la radio "Solo tú".

—¿Acaso ahora el verde del pasto le recuerda las sandías?, ¿la sangre a las cerezas? y, ¿la empalagosa felicidad de una tarde al turrón? —preguntó Frida.

—Así es... así es... —contestó Trotsky a cada pregunta con movimientos afirmativos, muy de él. De profesor, de encantador de palabras.

—Entonces algo de mí estaré pasándole con la sal, pues para vivir esta vida hay que aderezarla. Ya ve que como estoy enferma soy aguantadora, aunque a veces se pasa de cabrona la vida, pues si no se sufre, se aprende. Para eso se le echa tomillo, chile, clavo y canela, para que le quite el mal sabor —Frida le tomó la mano, pasando las yemas de sus dedos por las arrugas de sus nudillos—. Véanos, usted sin patria, y yo sin pata.

Eulalia se volteó tratando de silenciar su risa. Trotsky no comprendió nada, pues Frida había hablado en español, así que ante el exabrupto de Eulalia, tuvo que traducirle sus palabras para que ambos continuaran la festividad de carcajadas.

Para acompañar el café, Frida le ofreció pan de natas,

que terminaron mordisqueando entre los dos. Cuando solo quedaban migajas, las tomó con los dedos y se las fue comiendo lentamente, como si diera besos al aire. Trotsky podría haberla contemplado por horas, pero Diego entró a la cocina como un huracán que toca tierra firme llevándose palmeras y barcos.

Y fue ese mismo día, durante la sobremesa, cuando el ruso se levantó para decir su discurso sobre las mujeres, para rematarlo con las caricias en el muslo que se hicieron eco del descarado coqueteo de esa mañana.

Para reposar la comilona de esa tarde, Diego llevó a Trotsky a ver los cuadros de Frida, mientras ella se mantenía en una esquina, fumando entre sombras, al acecho de algún comentario.

—Es maravilloso, es como si hubiera podido concentrar todo lo que es este país en el alma de una mujer.

—Sólo son mis retratos —se sacudió el comentario Frida.

—¡Chingao, Frida! Son mejores que las mías —rugió Diego.

—En sus manos hay mucho poder. Quien puede hacer esto con los pinceles, y una comida como la que disfrutamos cada día, debe ser una gran artista —elogió Trotsky apretando las manos de Frida.

Alzó el dedo como si recordara algo, y escabulléndose cual gnomo, fue por un libro que guardaba en su cuarto para entregárselo a Frida como si fuera un plebeyo rindiendo sumisión a una emperatriz. Frida leyó *Concerning the Spiritual in Art.* Era de Kandinsky, el pintor ruso. Trotsky se fue alejando mientras Diego comenzaba otro de sus proyectos para hacer un mitin, un mural o cualquier otra cosa que se dejara.

Frida abrió el libro y encontró una página marcada. Alguien había resaltado con lápiz: "El color es en general un medio para ejercer una influencia directa sobre el alma. El ojo es el martillo templador. El alma es un piano con muchas cuerdas. El artista es la mano que, mediante una tecla determinada, hace vibrar el alma humana".

Entre las páginas del gastado libro, Trotsky había dejado una nota que decía: "En casa de Cristina, mañana a las diez". Frida tuvo que apaciguar su sonrisa para no delatar el amorío con el líder de la revolución rusa.

Cuando Diego le pidió que le ayudara con Trotsky, ella aceptó sin muchas condiciones, sabiendo que la relación con su esposo sería como las olas que van y vienen en la arena: a veces estaría en casa, otras no. Seguían siendo marido y mujer, y el tema del divorcio no se ventilaba más. Algunas noches de alcohol, Diego la tomaba, y Frida se dejaba querer.

No había nada que le impidiera continuar su aventura amorosa con el ruso: Cristina y los niños estarían fuera de su casa más de medio día y su hermana se encargó de disponer todo para que cobijara su aventura. Ambos amantes llegaron a tiempo a la cita convenida.

Después de haberse poseído, Frida miró hacia la calle por la ventana, cubierta solo por un viejo sarape de colores que hace mucho le trajeran a su padre de Saltillo. Su cabeza estaba revuelta por el sexo lento y lleno de caricias que había tenido con el Piochitas. Sus mejillas estaban sonrojadas como carne pasada por las brasas y su cuerpo apagando la flama del deseo, tan sólo en los carbones que se quedan calentando el regazo.

—Frida, tu pincel es maravilloso. Cada vez que lucha con el lienzo crea una guerra. Cuando se habla de arte revolucionario, sólo puedo pensar en dos tipos de fenómenos artísticos: las obras cuyos temas reflejan la revolución, y obras que sin estar vinculadas a la revolución por el tema, están profundamente imbuidas, coloreadas por la nueva conciencia que surge de la revolución. A ésas perteneces tú —le dijo Trotsky que no paraba de admirar un autorretrato de Frida que Cristina tenía colgado en su recámara.

El revolucionario parecía menos viejo cuando hablaba; al verlo de reojo, Frida pensó que podría enfrentar a todo el ejército ruso con el filo de sus palabras. Aunque su cuerpo no negara los años que le caían encima, era vigoroso y altanero como un muchacho pendenciero que no encuentra rival para sí mismo. Llevaba puestos los calzoncillos, la camiseta y los espejuelos. Sus piernas delgadas, cual ramas blancas, lo sostenían como un tronco pelón que riñe contra cualquier huracán.

—¿Crees en la muerte? —le consultó Frida.

—La muerte es una realidad. No se trata de un dogma de fe, Frida —respondió el pensador acomodándose los anteojos.

—Es inútil hablar de eso... mejor será que lo olvides —le gruñó Frida.

Trotsky no se dejó vencer tan rápido. Se acercó a Frida y observó qué tanto había afuera que abstraía la atención de su amante. Se sorprendió al ver un diminuto pájaro recién nacido, sin plumas, muerto en el piso. Arriba, en la rama de una higuera, la madre lo llamaba desde el nido vacío sin encontrar respuesta. Supuso que el pequeño animal trató de volar, o simplemente se asustó y brincó del acogedor hogar para encontrar su perdición.

—Mi padre me contaba un cuento de la vieja Rusia en el que un buen soldado regresa a su casa con sólo tres pedazos de pan y se los regala a tres mendigos. Estos, que eran duendes disfrazados, le dan tres obsequios con los que logra engañar a unos demonios. Pero el mejor de sus tesoros es un saco capaz de guardarlo todo, incluso a la muerte. Y así lo hace: la atrapa, salva a su reino y vive por siempre. Pero solo es un cuento para asustar a los críos. Una sombra medieval del viejo mundo donde los emperadores eran reyes. La única manera de burlar a la muerte hoy en día es a través de la ciencia.

—La muerte no le teme a los microscopios, de eso estoy segura.

Trotsky comenzó a jugar con su pelo. Frida se dejaba consentir, emitiendo murmullos de placer.

—Tú superarás a la misma muerte con tu arte, Frida. Desconozco cuál será el destino que nos depara para el arte, pero yo sé que si el hombre alcanza los niveles que tú posees, se hará incomparablemente más fuerte, más sabio y más sutil. Su cuerpo será más armonioso, sus movimientos más rítmicos, su voz más melodiosa. Las formas de su existencia adquirirán una cualidad dinámicamente dramática. El hombre medio alcanzará la talla de un Aristóteles, de un Goethe, de un Marx. Y por encima de estas alturas, nuevas cimas se elevarán.

—¿Has pensado que podríamos volver a tener sexo mientras hablas? —preguntó Frida aplastando el cigarro en el cenicero un poco harta de los fuegos artificiales del Piochitas. Trotsky lo pensó, y desde luego sonrió.

Diego acaparaba el tiempo libre de sus invitados. Al igual que Trotsky, estaba obsesionado con su trabajo, pero eso no le impedía llevar cada semana al viejo a conocer lugares cercanos a la capital. Trotsky, cual metódico profesor, se limitaba a mover la cabeza afirmando ante el paisaje mostrado, ya fueran pirámides, pueblos coloniales o algún bosque. Durante esos viajes comenzó a coleccionar pequeños cactos que sembraba en macetas, las cuales colocaba en línea en el patio de la Casa Azul.

Diego se controlaba ante Trotsky, ya que su admiración rebasaba las locuaces fantasías que solía vomitar a los periodistas en busca de reflectores. Siempre dejaba que el revolucionario explicara su punto de vista para inmediatamente estar de acuerdo con él, conformándose con el papel de simple fanático de su líder político. Pero era sarcástico que ante toda esta serie de alabanzas, honores y descarada lambisconería de Diego hacia Trotsky, éste no tuviera más que la atención puesta en Frida. Le escribía ardientes cartas de amor que ocultaba dentro de los libros que cada noche, antes de despedirse, le prestaba. Por su parte, Frida se comunicaba con el sutil lenguaje de la comida.

La aventura entre los dos no duró mucho. Frida aún sentía la herida por la traición de Diego y estaba segura que todo era una *vendetta* contra Diego. Esperaba como amante a otro tipo de persona, el Piochitas nunca alcanzaría a saciar su apetito por hombres y mujeres. La crisis se desató cuando las dos parejas, fuertemente custodiadas por varios miembros del partido, decidieron hacer un viaje por las tierras de Hidalgo, al este de la ciudad. El convoy de automóviles se detuvo en el hermoso paraíso de la hacienda de San Miguel Regla, con el plan de visitar las pirámides a la mañana siguiente.

Trotsky y Natalia disfrutaban un café a la sombra de un sauce, extasiados ante el paisaje que los rodeaba. No era para menos, la hacienda estaba enclavada en un lugar privilegiado, circundado por frondosos árboles. La magnífica construcción fue propiedad de Pedro Romero de Terreros, primer conde de Regla, quien se enriqueció con la extracción de las minas de Real del Monte en el siglo XVIII.

Diego y Frida caminaban pausadamente sobre un romántico puente de piedra mientras alimentaban a los patos del estanque. Su conversación, casi anodina, limitada al intercambio de sucesos cotidianos, fue alterada por uno de los guardias, que se acercó a Frida y le tendió un libro.

—Se lo manda el señor Trotsky —informó.

Frida lo abrió y encontró una gruesa carta que trató de esconder de Diego.

—¿Qué chingaos es eso, Frida? —interrogó curioso.

—Algunas notas sobre los conceptos del arte de Kandinsky.

—¡Cómo eres cabrona!, a ti eso te vale madres y solo estás dándole cuerda al viejo. Deberías avergonzarte —gruñó Diego.

—¿Es más falso ofrecer vanas esperanzas a un hombre que a una mujer para acostarse contigo?, ¿a cuántas gringuitas enredas con tu palabrería para poder revolcarte con ellas, Diego? —respondió Frida a la defensiva.

—Eso fue innecesario. Si quieres pelearte porque hoy comiste gallo, ve y madréate con otro. Yo no voy a ser tu costal —escupió con coraje Diego, pues la traición no posee armas para defenderse de sí misma.

Se alejó dejando a Frida con la carta de Trotsky. Nueve hojas en las que como un adolescente perdido le suplicaba que no lo abandonara, y que aceptara que podrían vivir juntos. Frida sintió asco. Si había dudado en dejarlo, esa carta suplicante le dio todas las razones del mundo para hacerlo. Se lo diría al siguiente día.

Por la noche Frida no logró dormir. Consumar el sueño le era ridículamente vetado ante la culpa que le provocaba la desesperación de Trotsky. Caminó por la terraza de la casa que los hospedaba, mirando a las luciérnagas danzar para atraer la lluvia. Se sorprendió al oír relinchar a un caballo, y al cabo de unos minutos vio emerger al Mensajero entre las sombras de los sauces. Sus ojos blancos resplandecían igual que el color del caballo. "¿Qué te trae por esto rumbos? ¿Acaso mi tiempo terminó? Así no fue el trato, y lo sabes, si mi gallo Cui-cui-ri continúa entonando su canto cada día, aquí seguiré", lo retó Frida.

El hombre se quedó ahí. No era ella la razón de la visita, sino otra persona. El Mensajero era heraldo de su Madrina.

Las luciérnagas comenzaron a agruparse en formas extrañas, reproduciéndose con tal celeridad que pronto formaron un caleidoscopio, el cual resplandecía en la oscuridad. El aleteo de las alas de los insectos resonó por la noche. Frida quedó pasmada por el prodigio, observando las imágenes que se desarrollaban frente a ella. Como toque de Seurat, cada bicho participaba en la creación de una imagen de estilo puntillista, que la retina de Frida poco a poco fue identificando. Primero, distinguió a Trotsky leyendo, sentado, apacible, sencillamente mirando por una ventana al levantar la vista del libro. Más allá de la ventana, un auto, del que bajaban hombres oscuros de ojos luminosos. Destellos, sin duda alguna eran disparos contra el revolucionario. Trotsky cayendo al suelo abatido por las balas. Su tiempo en la Tierra había terminado. Frida dejó escapar un murmullo lastimero ante la visión que le regalaba su Madrina. "No puedes matarlo luego de tanto que ha huido. Quizá pueda hacer un trato como el mío. Dale más tiempo —y suplicó—: dile a ella que tome parte de mi vida."

El Mensajero se perdió en la noche, iluminado por las luciérnagas.

Las pirámides de Teotihuacan se levantaban fastuosas ante la mirada de Trotsky, que movía la cabeza, divertido, en su típico gesto de aprobación. Diego le narraba extrañas anécdotas de canibalismo entre los indígenas prehispánicos, mientras Frida permanecía en silencio, pensando en la mejor manera de advertirle a Trotsky que una bala acabaría con su vida. Cuando se pararon en la Calzada de los Muertos, en medio de las pirámides del Sol y de la Luna, los visitantes comenzaron a sentir un calor intenso, como si una enorme lupa se concentrara en ellos.

—Debo tomar algo —pidió Natalia, sentándose en una escalinata y abanicándose con un pañuelo.

Diego la imitó. En cambio, Trotsky insistía en subir hasta la cumbre de la majestuosa Pirámide del Sol.

—¿Por qué no tomamos algo? —preguntó Frida.

Todos voltearon a verse sin encontrar una respuesta. Como si la pregunta hubiera sido una invocación, apareció un vendedor de pulque ofreciendo su producto. El indígena cargaba sobre sus hombros dos garrafas con pulque de la región.

—¿Ahora sí se animan a probar el pulque? —sonrió Diego parándose para llamar al vendedor.

—Es buen día para hacerlo —respondió Trotsky ofreciéndole su mano a Frida, y seguidos de dos guardias que custodiaban al viejo se encaminaron hacia el vendedor, dejando a Diego como niño castigado.

—¿Has leído mi carta? —le susurró al oído Trotsky moviendo la lengua nerviosamente.

Frida trató de no hacer ningún movimiento que levantara sospechas en sus respectivas parejas. Continuó caminando con porte real.

—Sí. Tú sabes cuál es mi decisión. Por más que insistas he pensado que es mejor terminar. Pero antes debo decirte algo más importante, que no tiene relación con tus caprichos juveniles. —Y con gran seriedad, pronunció—: León, te van a matar. Será con balas, y varios hombres. Cuando escuches un auto por la noche, tú sabrás que te ha llegado el día.

—¿Cómo lo sabes? ¿Hay un espía infiltrado en nuestro grupo?

—No. Es algo que nunca entenderías. Por eso he pedido que te den una segunda oportunidad, como me la dieron a mí. Sólo necesitas sellar ese pacto con ella para que tu vida no sea arrancada de forma tan violenta —le explicó Frida.

El guardia ya había detenido al aguador con los vasos de pulque. Frida vio el vaso de líquido espeso con hebras mucosas y supo que esa era la señal.

—Como te narré aquella mañana, esta es la bebida de los dioses. Esta será nuestra ceremonia. Bébelo y desea vivir un día más, ella te escuchará.

—No lo haré, Frida. ¿De qué sirve vivir una vida sin ti a mi lado?

—Esa vida se llama matrimonio. Allá está Natalia que te espera —insistió Frida.

Trotsky clavó su mirada en Frida. No comprendía de qué hablaba, pero pensó que sería un ritual para terminar la relación amorosa entre ellos. Se llevó la bebida a los labios. La densidad de la bebida le desagradó y su estómago gruñó tratando de vomitar. Pero se lo tragó todo. Al final sintió que el sabor acidulado era reconfortante y fresco. El alcohol del pulque se fue disolviendo por todo su organismo como si caminara reconstruyendo células muertas de su cuerpo. Sus ojos cansados adquirieron nuevo brillo y los dolores parecieron disiparse. Trotsky sintió que algo había cambiado.

—Ahora también tienes un pacto con ella —murmuró Frida dándole un beso en las manos, y regresó al grupo, que no había dejado de observarlos.

Trotsky simplemente hizo un gesto de aprobación.

Trató de hacer que su esposa probara el pulque, pero ella lo rechazó asqueada.

Había detalles imperceptibles, que la esposa de Trotsky había comenzado a notar. No podía explicarlo, pero sentía malestar. La sospecha de que probablemente la abandonaran como esposa inservible, la deprimió tanto que comenzó a adelgazar, a olvidar cosas, a decir sandeces y a estar continuamente enferma en búsqueda de la atención del hombre con quien llevaba casada treinta y cinco años. El séquito de seguridad que rodeaba a Trotsky notó el cambio, y como ninguno de los guardias era tonto, pronto dedujeron las razones de esos padecimientos. Como hombres pragmáticos, decidieron tomar el problema en su propias manos: instaron a Trotsky a que dejara de seguir a Frida como perrito faldero, y le explicaron que un escándalo lo desacreditaría y le robaría su papel de héroe mundial. Así que "lo invitaron" a mudarse. El viejo optó por una casa en la calle de Viena, muy cercana a la Casa Azul. También poseía un patio amplio, donde escribiría y podría ver a su esposa envejecer, aceptando no sólo su condición de exiliado de Rusia sino del corazón de Frida. Diego fue el único que no tomó las cosas con calma, gritó que era una grosería irse así, un desprecio a él, su anfitrión.

—Cállate, Diego —le murmuró Frida al oído antes de que continuara con su escándalo melodramático.

Diego se pasmó.

—¿Es que no entiendes, Frida? —preguntó molestó cuando se escondieron en un cuarto para discutirlo.

Frida no deseaba aumentar el problema. Prendió un cigarro y le aventó la verdad como un pastelazo:

—El que no entiendes eres tú. Déjalo ir, estará mejor sin mí en su vida. Ya he hecho mucho más de lo que esperaba.

Diego comprendió de golpe todo lo que había pasado bajo sus narices. Frida se había vengado, pero lo que no sabía es que esa revancha no le resultaba dulce, le dejaba un desagradable gusto a naranja pasada y agria.

El día en que Trotsky dejó la Casa Azul, escribió: "Natasha se acerca a la ventana y la abre desde el patio para que entre más aire en mi habitación. Puedo ver la brillante franja de césped verde que se extiende tras el muro, arriba el cielo claro y azul y el sol que brilla en todas partes. La vida es hermosa. Que las futuras generaciones la libren de todo mal, opresión y violencia y la disfruten plenamente".

Uno podría entenderlas como una oda a su mujer y a la vida, pero solamente Frida supo que era un sermón de agradecimiento por haberle otorgado un poco de esa vida que la Muerte le concedió a Frida a cambió de sus ofrendas. Frida pensó que había salvado a Trotsky del atentado con las metralletas, pero meses después, un piolet clavado en la cabeza del revolucionario terminaría lo que la Muerte postergó. Ella se preguntó si realmente León sólo pudo recibir unos meses de gracia, o nunca hubo alguna condescendencia hacia él. La respuesta nunca llegó, pues la muerte siempre es un misterio.

Frida había consumando su venganza a Diego. Dio vuelta a la página de su vida y retomó su camino agarrando las riendas de su destino, para dar sus siguientes pasos como mujer independiente.

La comida de Trotsky y Breton

Al Piochitas le gustaba que lo sorprendiera. No había mucho que decir, pues Diego me robaba la palabra a mí y a cualquiera que estuviera cerca de Trotsky, por eso yo sólo cocinaba, pues podía decirle más con mis sabores sobre mi visión de un mundo mejor, de lo que pudiera decirle con palabras. Los dos deseábamos solo eso: un mundo mejor. ¿Quién no desea eso en la vida...?

Huachinango al cilantro

1 huachinango de más de 2 kilos, limpio de escamas y lavado, 8 tazas de cilantro bien picado, 5 chiles en escabeche en rebanadas gruesas, 2 cebollas grandes rebanadas en rodajas, 4 tazas de aceite de oliva, sal y pimienta.

✦ Al huachinango se le hacen tres cortes en el lomo para que se sazone muy bien. En una cazuela extendida o un platón, se prepara una cama con la mitad del cilantro picado, la mitad de los chiles y la mitad de la cebolla; se baña con la mitad del aceite y se sazona con sal y pimienta. Sobre esta cama se coloca el pescado entero y se cubre con una capa igual, adornándolo con los chiles, el cilantro y la cebolla, se vacía el resto del aceite. Se mete al horno precalentado a unos 200 grados centígrados durante unos 40 minutos, bañándolo con la salsa de vez en cuando para que no se reseque. Se sirve en la misma cazuela.

CAPÍTULO XVIII

Al caer el papel estraza de la envoltura al suelo, el grito resonó con un eco rebotando por cada rincón del edificio en la Quinta Avenida. En el vestíbulo general de las elegantes oficinas de Condé Nast, el emporio editorial, aquel grito aterrador siguió repicando a manera de campanas del Apocalipsis. Algunas secretarias asustadas soltaron al suelo las pomposas portadas de las revistas *Vogue* y los dibujos del Chamaco Covarrubias para *The New Yorker.* Estremecidas, corrieron a buscar el origen del desgarrador alarido. Un policía de seguridad marchó con pistola en mano temiendo un asalto. El murmullo de incertidumbre y angustia rondó por entre todos los trabajadores, que se miraron preguntándose si debían abrir la puerta de donde emergió el lamento. La secretaria principal se armó de coraje y abrió de par en par el acceso para cruzar el umbral de la oficina de su jefa, Clare Boothe Luce, la editora de la cosmopolita revista *Vanity Fair.*

En el interior del elegante recinto, que tenía dimensiones suficientes para montar un circo, encontraron al centro el ostentoso escritorio negro, los sillones de piel y papeles regados en el piso. A un lado, un paquete a medio abrir. Madame Clare no estaba en su lugar. Se refugiaba en una esquina del cuarto cerca del gran ventanal enmarcando la vista a Central Park que se deslavaba por el otoño. Permanecía hincada, las manos apretadas en su boca, tratando de acallar otro grito. Los ojos estaban desorbitados y un par de lágrimas corrían por sus mejillas llevándose con ellas el costoso maquillaje. Se le veía alterada, como si le hubieran embarrado una ola de pesadilla. No había gestos déspotas sobre moda, gourmet ni cocteles. No había un dejo de la vanidad a la que estaban acostumbrados sus empleados, sólo había espacio para un terror absoluto. Levantó temblorosa la mano señalando el paquete. El policía y la secretaria caminaron hacia él. Había llegado en la mañana desde Europa. Ambos tuvieron que ahogar un grito cuando descubrieron lo inconcebiblemente enfermo de la imagen. Si se trataba de una broma, era de muy mal gusto. Nadie en su sano juicio se habría atrevido a hacer algo así. La autora de tan espeluznante cuadro acababa de aparecer en la portada de *Vogue,* donde varios artículos alababan su más reciente exposición.

La pintura, realizada con excelente técnica, documentaba la caída de la mejor amiga de Clare: Dorothy Hale, quien se había suicidado lanzándose de un rascacielos en Nueva York. El suicidio se retrataba en tres fases: la figura diminuta de la mujer saltando desde la ventana del edificio, una imagen más grande de la modelo que cae, y en la parte inferior del cuadro, sobre una especie de plataforma, el cuerpo inerte, sangrante, como si Dorothy acabara de caer de su viaje al más allá. Sus ojos miraban al frente, abiertos, con un llamado de auxilio. Debajo, en una cintilla se explicaba el trágico evento con letras color sangre: "En la ciudad de Nueva York el día 21 del mes de octubre de 1938, a las seis de la mañana, se suicidó la señora Dorothy Hale tirándose desde una ventana muy alta del edificio Hampshire House. En su recuerdo, pintado a petición de Clare Boothe Luce, para la madre de Dorothy, este retablo, habiéndolo ejecutado Frida Kahlo". Un ángel pasaba en la parte de arriba entre las nubes que perdían el lejano rascacielos. Al parecer, a Frida no se le había hecho suficientemente sangrienta la pintura, y agregó al marco manchas rojas, como si durante su caída la sangre de Dorothy lo hubiera salpicado.

"¡Destrúyelo!", ordenó madame Clare a su secretaria, pero ni ella ni el policía se movieron, estaban hipnotizados ante el inquietante cuadro.

Frida nunca se enteró del terror que causó en la oficina de madame Clare. Estaba alejada de todo, totalmente sumergida en un éter temporal que vuelve a las mujeres más diestras en unas completas atolondradas. Ese perfume adormecedor sólo posee un nombre: amor. Y no era Diego el que le arrancaba suspiros, sino un hombre delgado, de ojos soñadores, rasgos finos y trato de golondrina. Nickolas era de ascendencia húngara, y se le notaba a leguas en su porte de nobleza y en sus ojos árticos. Aunque provenía de una familia pobre, a los veintiún años ya era uno de los fotógrafos más famosos en los Estados Unidos, y era solicitado en revistas como *Harper's Bazaar* y *Vanity Fair*. Era el príncipe azul perfecto: piloto de aviones, campeón de esgrima, amoroso padre de dos hijas, un mecenas generoso con los artistas y un devorador de arte moderno. A pesar de tener toda esa energía, se descubría en su trato íntimo a un ser sencillo y tierno, que a Frida le recordaba a su papá Guillermo, y por eso cayó rendida a sus pies.

Lo conoció en México tiempo atrás, por su buen amigo y compañero de parranda, el Chamaco Covarrubias, ya que ambos trabajaban para la misma revista. Desde el principio, el fotógrafo se colmó de los olores, colores, texturas y sabores que Frida desprendía. Tan sólo pisar la Casa Azul en Coyoacán fue un viaje para sus sentidos, estimulado por el desfile de las pinturas, los judas de cartón, las vajillas de Talavera, los xoloescuintles retozando entre sus faldas, los pericos gruñendo y el desplumado señor Cui-cui-ri corriendo ante la presencia de invitados. Todo mezclado con los exquisitos platillos de su cocina y sus postres aromáticos, capaces de electrizar cualquier paladar.

Después de que Trotsky salió de su casa, Frida retornó a su vida, presumiéndole a conocidos y amigos que por fin se había divorciado de Diego, aunque ella misma sabía que la relación entre ellos era una droga difícil de dejar, de ésas que causan estragos de por vida y no podía dejar de hacer comentarios contradictorios sobre su ex esposo: "Estoy harta de ese panzón, ahora soy feliz de vivir mi propia vida", comentaba a mitad de una comida con artistas. "Ese viejo gordo haría cualquier cosa por mí, pero me resulta demasiado repelente tan sólo pedirle algo", aunque a los pocos minutos comenzara a decir con nostalgia: "Es tan cariñoso, lo extraño tanto..."

Entre los asistentes a esa reunión donde Frida se desdoblaba en diversas mujeres, estaba Julián Levy, quien había quedado deslumbrado tanto por el carácter como por la obra de Frida e insistía en convencerla de que expusiera en su galería en Nueva York.

—Es una oportunidad que no debes dejar, niña —opinó Nickolas coqueteándole, respondiéndole primero Frida con una mirada de pasión, de ésas que sólo brillan entre las parejas que saben disfrutar el sexo.

—¿Por qué se interesan en mi obra? No es nada especial —respondió levantando los hombros y tomando tequila para ahogar la pena, el caos y la presión de estar en el umbral del éxito a punto de lanzarse al vacío.

El divorcio de Diego le había dado ánimos para tratar de rehacer su vida con Nickolas como amante. Además, recientemente un famoso actor, reconocido por sus papeles de gángster, había pagado una generosa suma por varios de sus cuadros. Así que al margen de sus infortunios, se sabía una pintora por derecho propio. Si su vida continuaba pese a haber perdido a Diego, sería por la pasión a su pintura. No soltaría ni un pretexto a su Madrina para arrancarle la promesa de mantenerla viva.

"Yo te ayudaré con la exposición", le prometió Nickolas. Y lo cumplió, no solo como amante sino como compañero: la apoyó con el embarque y desembarque de la obra, así como con la realización del catálogo. Por eso cuando Frida partió para Nueva York con su nuevo amor, sólo se despidió del señor Cui-cui-ri, que al hablarle la veía con sus ojos saltones. "Te dejo un encargo: no me vengas con cochinadas. Has de cantar la llegada del sol cada día, pues de ahora en adelante cada día es muy importante para mí", y partió a su exposición.

Nickolas estaba orgulloso de ser la pareja de Frida, y estaba profundamente enamorado de ella. Sin embargo, nunca pudo comprender que ella era más juego pirotécnico que novia. No sospechaba que seguía tratando a Diego, y que él fue quien la instó a visitar a la editora de *Vanity Fair* para conseguir un trabajo. "Es una mujer agradable, pídele que pose para ti y podrás venderle el cuadro", le aseguró Diego dándole un beso de despedida en la frente.

Frida sabía que Diego estaba muy contento por su exposición, y que atesoraba el momento como un padre orgulloso ante el seguro éxito de su hija.

Ya en Nueva York, su estancia al lado de Nickolas fue un adormecedor vaivén entre nubes color de rosa. Además de disfrutar los encantos de su amante, el aire de libertad que golpeaba su cara la llevó a seducir a todo aquel que consideraba digno de llevarse a la cama, desde el galerista Levy hasta un anciano comprador de cuadros.

La noche de la exhibición fue grandiosa. Frida se veía radiante. Por fin lograba ser respetada como artista, y eso ocurría en la misma ciudad del fracaso de Diego. La crítica la trató muy bien, y todos sus conocidos se dieron cita en la galería.

—Es hermosa... —le susurró Georgia O'Keeffe a Frida mientras le robaba un beso en el baño.

—¿La exposición? —preguntó coqueta Frida, sabiéndose la reina de la noche.

—La pintora —agregó, e intercambiaron la grata mirada de los amantes lejanos.

Después de recordar sus noches de lujuria, salieron a circular entre los invitados de la fiesta. A lo lejos vieron a Nickolas, que platicaba con madame Clare Luce.

—¿Te gusta? ¿Es bueno contigo? —cuestionó Georgia.

—No me lo merezco. Lo trato mal porque estoy acostumbrada a los maltratos de Diego.

—Sé feliz, Frida. Eres la mujer que cambia. La que camina con la muerte —se despidió Georgia.

Frida le guiñó el ojo y fue a aferrarse a la seguridad del brazo de su nueva pareja.

—Frida, a madame Clare le encantó tu obra. Desea que hagas una pintura para ella —explicó con una sonrisa Nickolas, gesto con el que dominaba a todos.

—Será un placer pintarla.

—Deseo regalarle un cuadro a la mamá de Dorothy Hale, mi mejor amiga —explicó moviendo su copa de vino de un lado a otro como balanza—. Era hermosa, sería una tristeza que se perdiera su cara para siempre. Tú podrías inmortalizarla.

—¿Es la que se suicidó? Podría realizarlo como un ex voto —explicó emocionada Frida, feliz ante el reto. Lo dijo en español y nunca vio la cara de madame Clare que le sonreía sin comprenderla.

Y era verdad, madame Clare no tenía ni idea de lo que eran esas pequeñas láminas pintadas de manera rudimentaria, donde se representaban accidentes en que la virgen había salvado a la víctima y que se colocaban en las iglesias de México como ofrendas.

—Lo que tú creas conveniente. Tu pintura tiene la fuerza femenina que logrará hacerle justicia.

Y el trato estuvo hecho.

Frida no volvió a oír el nombre de Dorothy Hale hasta horas después, cuando ella y Nickolas terminaron de hacer el amor para celebrar el triunfo de su exposición. Exhaustos, reposaban desnudos en la cama destendida, abrazados, viendo los primeros brillos del amanecer tornarse rojos al estrellarse contra las fachadas de los edificios. Nickolas estaba a punto de dormirse, arrullado inocentemente, mientras ella lo acariciaba con la delicadeza de su pecho. Frida se tapó con la sábana para ocultar su pierna deforme.

—No la cubras. Todo en ti es bello, con defectos y grandezas.

—Sólo un enfermo puede decir que mi pata es bella... Debería ser prohibida a la vista de todos mis amantes. Por eso uso faldas largas.

—Me gusta. Soy un enfermo. Incluso me gusta lo que ustedes hacen hoy, eso de darle de comer a la muerte... Es enfermo, pero me gusta.

Frida abrió los ojos de par en par, levantándose de golpe para ver los primeros rayos del sol que salían como brazos de un gigante que se incorporaba. A causa de la algarabía de la exposición y de su ruptura con Diego, había olvidado la fecha: su exposición había sido la víspera del Día de Muertos.

—¡Hoy es Día de Muertos! ¡Debo colocar una ofrenda! Pero, ¿qué le sucedió a mi tonta cabeza? ¿Cómo pude olvidarlo? —empezó a vociferar histérica.

Nickolas se quedó recostado limitándose a verla caminar de un lado a otro como loca. Frida daba de saltos desnuda por la habitación, levantando enaguas y collares de jade.

—Olvídate de eso, Frida, duérmete. Mañana vemos qué hacemos.

—¡No! ¡No habrá mañana! —gritó a todo pulmón apretando los dientes—. ¿Acaso no puedes ayudarme? ¡Es de vida o muerte! —exclamó Frida desesperada. Nickolas pensó que estaba borracha, se dio media vuelta y se tapó con las sábanas.

—Tomaste mucho, duérmete y hablamos después.

No hubo discusión, solo gritos y golpes aderezados con airadas maldiciones. Frida terminó de vestirse y salió mentándole la madre a Nickolas, que nunca comprendió el ataque de histeria. Frida temía faltar a su promesa. Si su Madrina se molestaba, podría cortar el trato de tajo. Salió a la calle, que comenzaba a desperezarse para reiniciar su palpitante vida citadina. Se sintió perdida, náufraga en mitad de una enorme ciudad, vestida de tehuana, y casi a punto de morir.

Pensó en ir a un panteón a rendirle tributo, o en meterse a una iglesia, pero nada le parecía digno de la majestuosidad de la altísima muerte. Maldijo, pensando que si tuviera su "Libro de Hierba Santa" cocinaría un banquete, pero el cuaderno descansaba en su buró, en la Casa Azul.

Cuando las lágrimas se agolparon en sus mejillas para caer al vacío y unirse a los vapores de las lavanderías chinas y los rocíos matutinos, vio al Mensajero en medio de la calle, entre los taxis color canario y las luces de los bomberos. El caballo blanco resopló liberando un vapor azulado que le indicaba que era real. El Mensajero jaló las riendas y con un ligero golpe de sus espuelas, dirigió al equino hasta donde estaba Frida. El Mensajero acomodó su sombrero de revolucionario y se atravesó en el camino de un par de rabinos, de un panadero guardando sus entregas y de un grupo de obreros en overol que discutían la pelea de la noche. Ninguno se detenía a verlo, por la sencilla razón de que para ellos no estaba ahí. El caballo blanco llegó hasta Frida, quien levantó angustiada sus ojos para preguntar: "¿Vienes por mí, verdad? Ella te ha mandado, lo sé. Quisiera explicarle que todo fue un error. Nunca he dejado de presentarle mis respetos, pero debí hacer la ofrenda. Lo siento mucho...", y se le quebró la voz. El Mensajero tan sólo le clavó sus ojos hambrientos y le ofreció su mano. "¿Quieres que vaya?", preguntó Frida. Desde luego no hubo respuesta. La mano extendida seguía ahí. Era una mano encurtida en el arado y la hacienda. Frida la tomó, no sin antes despedirse del mundo. Sintió la aspereza de los dedos, las cortaduras del cuero, la tosquedad del campo. De golpe se sentó en el lomo del potro y, antes de que lograra acomodarse, un vendaval le azotó la cara.

Al abrir los ojos se sorprendió de verse en un departamento en Nueva York. El Mensajero había desaparecido. Frida sintió un mareo, pero esa náusea se esfumó rápidamente. Podía oír su respiración, así que asumió que continuaba viva. Se sorprendió de encontrarse mirando a una mujer que se cepillaba el pelo. Una dama bella y distinguida, con un porte que sólo se adquiere con mimos caros. Vestida en elegante traje de noche confeccionado en satín negro, que resaltaba sus pezones de manera coqueta. La mujer canturreaba "Dead Man Blues," la misma canción que le oyó silbar a Eve Frederick. En sus ojos claros, que se miraban a sí mismos en el espejo del tocador, Frida reconoció los ojos de una mujer muerta.

—Fui una tonta al pensar que todo mejoraría —dijo una voz a su lado.

Frida volteó para encontrarse con la misma refinada mujer: mismo vestido, mismo peinado, pero adornada con un deslumbrante broche de flores amarillas. No había duda, era Dorothy Hale.

—Las cosas nunca mejoran, lo supe cuando perdí a mi hijo. Eso debiste comprenderlo desde hace mucho, querida —le respondió Frida ligeramente sorprendida, regresando la mirada a la otra Dorothy que se acicalaba.

—¿Cómo has podido aguantar tanto? ¿Acaso no te duele el alma?

—Cada día.

La Dorothy del espejo arregló una serie de notas de despedida que había escrito con anterioridad. La melodía que tarareaba continuaba llenando el departamento vacío, cuya soledad era tanta que podía paladearse.

—Me ofreció de todo para que selláramos el trato,

pero no pude aceptarlo. La idea de que habría más dolor me atemorizaba tanto que no pude tomarle la palabra —le explicó Dorothy tratando de acomodarse el pelo mojado.

De su nuca comenzó a escurrir sangre, mojándole el vestido, que se le pegó al cuerpo. Frida notó que su cráneo parecía sandía recién partida. Entendió que Dorothy hablaba de su Madrina, y de un trato no muy distinto al que le ofreció a ella hacía ya varios años: continuar viviendo, a cambio de un sacrificio cada año. Desde su amor hasta su salud.

—¿Extender tu vida aunque sufrieras? ¿Existencia por dolor? Si ese trato te ofreció, no lo veo mal. A fin de cuentas, uno nace para sufrir —le murmuró Frida.

La Dorothy del espejo se colocaba el tocado amarillo que su otro yo ahora manchaba en carmesí. Frida volteó hacia la Dorothy sangrante, ofreciéndole una sonrisa muy femenina, y la halagó como hacen las mujeres que se encuentran en el salón de belleza.

—Es un bello tocado.

—¿Te gusta? Gracias, me lo regaló uno de mis amantes, Isamu Noguchi.

—¿De veras? No puedo creerlo. ¡Él también fue mi amante! —respondió sorprendida Frida a la Dorothy sangrante.

Las dos se quedaron mirando. Eran dos lados del espejo, pero el reflejo de la desesperación era el mismo.

—Uno de los mejores —completó Dorothy sangrante con tono travieso.

Frida se mordió el labio. La Dorothy del espejo

plasmó un beso carmesí en la carta de despedida a su ex amante Noguchi.

—Ni quien lo diga. Diego lo odiaba, le dije que me hacía gritar más que él.

La Dorothy sangrante soltó una risita de ardilla. Las dos la disfrutaron. Frida no continuó hablando pues la Dorothy del espejo caminaba con gran elegancia hacia una ventana de su departamento. Al abrirla, un ventarrón entró atrabancadamente, haciendo volar los papeles.

—Hice una fiesta, invité a mis amigos, bebí y lo disfruté. Luego fueron al teatro, una obra de Wilde, les dije que haría un viaje largo —le explicó la Dorothy sangrante mientras su igual trepaba al umbral—. Así me maté. No tenía dinero. Había perdido la belleza y el encanto. ¿Qué más me quedaba?

La Dorothy del espejo dudaba un poco trepada en el umbral de la ventana. El silbido del viento hacía eco por el departamento. Sus dedos soltaron la ventana a la que se aferraba y se lanzó al precipicio del décimo sexto piso. No se escuchó ningún grito.

—¿Debí haber aceptado la propuesta? —preguntó con un tono de desesperación la Dorothy sangrante, a quien comenzaba a llenársele la boca de sangre.

—No lo sé, yo misma me pregunto si aceptar era la mejor opción. Es muy alto el costo de la vida —contestó Frida.

Dorothy no pudo mas que ofrecerle esa mirada que retrataría posteriormente en el cuadro: ojos perdidos, no por la muerte sino por la vida misma.

Frida cerró los ojos esperando también su propia muerte, pues había dejado de oír su corazón. Al abrirlos, descubrió que estaba en la misma calle donde se detuvo al ver al Mensajero. Su corazón volvió a latir. A lo lejos, como un eco, se escuchaba el canto de un gallo. Era el señor Cui-cui-ri anunciando el nuevo día. Recordó que le había pedido a Cristina que pusiera un altar de Día de Muertos en la Casa Azul. La mujer que la había traicionado, la había salvado. Sus pulmones se llenaron de aire fresco.

Volteó a ver el departamento donde su amor perfecto dormía. Era demasiado bello, demasiado correcto. Uno no se casa con quien le roba el corazón. Eso se reserva a las novelas rosas o las películas románticas, pues en la vida uno se queda con el que le tocó, y nada lo cambia. Por ello sabía que no podría quedarse con Nickolas, siempre estaría ligada a Diego, aunque siguiera detestándolo por su traición. Todo era parte del sacrificio que le exigía el trato con su Madrina. Suspiró y decidió volver al departamento donde seguramente Nick la aguardaba preocupado. Su futuro no era muy halagador: sola y sin pareja. Pero sus pinturas estarían ahí, y ahora tenía una propuesta para exponer en París. Sus pinceles, sus óleos y sus colores de frutero serían su única pareja fiel.

Abrió la puerta con sigilo para no despertar a Nickolas, que dormía como un niño. Se desnudó, se metió a la cama y lo abrazó. Reconfortada al oír que sus respiraciones se acompasaban, decidió disfrutarlo mientras durara. Al poco rato se quedó dormida.

* * *

A madame Clare la horrorizó el cuadro. Su reacción inicial fue destruirlo, pero su amigo Nickolas Muray la convenció de lo contrario. Sin embargo, encomendó a otro artista que borrara la línea que decía "pintado a petición de Clare Boothe Luce, para la madre de Dorothy". También extrañamente hizo desaparecer el ángel que volaba en el cielo.

Ya que aborrecía la obra, la famosa editora le dio esa pintura a su amigo Frank Crowninshield, un admirador del arte de Frida. La pintura no fue vista durante varias décadas. Un día apareció misteriosamente delante de la puerta principal del Museo de Arte de Phoenix, donde se exhibe.

RECETA PARA NICK

Nick conoció México porque Miguelito Covarrubias lo invitó. Le gustaba comer bien y siempre pensaba en el vino correcto para cada plato. El día que me trajeron unos chiles y una botella de tequila le preparé el lomo. Le encantó, aunque sufrió con el chile.

Lomo al tequila

1 kilo de lomo de cerdo, 15 aceitunas deshuesadas, rajas de chile cuaresmeño, rajas de pimiento morrón, 4 dientes

de ajo machacados, 1 copa de tequila reposado, 1 cucharada de mantequilla, 1 cucharada de harina de trigo, sal y pimienta.

✥ El lomo se mecha con las aceitunas, los chiles y las rajas del morrón. Luego se le untan los ajos, sal y pimienta. Se coloca en un platón con una taza de agua, se cubre y se hornea a 180 grados centígrados durante una hora y media. Poco antes de que termine de cocerse se baña con el tequila y se regresa al horno hasta que esté listo. El jugo de la cocción se mezcla con la mantequilla y la harina, para servirse junto con el lomo.

CAPÍTULO XIX

Los encontró por primera vez en un café perdido en Montparnasse. Era una covacha que aglutinaba sabores y aromas tan dispares como polvo, cuero viejo y vino rancio. Era ese olor que se volvía textura y que sólo se impregna en los mesones del Viejo Mundo, como si cada taza de café pusiera un tabique más en su historial, tan remota como la época cuando los romanos dominaban esas tierras. Frida permanecía sentada, adolorida a causa de una infección del riñón y aburrida de la incapacidad de su pierna herida. El extravagante le llegó por las espaldas y sintió cómo el aire se hacía a un lado cuando éste caminaba, alejándose del hombre, dejándolo con su locura y su genialidad. El escalofrío le escaló por la columna malherida. Se volteó lentamente para cruzar su mirada con ese par de ojos que se movían imitando gusanos nerviosos, imponiendo la falta de cordura. Solo los largos bigotes le hacían competencia a la mirada de loco, delgados y extendidos, volando en el aire como pérgolas. Era tanto su poder que parecía que el cuerpo de Dalí estaba pegado a ellos, y no al revés. Su voz no era imponente, era una falsedad en todo. La imagen era arrebatadora, pero el carácter no contaba.

—Los ojos de obsidiana han llamado al caracol del mar, para que juntos dancen la macabra sinfonía de la muerte —dijo Dalí con pomposa actitud de gato con botas tratando de convencer al rey sobre su amo.

Frida sintió un escalofrío similar al de sus encuentros con el Mensajero o al que le provocó la suicida Dorothy Hale. Esa voz venía de profundidades de la mente, donde se habita en comunión con el delirio.

Frida había besado una copa de coñac con delicados sorbos de amante celosa. El calor del alcohol electrizó sus miembros cuando Dalí, con capa de marqués y bastón de caballero andaluz, se aploltronó en una silla cual rey católico labrado en piedra para la catedral de Santiago de Compostela.

—¿Usted conoce algo de la muerte? —preguntó Frida. Dalí se acomodó en su trono ficticio.

—Ella es la que da y depara. La que no otorga, pero quita. El final de todo, mas no el principio. Existe porque nosotros existimos. El día que todo deje de reinar, ella hará lo suyo, y como muerte, muerta estará —recitó el pintor.

Frida estaba de acuerdo con eso. Nadie hubiera podido definir mejor a su Madrina.

—La señora Rivera está aquí para mostrar su obra. Es una lástima que él, el que murió, no pueda verlo —explicó André Breton sin presentar a Dalí, que pipa en labios aparentaba a un aburrido profesor de colegio inglés, muy alejado de su imagen de líder del movimiento surrealista, como él mismo gustaba en llamarse.

—Cierto, a Dalí le hubiera gustado ver la obra de madame Rivera. Para él hubiera sido como encontrarse con una igual... lástima que murió —remató el poeta Paul Éluard.

Desde que Dalí había aplaudido el triunfo de Franco y se dejaba abrazar por la religión de los dólares, sus compañeros surrealistas se referían a su persona en pasado, como si literalmente hubiera muerto.

Mary Reynolds, la compañera de Marcel Duchamp, que había alojado a Frida en su casa después de rescatarla de su primer anfitrión, el disperso y egocéntrico Breton, se acercó a ella y le cuchicheó al oído:

—Es puro teatro. Es un vodevil hecho hombre. La verdad es que es tan inocente como un eunuco. Gala se ha encargado de cortarle las bolas.

Frida tuvo que soltar una risita traviesa al oír la definición. La risa volvió al voltear a ver al ostentoso artista que seguía en su silla contemplando al mortal mundo a través de sus ojos de semidios. Esa actitud burlona lo desarmó un poco y comenzó a sudar; sin la confianza que le daba su mujer cerca, estaba tan desamparado como un crío que pierde a su madre.

Breton levantó su copa de vino para aligerar la garganta. Marcel Duchamp lo miraba con sonrisa de niño a punto de ponerle una chincheta a su silla. El poeta Paul Éluard sacó el rostro de su periódico con anuncios de próximas guerras y Max Ernst afiló su nariz para señalar con su mirada añil a Frida. El cabello blanco de zorro viejo le parecía atractivo a Frida, que disfrutaba de su compañía y conversación. Al igual que Marcel Duchamp, Ernst era de los pocos del círculo que le agradaban a Frida. El resto, no solo artistas sino todo París, se le hacía *pinchísimo*, como le escribió al doctorcito Eloeesser en una postal. Lo percibía decadente y las actitudes adoptadas por los creadores surrealistas eran inútiles y absurdas. En su mensaje al doctor explicaba: "No te imaginas lo perra que es esta gente. Me da asco. Es tan intelectual y corrompida que ya no la soporto. De veras es demasiado para mi carácter. Preferiría sentarme a vender tortillas en el suelo del mercado de Toluca, en lugar de asociarme con estos despreciables artistas parisienses, que se pasan hartas horas calentándose sus valiosos traseros en los 'cafés'."

Y eso es lo que estaba haciendo precisamente. Duchamp le había insistido en que lo acompañara a una reunión en su honor. Faltaba una noche para su exposición en la galería Pierre Colle. La idea de la muestra nació después de la visita a México de André Breton. Desde que sus ojos se enamoraron de las pinturas de Frida, insistió en exponer su obra a los franceses. La había engatusado con la propuesta, pero realmente fue una mala idea: Breton dejó todo en el aire. Nunca recogió los cuadros que mandó Frida, ni sacó permisos para su importación. Peor aún, ya en Francia, Frida tuvo que prestarle dinero, pues no tenía ni un centavo. Supuso que parte del sueño surrealista era vivir con tres monedas y salir a la calle tan suntuoso como pavorreal decrépito. Cuando le escribió a Diego sobre la situación, este se encolerizó por la desfachatez del francés. Lo resolvió de manera sencilla: la siguiente vez que Breton pisara México, él mismo se encargaría de balacearlo con su revólver.

Pero había muchas razones por las que Frida aceptó la exposición. Sabiéndose presa de su destino, huía de su realidad. Estaba dejando al amor de su vida, Nickolas, en Nueva York, y no tenía ánimos de regresar a México donde las cadenas la apresarían a Diego. Estaba ubicada en la tierra de nadie, en un desierto sentimental. Por esa razón se había largado al Viejo Mundo. Decisión de la que se arrepentía cada día: extrañaba a Muray, a Diego, a su familia y a México; además, a su llegada enfermó gravemente y su primera semana en París la pasó convaleciente. No es la mejor manera de visitar la Ciudad Luz.

—¡Vaya, vaya, vaya! Pero si son el club de los lunáticos... ¡Hey, André!, ¿hoy habrá luna llena? —gritó un hombre fortachón que irrumpió en el café como pistolero del salvaje oeste.

Llevaba una chaqueta apretada sin corbata y pantalones rabones. Era grueso como un árbol y ácido como el vinagre. El grueso bigote de gusano peludo se movía al hablar. Lo seguía un hombre calvo como bola de billar y espejuelos inteligentes cubriendo su mirada triste.

—Hemingway y Dos Passos —le cuchicheó Mary Reynolds a Frida a quien le divirtió la agresión del rudo gringo, era como si una estampida de vacas cuernos largos seguida de vaqueros hubiera interrumpido la sesión de café.

—Me enteré que una bella flor mexicana anda por

estos rumbos —dijo Hemingway inclinándose y besándole la mano llena de anillos a Frida.

Ella se dejó llevar por el momento, más cuando el resto de los surrealistas vieron al norteamericano como una leche malteada en medio de un banquete de perdices.

—El asesino de animales, Covarrubias, me ha hablado de usted —le dijo en inglés Frida.

—Ese "negro" se merece una golpiza por la caricatura del *Vanity Fair* —gruñó el americano tronándole los dedos a la mesera para que le sirviera algo.

Frida se engolosinó por el comentario. Al parecer tenía coraje real, el Chamaco Covarrubias lo había dibujado como Tarzán poniéndose tónico para hacerse crecer el cabello en el pecho. Un dibujo delirante y poco sutil. Desde luego Hemingway odió cada parte de él. Pero no era nada nuevo. Las alabanzas eran bien recibidas, sin embargo la crítica siempre era respondida con una agresión.

Frida bebió de su licor, pese a la prohibición de los médicos franceses que la tenían harta. Deseaba concluir su viaje para ser tratada por médicos más humanos.

—Sin fronteras, ni ideas, estamos reunidos para festejar a la mujer encarnada en libertad —dijo Breton sin cambiar su gesto de aburrimiento, como si la vida fuera tan mundana que requiriera alocarse y volverla surrealista para disfrutarla—. Ella es una bomba envuelta en papel para regalo.

El resto levantó la copa. Antes de continuar el brindis hubo una nueva interrupción. Alguien aplaudía al fondo del café. Era un resonar tan sardónico como la risa de un payaso, tan desgarrador como un lamento suicida. Los presentes voltearon. Era otro grupo, tan raro y disímbolo como ellos: un calvo con ojos rasgados y traje gastado. Parecía chino, pero era demasiado sarcástico para serlo; junto, un inglés demasiado pomposo para ser rico. A su lado, un hombre de negocios, de pelo relamido, traje a la medida y corbata de pajarita, y una diminuta mujer que desbordaba sensualidad como coito a medio terminar.

—*Pauvres* —soltó con repugnancia Breton.

El grupo jaló sus sillas y copas para integrarse. El diminuto calvo de ojos inteligentes sonrió todo dientes a Frida, guiñándole el ojo.

—Parecen un queso fétido, pero sólo son niños jugando al intelectual. Si los untas en un pan, no saben tan mal —le dijo a Frida.

Había algo en su actitud que le recordaba a Diego. Demasiada seguridad y egocentrismo para ser guardado en un sólo hombre. La mujer de pelo de brea y grandes ojos de cometa le tendió su mano de porcelana, suave como la seda importada.

—Nin... Anaïs —dijo la bella muchacha.

Frida la miró con todo el placer y lujuria con la que se mira una rebanada de pastel. Ella le tocó el collar de jade como si fuera una criatura de cuatro años jugando con su madre.

—Eres hermosa. Todo en ti es hermoso.

—Gracias —contestó en español Frida.

Anaïs volvió su cara toda ojos y le plantó un beso en la mejilla, apartándose sonrojada.

—Amo tus pinturas. Te reconocí por las fotos que te tomaron para *Vogue* —dijo Anaïs en español.

Frida y ella sostuvieron la mirada. No había que hablar más, en ellas había un entendimiento mayor que entre dos hermanas gemelas. La mujer toda ojos disculpó los comentarios sardónicos que había hecho de los surrealistas su amigo calvo.

—Disculpa a Henry, es un poco rudo.

—Es un cabrón —explicó Frida en español. Y con la complicidad a todo vapor continuó—: pero ésos son los mejores en la cama, ¿verdad?

Explotaron las risas reconfortantes de los que lo entendieron. Eran pocos, los presentes estaban más fascinados en su arte que en entender el español. Incluso Dalí torció sus bigotes en una mueca que podría ser considerada sonrisa en algunas partes del mundo.

—Querida, me gusta que comiences la plática con algo más interesante que los manifiestos surrealistas o el socialismo. El sexo nos incumbe a todos, y toda expresión en arte fuera de la libertad y el amor es falsa —dijo la esposa de Breton, Jacqueline, una hermosa muñeca rubia.

Breton conoció a Jacqueline también en un café. Le llamó la atención aquella joven "escandalosamente bella" que escribía sentada en una mesa, y se imaginó que el destinatario de lo que escribía era él mismo. Desde luego, siguiendo el principio de que nada sucede como uno se lo imagina, eso era mentira, pero al final desposó a una beldad.

—¿El sexo es falso? —preguntó Mary.

—El sexo es. No necesitamos más —corrigió la monumental rubia arrojándole un beso a Frida para remembrar el desliz entre ellas en México.

Frida siempre se sentía cómoda rodeada de amantes. Entre más tuviera, más cómplices ganaría.

—¿La maternidad o el sexo? —preguntó Anaïs.

—¿Qué fue primero? ¿El huevo o la gallina? —respondió Jacqueline.

—No todos poseen el milagro de la gallina. Algunos tendremos que conformarnos con otras cosas —incluyó Frida, entendiendo que se había desatado un partido femenino de cerebros—. Por eso habrá que romper algunos huevos para encontrarlo.

—Algunos huevos tibios son deliciosos como desayuno —jugó Anaïs.

—Si son de un gallinero ajeno, saben mejor.

Después de ese último comentario, hubo un silencio entre las mujeres. El rostro de los hombres se plantó con la interrogación. Cada uno sin comprenderlas, ni tratando de hacerlo. Solo era por consumir su intrínseca curiosidad que deseaban saber el contenido de la plática.

—Juguemos al Juego de la Verdad —descongeló el momento Duchamp.

—La persona que se niegue a decir la verdad, tendrá un castigo —explicó Breton. Mordisqueó su pipa y comenzó lanzando un tiro directo a Hemingway—: Ernest, ¿tienes pelo en el pecho?

La concurrencia soltó una gran carcajada. El escritor encolerizado se abrió la camisa haciendo volar varios botones. Frida se molestó al ver que no entendía el juego, y que como todo americano, lo tomaba demasiado en serio.

—Ustedes son un grupo de gallinas. Sólo las oigo cacarear. ¡Nunca han visto a un muerto! ¡Ni siquiera han disparado una pistola! —explotó molesto el escritor norteamericano. Gritaba tan fuerte que arrojaba saliva como sacerdote bendiciendo—. ¡Si ese megalómano alemán está ganando terreno es porque ustedes así lo permiten!

Con la misma fuerza de torbellino que mostró al entrar, Hemingway salió del café. Frida pensó que tal vez regresaría a su país en busca del sueño que Estados Unidos perdió con la invención del aire acondicionado. Dos Passos se levantó tranquilamente. Besó la mejilla de Frida como si ésta fuera una imagen religiosa y desapareció entre la calle parisina.

—Anaïs... ¿Le eres infiel a tu esposo Hugo? —preguntó Jacqueline volviendo al juego.

Hugo, de corbata de moño, torció el rostro, descomponiéndosele como leche pasada. Ingenuo era, pero no le gustaba recibir las dosis en la cara.

—Castigo —respondió la mujer todo ojos.

—Véndate los ojos y adivina quién te besa —ordenó Breton.

Anaïs tomó su mascada del pelo y con la delicadeza de una princesa hindú se colocó la seda en la cara. La miel derramada por la delicia del movimiento prendió el juego. Jacqueline le hizo una señal a Frida, que de inmediato se acercó para plantarle un delicado beso a sus labios cereza.

—Saben a picante, hierbabuena y anís. Sólo una mujer que cocina puede dar ese sabor. Me recuerda a Cuba, me remonta a España, pero es un lugar más salvaje —dijo Anaïs.

Al quitarse la mascada, recibió otro beso en la mejilla. Esta vez de Jacqueline.

El juego era una de las especialidades surrealistas. Jugaban porque el mundo ya no tenía tiempo para jugar. Estaban seguros que en el momento que comenzó a usarse corbata y portafolios para ir al trabajo, la humanidad creció y perdieron la infancia cuando se detuvieron los juegos en las tardes. El hombre se vuelve viejo cuando el juego termina.

—Me hubiera gustado preguntarle al que está muerto si era virgen cuando se juntó con Gala —incurrió Max Ernst con toda la mala leche que se podía tener.

—Mi cuerpo era puro. Pero yo estoy más allá del placer —murmuró Dalí sin siquiera verlos. Su mirada altiva estaba arriba de ellos, a sólo dos pasos del dios más cercano.

—Lo sabía —masculló Jacqueline

—¿Qué edad tienes, Frida? —preguntó Duchamp.

Frida movió la cara. La habían golpeado donde le dolía. Durante toda su vida mintió sobre su edad, diciendo que había nacido en 1910, con la Revolución. Siempre se quitó tres años.

—Castigo —admitió Frida.

Breton arqueó las cejas, casi saliéndose de su cara. Sin pensarlo, dijo como quien pide que le pasen la sal:

—Fornica con la silla.

La ceja de Frida se fue arqueando hasta desprenderse de su rostro. El gesto fue malicioso. Se sentó en el piso, extendiendo su larga falda manzana como una cascada de color. Comenzó a acariciar el mueble de manera sutil, coqueta. Poco a poco su ímpetu crecía, aferrándose al pedazo de madera, para de pronto tomar una posición sexual y gritar como si estuviera siendo llevada al éxtasis del orgasmo. Al terminar, se levantó. Se limpió el polvo de la ropa y volvió a sentarse. Los aplausos aparecieron.

—No podré dormir hoy en la noche. Estaré pensando en esta actuación, señora Rivera —opinó Henry Miller con sus ojos avispados.

Frida se sabía laureada.

—¿Quién dijo que fue actuación? —respondió, sin darle importancia.

—¿Se pueden hacer obras que no sean arte? —preguntó Duchamp a Breton.

—Cualquier obra de un hombre libre es arte —contestó Granell arrebatando el juego.

Era un trotskista consumado, igual que Breton, aunque sus declaraciones eran alaridos en el desierto. Stalin los silenciaba sin mover un dedo. Hubo silencio entre la comitiva surrealista, como si hubiera entrado el invitado indeseado: la política.

—¡Tómenme, soy una droga! ¡Tómenme, soy un alucinógeno! —gritó dramáticamente Dalí. Agitó su capa como capote de torero y salió marchando.

La reunión iba mutando en algo poco agradable. Frida no se sorprendió. Estaba acostumbrada a los desplantes entre Diego y el resto de los pintores, donde el alcohol y las promesas de revolución sobraban.

—Necesitamos un nuevo juego. Éste dejó de ser divertido —dijo Jacqueline devorándose un cigarro.

De nuevo, hubo silencio. Eran tan largos esos preámbulos en los que sólo se miraban, que parecían óperas aburridas y tediosas. Frida estaba segura de que lo hacían a propósito, sólo para darle énfasis a su falso dramatismo.

—Cadáver exquisito —propuso Breton sin soltar su pipa.

No hubo respuesta inmediata, de nuevo el silencio necesario para crear tensión. Luego tomaron una hoja de papel que doblaron sobre sí misma varias veces. El grupo aceptó la señal y comenzaron de nuevo a platicar entre ellos. Max Ernst comenzó: dibujaría en el extremo del papel la mitad de la cabeza de un personaje, doblaría sobre éste para que alguien más continuara. Así cada uno sólo vería el final de lo que dibujó el jugador anterior, para continuar su trazo, y así, hasta llegar a los pies. Al desdoblar el papel, aparecería un personaje único, ensamblado colectivamente por trazos elaborados de cada uno: *un cadavre exquis*. El nombre del juego, por sí mismo, era un juego: había surgido cuando lo hicieron con palabras, jugando por primera vez en francés y escribieron: "*Le cadavre-exquis-boira-le vin-nouveau*". Frida y Diego lo asumieron como su juego personal durante su estadía en los Estados Unidos. Jugaban todo el tiempo bajo las botellas de vino que consumían en sus veladas bohemias. Frida adoraba el juego pues rascaba sus instintos infantiles más puros, pero los combinaba con una sexualidad natural única: siempre le ponía grandes falos a los personajes o atributos sexuales fantásticos. Y asumía entre risas: "Soy una pornográfica".

Para Breton, el juego era una manera de revelar el inconsciente de las personas. Estaba convencido de que la creación debía ser intuitiva, espontánea, lúdica y en lo posible automática. Por ello siempre apoyaba que se realizara con grandes dosis de alcohol o drogas: entre más lejanos de la racionalidad estuvieran los jugadores, mejores resultados.

—Tu turno —Breton le pasó la hoja a Frida, quien de inmediato se puso a trabajar.

Ya la solemnidad había sido escondida en un baúl, y las risas se daban con gratitud. El vino ayudaba a que las palabras estuvieran lubricadas y la velada comenzara a tomar forma.

Frida entregó la hoja al siguiente dibujante. Cada uno terminó su parte. Breton lentamente desdobló el dibujo. La imagen era ridícula para la mayoría, no para Frida: una mujer que llevaba un gran sombrero con velo. Alguien le había dibujado grandes ojos felinos, dispuestos a devorar lo que tuviera enfrente. Traía una blusa del istmo, como la de Frida, pero con un busto que se le desbordaba. Una falda larga, con una ruptura en medio, donde se apreciaba su órgano sexual tapado por vello púbico. Al final, los huesos de los pies. Frida la miró con detenimiento y calma. Era como una postal recibida del lugar donde dormitan los que ya no están. Al menos sabía que estaba presente ahí, aunque estuviera muy lejos de su santuario: Diego.

* * *

La exhibición en la galería tenía el amplio nombre de *Mexique*, ya que Breton agregó un sinnúmero de baratijas que coleccionó en su viaje. Pero no opacaron a Frida, su obra se mantuvo como la atracción principal. La reunión fue un gran acontecimiento, al que se invitó a todo aquel que osara llamarse importante en Francia. Los periódicos la reseñaron con elogios: "La obra de la señora Rivera es una puerta abierta al infinito y la continuidad del arte". El mismo museo de Louvre se sintió enamorado de los trazos frutales de Frida y decidió comprar para su colección un autorretrato.

Pese a todo, Frida se sentía aislada, ajena a ese grupo de gente que se ahogaba en su propia retórica. Se sentía fuera de lugar. Durante la fiesta de apertura, toda glamorosa con su acostumbrado traje de princesa azteca, permaneció en un rincón viendo cómo las personalidades iban y venían. Aferrada a su copa y su rebozo, la popularidad de su obra fue excesiva y agobiante. Tal vez era demasiado para una mujer que solo pintaba para desvanecer el dolor de vivir. Este tipo de halagos y felicitaciones podían alimentar a Diego, mas no a ella. Cambiaría todo su éxito por poder regresar con su esposo y que él le fuera fiel.

—Su obra es un sueño —le dijo un hombre duro como roble.

Su prematura calva brillaba como un foco, sus ojos penetrantes eran dos cuchillos a los que las cejas caídas servían de escudo, para darle una imagen de cariño. Su gesto era agradable. Era un gesto de triunfo.

—Yo no pinto sueños ni pesadillas. Pinto mi propia realidad —respondió Frida.

Pablo Picasso la miró, como rebuscando el secreto de su obra en la mujer. Descubrió que ella misma era un lienzo, pintado con cuidado cada año de su vida.

—Siempre he dicho que la calidad de un pintor depende de la cantidad de pasado que lleve consigo. En ti veo mucho pasado.

Frida sonrió. Tal vez estaba tratando de coquetear con Picasso, tal vez sólo buscaba aceptación en un mundo hostil. Lo logró.

—Mi vida es mi pintura. Empezó todo para alejar el tedio y el dolor. Ahora dicen que soy pintora surrealista.

—Ya ves, preciosa... yo quería ser pintor y me convertí en Picasso.

Frida le obsequió un gesto de cariño. Sus labios delgados se curvaron como media luna, opacando el color de su falda carmesí. Picasso se sintió hechizado.

—Estás triste. Tus ojos son más transparentes que tus óleos.

—Regresaré a mi país y debo tomar decisiones. No sé qué sigue. No sé qué hacer.

—Si se sabe exactamente lo que se va a hacer, ¿para qué hacerlo? Si hubiera una sola verdad, no se podrían hacer cien lienzos sobre un mismo tema —le respondió el pintor tomándola de la mano y paseándola por entre la gente que admiraba sus obras—. Mi madre me cantaba una canción española que dice: "Yo no tengo ni madre ni padre que sufran mi pena/ Huérfano soy..."

El canto de Picasso fue placentero. Frida quedó encantada de la tonadilla.

—Si me la enseñas, te cantaré canciones mexicanas. De esas con las que el dolor burbujea en el alma... Y si la mañana nos llega, hasta un desayuno mexicano te prepararé. Tendrás enchiladas y frijoles güeros —lo invitó Frida, y Picasso aprobó el trato con la cabeza.

La noche transcurrió entre pláticas que compartieron con el grupo surrealista. Para Frida, ser aceptada por Picasso fue maravilloso. Tenía fama de ser un duro crítico, era un viejo gruñón ante el arte ajeno, pero aun así se desvivió en alabanzas para Frida. Desde el momento en que se conocieron en la exhibición hasta que Frida partió a México días después, estuvo detrás de ella, tratando de hacerla sentir bien y reconfortándola con obsequios. El más entrañable fue un par de aretes de carey con oro, que representaban pequeñas manos. Frida, al recibirlos, trató de explicarle que la muerte la rondaba y que desde hacía mucho tiempo vivía de prestado, pero Picasso sólo le dijo sin darle importancia a su historia: "Recuerda: todo lo que puedes imaginar es real".

Un desayuno mexicano

Lo que más extraño de México cuando ando de viaje, es poderme levantar con el aroma de un café con canela y la manteca en el sartén friendo un buen desayuno. Es el inicio de un nuevo día y con él, el recuerdo de lo maravilloso que fue el día anterior.

Huevos rancheros

½ taza de aceite, 4 huevos, 4 tortillas, 2 jitomates cocidos, 1 pizca de orégano, 1 o 2 chiles de árbol asados directamente en el fuego, 1 cucharada de cebolla en rodajas, ¼ cucharadita de ajo picado muy finamente.

✷ Se muelen los jitomates junto con el orégano, los chiles, el ajo, la sal y un poquito de agua. Las tortillas se pasan por el aceite caliente para que se ablanden, teniendo cuidado de que no se doren. Aparte se fríen en el aceite caliente, de dos en dos, los huevos, con cuidado de no romper la yema. Se ponen las tortillas en el plato donde se va a servir, encima se colocan los huevos fritos y se bañan con la salsa de jitomate caliente; por último se agrega la cebolla en rodajas.

CAPÍTULO XX

Tal como a Frida se le había revelado el día en que se separaron, una noche de mayo de principios de los cuarenta, una tormenta cayó sobre el barrio de Coyoacán. No era una tempestad de tipo climático sino político. Un grupo de fieles a Stalin, incluido el pintor David Alfaro Siqueiros, irrumpió en la recámara de Trotsky con ametralladoras y vomitó cientos de balas. Nunca sospecharon que el viejo comunista en ese momento soñaba con la imagen descrita por Frida, y advertido estaba que moriría por una bala. Así que al escuchar el ruido de las llantas detenerse frente a su casa, seguido del ruido de los frenos, los pasos, las puertas abriéndose... supo que era la señal, y se dejó caer sobre el cuerpo de su esposa, Natalia, para desplomarse hacia atrás de la cama antes de que llegara la lluvia de balas. Ninguna los dañó. Había sobrevivido a su llamado, la muerte había cumplido el pacto.

Diego fue considerado sospechoso y tuvo que salir huyendo. Lo ayudaron sus dos amantes en turno: la ex mujer de Charles Chaplin, Paulette Goddard, e Irene Bohus. Se instaló en San Francisco para pintar un mural, sin voltear su rostro a lo que sucedía en México.

A partir del atentado, Trotsky sintió que Frida tenía razón en todo, que había sido librado de la condena a muerte. Se volvió descuidado y abrió su casa a un hombre que alguna vez estuvo con Frida en su casa de Coyoacán: Mercader. El español pidió su opinión sobre algunos escritos. Mientras Trotsky leía estos apuntes, por el rabillo de sus espejuelos distinguió la silueta de su asesino levantando el pico de escalador que le clavaría en el cráneo; detrás de él vio a una mujer con sombrero amplio, vestido de encaje y sonrisa en calavera: era la dueña del final, la segadora de vidas. Había sido engañado: apenas le había perdonado la vida hacía unos pocos días. Si hubiera tenido tiempo, habría maldecido, pero el pico abrió un hueco en su cabeza, que se quebró como sandía. Trotsky moriría en el hospital.

La policía supo que Mercader frecuentaba a Frida. Incluso la visitó en Francia cuando tuvo su exposición. Para ella solo fue un extraño que preguntó dos o tres cosas para luego desaparecer de su vida. Aun así, las miras de las escopetas apuntaron a la princesa de faldas de tehuana. Los uniformados entraron a su Casa Azul como un vendaval, arrastrando a Frida enferma y a Cristina, que tuvo que dejar a sus hijos en la casa, solos.

Las encerraron en una cárcel húmeda y oscura, apestosa a orines. Frida y Cristi no respondían al interrogatorio sino con súplicas para que mandaran un oficial a cuidar a los niños, pero como todo poder absoluto donde los del dinero reciben el favor y el pobre el fervor, la policía no se resquebrajó ante sus lágrimas y apretó más la soga de la tortura para ver si en la desdicha flaqueaban los ánimos de las mujeres.

Después de una sesión maratónica de preguntas que no tenían respuestas válidas para los que ejercían la ley, Frida fue arrojada de nuevo a su celda como perro confinado al patio trasero. Cuando la luna menguante tocó el manto oscuro y la brisa nocturna se avivó, solo entonces Frida pudo controlar su llanto. Tenía la cara hacia el suelo, pensando que si pudiera matar a su gallo, al menos no les daría el placer de encerrarla de por vida.

La brisa silbó por los barrotes, enfriando el alma y el espíritu de la ya de por sí malgastada pintora. Con la luna entrando a la celda, llegó el sueño. Frida sucumbió ante el cansancio y la desdicha. Su mente rebotó por las paredes y huyó a un lugar no menos oscuro, pero cercano. Había ahí velas prendidas, regadas a diestra y siniestra, plantadas sin razón en cada lugar; al fondo, el cielo color mora salvaje se arremolinaba en una caricia de algodón de azúcar rosa.

—Esta es tu casa, Frida, bienvenida —dijo la mujer del velo.

Frida se incorporó, desempolvando el dolor de huesos y del coraje.

—Mi vida apesta. Cada vez que trato de remendar un error, otra piedra me corta el camino. Esta no es la mejor manera de vivir, sino apenas de morir —refunfuñó Frida.

—Que yo recuerde no existía el placer o la felicidad en el trato, Frida —tuvo que hacerle notar su Madrina.

—Pero debiste hablarme de esto, pues una vida sin vida es tan inútil como una matriz sin procrear. Que, dicho sea de paso, también me diste —reprochó Frida.

La mujer del velo le acarició la cara sucia, compadeciéndose por su sufrimiento.

—Aún te falta mucho por vivir, Frida. Observa esta candela, es tu vida. La flama alumbrará varias noches más —le explicó su Madrina señalando una vela a su lado, que alumbraba con una fogosa llama. Frida supo que era su vida, y no parecía que se apagara pronto.

—¿Qué hago ahora?

—Te has alejado de tu destino, de los lazos que te mantienen viva. Tu cadena rota solo te traerá más desdichas. Mira hacia el frente y admite tu condición, pues un mundo brillante te espera —regaló la emperatriz de los muertos.

—¿Cuál es mi destino? —preguntó Frida.

—Tú sabes donde está —respondió su Madrina.

Frida despertó al oír el rechinido de las puertas de la prisión. Se abrían para dejarla ir después de dos días. La policía poco encontró que sirviera para culparla, y tenerla en prisión provocó que la opinión pública se volcara en su contra. También Diego había sido exculpado e invitado a regresar al país. El asesino cumplió su condena en prisión, mientras que en la URSS era homenajeado como héroe nacional.

Diego contrató un guardaespaldas para que lo cuidara mientras pintaba su mural en San Francisco. Temía que lo asesinaran en represalia por haber intercedido a favor de Trotsky. Quizá por ello mudó sus creencias políticas cual veleta al viento y abrazó el comunismo de Stalin. Así esperaba apaciguar a sus enemigos. Por entonces se enteró del delicado estado de salud de Frida: a causa de su breve encarcelamiento, estaba muy enferma y en vísperas de ser operada, según las recomendaciones de los doctores mexicanos. ¿Sería posible que él fuera el culpable de esa situación al haberla abandonado a su suerte? Con ayuda del único hombre en quien Frida realmente confiaba, el doctor Eloesser, decidió cuál sería el mejor futuro para su mujer. El mismo doctor la llamó por teléfono para pedirle que fuera a San Francisco.

Frida aceptó, sospechando que Diego fraguaba algún plan, pues en su carta el doctor le comentaba: "Diego te quiere mucho y tú a él. También es cierto que tiene dos grandes amores aparte de ti: la pintura y las mujeres en general. Nunca ha sido monógamo ni lo será jamás. Si crees que puedes aceptar los hechos como son, vivir con él en esas condiciones, someter tus celos naturales a la entrega del trabajo, la pintura, o lo que te sirva para vivir pacíficamente y que te ocupe tanto el tiempo hasta que te encuentres tan agotada todas las noches, entonces cásate con él".

La recibió Diego en el aeropuerto con un enorme ramo de flores, una sonrisa bonachona y el deseo de unirse a ella por segunda vez. Frida abrazó a su esposo y su decisión de permanecer juntos. No había mucho hacia dónde moverse. Se sabía anclada a su ogro-sapo.

El doctor Leo la internó en el hospital y al cabo de un

mes Frida se sintió con ánimos de continuar su camino, cualquiera que fuera.

—¿Es aquí? —preguntó Diego nervioso y realmente cuestionando la cordura de Frida, que caminaba con la pesadez de una herida.

—No creo que existan muchas ofrendas aquí. Digamos que es una fiesta demasiado privada de los mexicanos —admitió el doctor Eloesser, quien cargaba un canasto lleno de trastos y platillos.

Diego bufaba como yunta, cargando otro tanto, mientras Frida revisaba los nombres de las tumbas cuyas lápidas mostraban sus rostros deslavados.

—La he encontrado, aquí es —indicó Frida señalando una vieja lápida de piedra cubierta de musgo.

Diego dejó caer la canasta y el doctor colocó la suya sobre otro sepulcro. El sol comenzaba a esconderse. Pocos visitantes quedaban en el cementerio, no obstante que era la víspera del Día de Difuntos. La ajetreada vida americana borraba de la memoria a los que descansaban en mausoleos.

—Límpiala antes de colocarle unas velas, Diego —indicó Frida, extendiendo un mantel sobre la tumba.

El doctor le acercó los platillos que había cocinado con ayuda de su enfermera. Frida los recibía saboreando el aroma de cada uno.

—Cochinita pibil, en honor de mamá Matilde. Le gustaba con tortillas —explicó colocándola al centro, cerca de algunas veladoras que ya Diego prendía.

—Estas costillitas son mías —bromeó el doctor entregándole un platón.

Frida lo plantó a un lado, como si fuera un corazón ofrecido a un dios prehispánico.

—Me muero de hambre, Friducha. ¿No puedo comerme algo? —refunfuñó Diego.

—Deja de quejarte y pásame el resto —ordenó Frida señalando el termo con el atole y la canasta del pastel azteca que había guisado con ingredientes comprados por Diego en el barrio latino.

Frida le había pedido que consiguiera pulque, pero fue imposible. A falta de eso, compró una botella de vodka, de la que sirvió una copa y la dispuso en el altar. En silencio recordó a Trotsky, a su labor truncada, a su fe política. Pensó que lo habían matado como a un mesías: debido a sus creencias, lo cual era una lástima pues ese tipo de hombres era cada vez más escaso.

—Será la primera vez que levanto un altar de muertos en mi país. Hace tiempo fui a Pátzcuaro a ver las ofrendas del Día de Muertos, pero nunca me imaginé poner una aquí, en mi ciudad —dijo el doctor a Frida y Diego, viendo cómo el humo del incienso se mezclaba con el del tabaco que ellos fumaban.

—Si tu país tomara la muerte un poco más en broma y la vida más en serio, sería menos belicoso —sentenció Frida complacida.

Su vida parecía rehacerse. Diego movió la cabeza aceptando sus palabras y para no dejar que el doctor hablara, le robó un beso cariñoso a Frida. Ella lo paladeó como si fuera un dulce.

—Tengo algo para ti —cuchicheó Diego a Frida.

De la bolsa del pantalón, el pintor sacó un pequeño

carro de madera. Su color original había sido un deslumbrante carmesí, pero ahora se encontraba rayado, gastado y opaco. No había duda que se trataba del mismo que se había caído al canal de Xochimilco aquel día que Frida descubrió el amorío entre Diego y su hermana. El mismo que adquirió muchos años atrás en Tepoztlán. En el que encapsuló su cariño por su esposo. Frida estaba sorprendida. Era imposible que fuera ese, pero ya había aprendido a vivir en un mundo de surrealismo.

—¡El cochecito! ¿Cómo es posible?, pero si se perdió en el agua —balbuceó Frida.

—Tú te fuiste ese día. El trajinero, al ver que te habías enojado, pensó que era porque tu sobrino lo dejó caer. Se encargó de recuperarlo y me lo entregó. Claro que no sospechaba que estabas molesta por otra cosa —explicó Diego.

—¿Y todo este tiempo lo guardaste?

—No podía tirarlo. Era parte de ti. Lo he atesorado todo este tiempo. Creo que si nos vamos a casar de nuevo, será mejor que ahora lo guardes tú —colocó el juguete en las manos de Frida, y las cerró sobre él, besándolas cariñosamente.

El doctor los miró, y complacido por haber actuado correctamente, los apuró:

—Es hora de irnos. Aquí los muertos espantan y si van a levantarse a comer tus platillos, no quiero estar presente.

—Doctorcito, estése seguro que vendrán, no cabe duda —exclamó Frida colgada del brazo de Diego.

Los tres regresaron por el camino, dejando las veladoras alumbrando los platillos para invitar a los residentes del camposanto a disfrutarlos. En la lápida, seguían desgastándose las palabras labradas que portaban el nombre de Eve Marie Frederick.

En diciembre Frida y Diego se casaron por segunda vez. Fue una ceremonia breve y austera, tanto que Diego se fue a trabajar el mismo día en su mural. Después pasaron dos semanas viajando por California. Cuando regresó a México ya no sentía los achaques ni la pesadez de sus enfermedades. Frida preparó la habitación de Diego en la Casa Azul. Compró una ancha cama para sostener al gigantón, le colocó finas sábanas de encaje y cojines bordados con los nombres de la pareja. Días después, Diego llegó a tomar su lugar, dejando las casas de San Ángel como estudio, a donde diariamente se iba a trabajar. El día a día se convirtió en la reconfortante rutina que da seguridad a las parejas, con desayunos largos y cenas compartidas por amigos y familiares. La vida comenzaba de nuevo. La muerte podía esperar.

Mi segundo matrimonio

Con Diego me casé una segunda vez. No fue lo mismo. No fue mejor, no fue peor. Diego es de todos, nunca será sólo mío. Nomás pusimos una firma en un papel, como quien pone una carta en el correo y esa carta está llena de buenas esperanzas, de ilusiones. Pero tú sabes que nunca llegará al destinatario. Diego es mío a ratos. Si puedo vivir con eso, entonces podré vivir con el resto de mi vida, aunque esta sea lo peor de mí. Ese día preparé un platillo de los que le llevaba cuando trabajaba en sus murales: un manchamanteles. Nos sentamos a comer sonriéndonos, como si nada malo hubiera sucedido entre nosotros.

Manchamanteles

300 gramos de lomo de puerco, 1 ramillete de hierbas de olor, 1 ½ pollos partidos en piezas, 3 chiles anchos desvenados y suavizados en agua muy caliente, 3 chiles mulatos desvenados y suavizados en agua muy caliente, 1 cebolla grande, 2 jitomates asados y pelados, manteca de cerdo para freír, el caldo donde se cocieron el pollo y el lomo, 3 duraznos pelados y cortados, 1 pera pelada y cortada, 2 manzanas cortadas y peladas, 1 plátano macho pelado y cortado, 1 cucharada de azúcar, sal.

✤ El lomo se pone a cocer en agua con sal y el ramillete de hierbas de olor, a media cocción, se añaden las piezas de pollo y una vez que todo se ha cocido, se cuela el caldo y se rebana el lomo. Aparte los chiles se muelen con la cebolla y los jitomates, se cuelan y se fríen muy bien en la manteca. Entonces, se agrega el caldo donde se cocieron las carnes y se deja hervir para añadirle el pollo, el lomo, los duraznos, la pera, las manzanas y el plátano; para sazonar se le agrega sal y el azúcar. Se deja hervir unos minutos más antes de servirse.

CAPÍTULO XXI

—Yo lo único que he aprendido de la vida es que uno no se casa con el amor de su vida ni con quien tuvo el mejor sexo, pero si llegara a existir alguien que posee esas dos cualidades en su pareja: amor y sexo, no necesariamente sería feliz —sentenció Frida a sus alumnos.

Ella opinaba que si iba a enseñar, sería algo que valiera la pena, que en verdad les ayudara a la vida. Ya después llegaría el trazo de la pintura por sí solo.

—Déjeme masticar con calma lo que me acaba de decir, pues esas verdades entran a base de golpes —respondió uno de los "Fridos", que estaba recostado entre andamios y cubetas pintando una pared.

—No te compliques. El mejor acostón está lejos de ser tu esposa. Por eso abre tus perspectivas —remató Frida expulsando el humo de su tabaco.

Ella permanecía sentada en su silla, disfrutando la obra de sus discípulos. No estaban en un salón de clases, sino en la afamada pulquería La Rosita, a pocas calles de la Casa Azul.

Las pulquerías eran el centro de reunión de malvivientes y borrachines. Generalmente su concurrencia llegaba con la tarde, cuando los peones de las construcciones gastaban sus raquíticos sueldos en sueños de pulque fermentado. Durante mucho tiempo esos lugares de picardía y vicio habían sido pintados con imágenes igualmente desenfadadas y chuscas. Era una manera de mostrarse sin disfraces, de engalanar lo que es del pueblo. Pero ante la modernidad de un México que quería deshacerse de su traje de campesino y lucirse con sombrero y corbata, el gobierno mandó a encalar todas esas imágenes. Así que cuando Frida se enteró que sus alumnos estaban interesados en la técnica del mural porque compartían clases con Diego, consiguió que el dueño de La Rosita aprobara que los muchachos pintaran las paredes del local totalmente gratis; Frida y Diego donarían los pinceles, la pintura y todo el material que se necesitara. Era un jolgorio, una aventura artística, un desvarío surrealista inventado por Frida. Si había una manera de poner en práctica su idea de arte para el pueblo, una pulquería era el mejor lugar.

Los estudiantes eran muy jóvenes y casi todos de origen humilde. Se habían inscrito en la Escuela de Pintura y Escultura conocida como La Esmeralda, nombre de la calle donde se ubicaba. En ella se reunían los más grandes artistas que compartían la locura de crear un idílico lugar para preparar muchachos con personalidad creativa; era tan sui géneris el proyecto que había más profesores que alumnos, y estos en su mayoría eran hijos de obreros o artesanos ilusionados por la expectativa de lograr una mejor vida. Sus profesores los incitaban a salir a las calles para plasmar lo que veían. Desde luego había grandes dosis de política, discursos sociales y movimientos obreros en el plantel. Era un ensueño para gente como Diego, María Izquierdo, Agustín Lazo o Francisco Zúñiga, los grandes artistas de la época. Cuando Frida fue integrada como profesora, causó conmoción, en parte por su aspecto de emperatriz tehuana, cuyos coloridos chales y largas faldas contrastaban con los toscos overoles de mezclilla del resto de los profesores, que desfilaban por los pasillos del viejo edificio de La Esmeralda, contemplando el intrincado moño hecho con cintas en tonos atardecer con que Frida se arreglaba el pelo.

—¿Qué hace para pasar el rato, Frida? —preguntó uno de sus alumnos, que estaba salpicado de colores ocres como si el ocaso le hubiera vaciado una cubeta.

Frida degustó la pregunta como quien prueba un nuevo platillo, y para sazonarla dio unas cuantas chupadas a su cigarro. Comenzó a decirles:

—¡Híjoles! Van a decir que soy bien bolsona, pues me la paso encerrada en la mansión del olvido, dizque para curar mis desgastadas enfermedades que no hacen otra cosa sino enchinchar y volverme pobre. Cuando se deja, en mis ratos de ocio pinto. Digo cuando se deja, pues la casa no se lleva sola y hay que preparar comida y cosas, que a Diego le gusta todo bien servidito. Ya ven que si se pudiera hasta en la boquita habría que alimentarlo. Sólo los veo a ustedes, y a mi raza loca. Algunos son encopetados, y otros proletarios. Para ellos, siempre tequila y comida. La radio me resulta odiosa; los diarios, pendejos, y de vez en cuando caen en mi manos novelas de detectives. Me gustan cada día más los poemas de Carlos Pellicer, y de uno que otro poeta de verdad, como Walt Whitman.

La relación con sus pupilos era extraña, ella misma se sentía descontextualizada como maestra pues despotricaba contra sus propias obras. Pero era única y poseía el don de cautivar. Sin importar qué dijera, todos oían. Sus monólogos eran condimentados con alegría, humor y pasión por la vida. Hablaba con un español de barrio, salpicado de modismos del pueblo, irónico y único. Solo la seguridad de sentirse tranquila al lado de Diego le había ayudado a dejar un poco la melancolía por su dolor. Era como si hubiera vuelto a nacer y en lugar de tratar de tragarse el mundo, hubiera aceptado su realidad defectuosa disfrutándola en cada bocanada de aire.

—Y usted que estuvo en Gringolandia, ¿cómo es? —preguntó una de sus alumnas.

—Mira, la gente es mula, pero a diferencia de México se les puede pelear de frente, sin puñaladas por la espalda, mientras que aquí somos mustios y las chingaderas están a la orden del día. Son hipócritas. *Very decent, very proper…* Pero todos son unos ladrones, jijos de la chingada. Resuelven todo bebiendo coctelitos, desde la venta de un cuadro, hasta la declaración de una guerra.

—Por eso vive aquí…

—No, porque Diego está aquí —aclaró con una sonrisa—. Claro que comerse unas buenas quesadillas de las que venden al lado de la iglesia, también ayuda.

Frida sostenía que ella no podía ser la maestra de sus discípulos, sino una especie de hermana mayor. Vació en ese grupo de chamacos de barriadas humildes el amor maternal que le había sido arrebatado. Desde que se plantó en la clase, con la churrigueresca imagen de jardín florido, les dijo que ella no creía poder ser maestra jamás, pues aún seguía aprendiendo de la pintura. Les advirtió que la pintura era lo más grandioso de la vida, pero que era difícil ejecutarla. Debían aprender técnica y autodisciplina. Remató diciendo que estaba segura que no existía un maestro capaz de enseñar pintura, pues eso se sentía con el corazón. Y sin más preámbulos, los sacó al mundo exterior, cual ave madre que empuja a sus polluelos para que aprendan a volar. Les dio pinceles y les mostró que afuera estaba la inspiración.

—Oye moreno, aquí esa cara te salió un poco fea —ella solo señaló la parte que consideró mal realizada, y sin decir más, dejó que el aprendiz la corrigiera.

Nunca había tomado un lápiz para corregir un trazo. Sentía que era una falta de respeto para sus Fridos. Cada uno debía encontrar su estilo a través de sus errores. Quizá el arte hubiera sido más divertido si hubieran existido más Fridas como maestras.

—¡Mira nomás! La mismísima maestra Frida con sus chicuelos —gritó al fondo un hombre de traje y corbata de pajarita con espantosas motas azules.

Sus ojos eran inteligentes y su sonrisa se daba gratis. Caminaba con desfachatez y humor. Era el viejo amigo de Frida, el Chamaco Covarrubias.

—Muchachos, el cielo se va a caer. El mejor caricaturista, escritor, etnólogo y antropólogo de México ha decidido pisar la tierra de los proletarios, y peor aún, hasta se refinará un buen curado de mamey en mi honor —lo presentó Frida con sonrisa.

No se levantó para saludarlo. Al contrario, Miguelito se agachó para apapacharla en un cariñoso abrazo. Este jaló una silla y pidió un curado de pulque al dueño, que como buen metiche, hacía como que limpiaba las mesas para poder ver qué tanto hacían esos alocados muchachos en su afamado local.

—Diego anda por San Ángel, quizá lo encuentres ligándose a una periodista o inventándole un cuento chino a un político.

—Esta vez vine a verte a ti —respondió el Chamaco dándole un golpecito en el hombro.

La verdad es que la edad empezaba a menguar el cuerpo de la artista. No había semana que no sintiera dolor. Quizá su corazón estaba reconstruido con las segundas nupcias, pero el resto del cuerpo parecía desmoronarse.

—Dime la verdad, ¿has venido aquí sólo por curiosidad? Sé que todos hablan de mi loca idea de pintar una pulquería y me quieren meter al loquero.

—En parte me trajo aquí la curiosidad, y he de admitir que se ve a todo dar —le dijo su amigo al mismo tiempo que le daba una pequeña cajita, que ella abrió como si fuera un regalo de cumpleaños.

Frida estaba rodeada constantemente de gente, necesitaba estar acompañada siempre. Por eso se empeñaba en hacer comidas y reuniones para matar su soledad. El Chamaco era un asiduo concurrente, y gracias a sus estudios, inteligencia y humor era un placer oírlo hablar. De la caja emergió una hermosa pieza labrada en madera negra. Era una mujer, de voluminosos pechos. La sensación al tacto era agradable, como de seda.

—Es hermoso.

—Es de mi viaje a Bali. La otra noche que platicabas sobre la muerte me hiciste recordar a Hine. Pensé que te gustaría tenerla.

El pacto que tenía con su Madrina, le había dado la confianza para narrar sus impresiones. Le gustaba bromear sobre la muerte. La retaba y se burlaba de ella, sabiendo que seguramente en algún lado la estaría escuchando.

Ante la sorpresa de los muchachos apareció una mujer de porte hermoso y andar de cisne. Cada movimiento suyo parecía un complicado paso de danza. Cargaba un montón de quesadillas envueltas en papel. El aroma de garnacha que se revuelve entre guisados y salsas la seguía como perrito a su ama. No había nada más incongruente que ver a esa morena de ojos elegantes repartiendo las grasosas quesadillas entre los alumnos de Frida. Rosita ya era una celebridad en la danza cuando se casó con el Chamaco, y curiosamente fue por ella que el caricaturista comenzó a relacionarse con los millonarios a quienes dibujaba. Pero el Chamaco tenía enraizadas sus venas en el pueblo, en las mujeres y los niños, en las islas del Pacífico, en las tardes de jazz de Harlem y en los pueblos indios de su México natal. Así que ella se metió de lleno en ese ambiente bohemio y guapachero. Era una princesa entre la plebe, pero disfrutaba su posición. Rosita le dio un sonoro beso a Frida, y soltando una agradable risa colocó las quesadillas a su lado.

—Sabía que nos ibas a dar de chupar, y sin algo en la panza seguro que me tiras —explicó la mujer, quien también gustaba de las delicias mexicanas—. Así que traje comida para tus alumnos, ya que no solo de pintura vive el hombre.

—Están relucas ustedes dos, pero me leyeron la mente, pues si de quesadillas se trata, sólo Coyoacán sabe hacerlas —comentó sacando una de las suculentas piezas dobladas en papel. La abrió con delicadeza y vació la salsa en ella—. Deberían estar trabajando y no andar de pata larga aquí conmigo... Miguel me platicaba sobre este regalito.

—Es de la mitología de maorí, se llama *Hine-nui-tepó*, "la gran mujer de la noche" —explicó el caricaturista mientras se sentaba al lado de Frida para narrarle—: es la diosa de la muerte, casada con el dios Tāne. Pero huyó al mundo terrenal porque descubrió que ese Tāne, era también su padre.

—¡Mira qué cabrón! Eso pasa hasta en las mejores familias —salpicó con humor Frida.

Rosita rió enseñando sus blancos dientes. La pareja Covarrubias sabía disfrutar la risa, la comida, la danza y todo lo que las envolvía: la vida. Alguien que sabe reír de los chistes, siempre es una buena compañía, pensó Frida.

—Bueno, cuentan que este dios tenía necesidad de una esposa, y comenzó a buscarla, así que con tierra roja amasó una forma femenina y la desposó. Parece ser que vivieron felices; pero un día, mientras Tāne estaba ausente, ella comenzó a preguntarse quién era su padre. Cuando se enteró que su marido también era su padre, avergonzada, se fue lejos. Cuando volvió Tāne, le dijeron que ella había huido, y trató de alcanzarla, pero Hine lo detuvo diciéndole: "Vuelve, Tāne. Yo voy a recolectar a nuestros niños. Déjame permanecer en la Tierra". Tāne volvió al mundo superior, mientras Hine permanecía abajo para traer muerte en el mundo. Un hombre, Māui, intentó hacer inmortal a la humanidad arrastrándose a través del cuerpo de Hine mientras dormía, pero la cola de un pájaro la despertó haciéndole cosquillas, y lo machacó con su vagina. Así, Māui se convirtió en el primer hombre en morir.

—¿Lo mataron con la vagina porque hizo reír a una diosa? ¡Qué mal sentido del humor tenía esa mujer!

—Chula, también nosotras podemos ser cabronas. Solo falta que nos toquen la pluma equivocada —remató Rosita.

Miguel Covarrubias se levantó y admiró la obra del mural. Era divertida. Poseía el estilo de Rivera, pero la frescura del primitivismo que cocinaba Frida. Realmente era la procreación con dos estilos unidos en el espíritu novedoso de los estudiantes.

—Me platicaron que la esposa del presidente te encargó un cuadro —soltó el Chamaco sin voltear a ver a las mujeres.

—Ni me digas, que me enmuino. Dizque quería un bodegón con frutas de México, pero lo devolvió al siguiente día. Quizá eran muy sexuales para los gustos de los alzados políticos —refunfuñó Frida.

Ahora aceptaba encargos, algunos retratos y obras más personales. La naturaleza muerta a la que se refirió era un pasaje de fuegos pirotécnicos de color y formas fálicas, demasiado lujuriosa para el pudor del partido oficial.

—Hay que ser muy mal pensado para ver las frutas con esos ojos —comentó Rosita con su acento americano.

—No, más bien hay que pensar todo el día en sexo para ver eso en el cuadro. Y si así lo hace la primera dama, es que es una mujer fogosa —chispeó con humor Frida. Hubo un silencio entre todos. Frida bajó los ojos y preguntó muy quedo, sólo para ser escuchada por sus amigos—: ¿Vieron a Nick ahora que fueron a Nueva York?

El Chamaco se volteó. No encontró la mirada de Frida. Él los había presentado. No es que Frida hubiera roto totalmente su relación con su antiguo amante; continuaban una esporádica relación epistolar e incluso Frida le había pedido dinero para una operación.

—Está bien, también preguntó por ti —respondió el Chamaco seriamente—. Sus hijas están enormes. Podrán ser grandes deportistas.

—A veces me pregunto qué hubiera pasado si me hubiera quedado con él. Ya había hecho planes para vivir conmigo. Es un buen hombre —murmuró en un susurro. Y como si la hubieran electrocutado, su rostro y su cuerpo tomaron energía para continuar la fiesta—. ¿Vendrán a la inauguración del mural?

—Si nos invitas, sí.

—Ustedes y medio México. Hemos mandado hacer unos volantes requete lindos, al mejor estilo de Posada —explicó Frida otorgándole a la pareja un papel.

Ellos lo leyeron a la par. Era una fiesta, un triunfo de su enseñanza de la pintura, de la manera en que el mundo debía afrontar la vida aunque ésta insistiera en golpear una y otra vez.

—¡Al espectador! Con su chisme acerca de las noticias del día. Querido radioauditorio, el sábado 19 de junio de 1943 a las once de la mañana: Gran estreno de las Pinturas Decorativas de la Gran Pulquería La Rosita, ubicada en la esquina de Aguayo y Londres, Coyoacán —gritó Miguel como uno de los merolicos que venden especias y remedios caseros. Su tono era tan jocoso que los alumnos rieron a carcajadas—. Las pinturas que adornan esa casa fueron realizadas por Fanny Rabinovich, Lidia Huerta, María de los Ángeles Ramos, Tomás Cabrera, Arturo Estrada, Ramón Victoria, Erasmo Landechy y Guillermo Monroy, bajo la dirección de Frida Kahlo, profesora en la Escuela de Pintura y Escultura de la Secretaría de Educación Pública. Actúan como patrocinadores e invitados de honor don Antonio Ruiz y doña Concha Michel, quienes ofrecen a la distinguida clientela de esta casa una comida suculenta, consistente en una barbacoa importada directamente desde Texcoco y rociada con los supremos pulques hechos por las mejores haciendas productoras del delicioso néctar nacional. Agreguen al encanto del festival un grupo de mariachis con los mejores cantantes del Bajío, cohetes, petardos, estruendosos fuegos artificiales, globos invisibles y paracaidistas hechos de hojas de maguey. Todos los que quieran ser toreros arrójense al ruedo el sábado por la tarde, pues habrá un pequeño toro para los aficionados.

Y tal como lo prometió en su circular, todo México fue a la fiesta. No solo Frida fue ataviada con su ropa de tehuana, sino sus alumnas y amigas se engalanaron como un colorido ramillete de flores que se presumían entre todos los invitados. Las calles cercanas a la pulquería fueron adornadas con papel picado de vivo colorido, que aleteaba con el viento, entonando un murmullo placentero. El confeti comenzó a volar, mientras los fotógrafos de cine y diarios se engolosinaban con las imágenes folclóricas del acontecimiento. Concha Michel comenzó a cantar con el mariachi, secundada por Frida, que con la garganta afilada por el tequila otorgó una noche fenomenal.

Diego, henchido de orgullo, trataba de robar cámara, platicando anécdotas inverosímiles y haciendo comentarios picarescos. Su momento para lucirse terminó cuando comenzaron los zapateados, jaranas yucatecas y danzones. El lugar se convirtió en una gran pista de baile. Frida guardó su dolor de espalda y logró disfrutar la danza al ritmo del mariachi. Luego vinieron los discursos de intelectuales, engalanándose con la ocasión y alabando la Revolución Mexicana. Frida se acercó a Diego mientras el poeta Salvador Novo cantaba con palabras, le tomó la mano y se recargó en su gran pecho. Diego sintió el calor de su esposa. Sin dejar de ver al poeta, le plantó un beso en la frente.

—Hola, mi niña...

—Hola, mi niño...—le respondió Frida, dándole un besito con la trompa parada.

El gran jolgorio terminó hasta muy entrada la noche. Fueron risas y alegrías. La reseña de un periódico nacional lo describió así: "Existe la tendencia de resucitar lo mexicano, y cada uno lo hace a su propia manera".

Días antes de que terminara el melancólico mes de octubre, Frida se levantó con el canto del señor Cui-cui-ri, que como siempre, fue fiel a la promesa de avisarle al mundo que la princesa disfrazada de tehuana vivía un día más. Era una mañana suculenta, con lo picoso de la vida, el tedio de la cocina y el placer del postre. La vieja cama de madera rechinó. Era amplia, a la usanza de la de una damisela de cuento de hadas; sus barrotes de acarameladas formas barrocas enmarcaban el sueño nocturno de su propietaria. El pie descalzo de Frida pisó la fría cerámica. Luego el otro, el pie malo, sin dedos, buscó un poco de calor para no marchitarse. Las sábanas volaron a un lado como una gran vela de galeón que cae al pisar tierra. Con el dolor de cada mañana torturándola, caminó apoyada en un bastón. Una campanilla repiqueteó, informando a los moradores de la Casa Azul que su emperatriz estaba despierta. Los perros calvos, las guacamayas y los monos alborotaron el jardín dándole la bienvenida al mundo de los despiertos. Una de las sirvientas apareció de inmediato, con ropa para colgar en sus roperos desbordantes de color. Le ayudó a cepillarse el pelo, siguiendo la costumbre de acicalarlo antes de hacer cualquier otra cosa. Pronto se convirtió en una enramada de listones patrióticos y flores coquetas. Escogió la combinación perfecta para explotar como una bomba de pintura.

Salió a pasear por su casa como desfilaría una noble, y canturreando "La Paloma" al ritmo de su falda al arrastrarse, se unió a Eulalia que la esperaba con una sonrisa. Juntas entonaron el coro de la canción, mientras colocaba en la mesa dispuesta para el desayuno una enorme canasta con deliciosos panes de dulce que una imprudente abeja deseaba libar. Había conchas amarillas y polvorones rosas, chapeados por los cuernos sexuales, las fálicas banderillas y las mentirosas orejas. Los panqués de nuez, muy serios, esperaban ser degustados por Diego, que apareció como un trombón desafinado para seguir cantando la romántica melodía. Agitaba el periódico con maldad, orgullo y sarcasmo. Antes de plantarle un aparatoso beso a su esposa, refunfuñó por la política del partido oficial, porque los gringos metían las narices en Corea y por todo el mal que se había acumulado en el mundo durante las últimas veinticuatro horas.

Frida siguió silbando, entre soplido y sorbido al café con canela. De vez en cuando asentía con la cabeza ante alguna exclamación del pintor. Luego vinieron los platos fuertes: huevos fritos bañados en salsa, con tortillas y frijoles. Así como llegaron, desaparecieron en la boca de Diego, que seguía opinando de todo mientras los devoraba tortilla en mano. No le gustaban los cubiertos, pues los consideraba burgueses. Eran un lujo que sólo se daba al compartir mesa con políticos y gente famosa.

Mientras pudiera, sería del pueblo, o al menos intentaría jugar a que lo era.

Terminó el festejo del desayuno. Diego se limpió con la manga de su camisa. Correteó detrás de su chango ante las carcajadas de Frida, que derramó una lágrima de alegría. El mono le había robado a Diego su sombrero, y sin él no podía ir al estudio a trabajar. Era parte indispensable de su ritual matutino. El chango, celoso de Diego y eterno enamorado de mamá Frida, sintió que la prenda de vestir era olorosa y grande. Decidió botarla. Diego le sacudió la tierra e intentó limpiarle la saliva. Cuatro pasos duraron sus maldiciones, y se perdió en el zaguán seguido del mozo que le servía de chofer. Se fueron rumbo a las casas de San Ángel, donde pelearía una nueva batalla por derrocar al monstruo de la política a través de la pintura, en una lucha de la que difícilmente se sabía quién saldría ganador.

"Nos vemos en la noche, chiquita", se despidió de Frida con un beso lanzado al aire, que ella guardó en su corazón para cuando llegaran los tiempos en que lo odiaría y desearía dejarlo, lo cual ocurría cuando menos una vez al mes, en sincronía con las amantes, quienes con la misma facilidad con que llegaban, también se iban.

Frida salió al patio, mordisqueando un pan dulce, como asegurándose de que ese año sería dulce también. Por ahora no había sal ni vinagre. La vida le sonreía y eso había que guardarlo. Caminó por entre los árboles de limones y naranjas. Las plantas se inclinaban ante ella, mecidas por el viento, cediendo el paso a la pintora para que llegara hasta el fondo de su jardín, donde en una gran mesa le aguardaba una enorme ofrenda de

Día de Muertos. Los cempasúchiles servían de centinelas a los panes, las calaveras de azúcar, las fotografías y los platillos dispuestos para la llegada de los difuntos. Al centro, un gran esqueleto de cartón, vestido de mujer con pomposas elegancias. A su lado, una imagen de su padre y otra de su madre. Más atrás, la escultura de madera que el Chamaco Covarrubias le regaló convivía sin problemas con dos calaveras de azúcar, cada una llevaba un nombre inscrito en la frente: "Diego" y "Frida".

Era la víspera del Día de Muertos y se cumplían treinta y cuatro años de cuando la barra del tranvía le asestó un golpe fatal. Miró al cielo y respiró profundamente. Al sentir que el aire penetraba por sus fosas nasales y se distribuía en el pulmón, saboreó el momento de estar viva. Se dio media vuelta, luego de depositar en la ofrenda un nuevo elemento para honrar a la mujer que termina la vida: el humo de un cigarro recién encendido.

Las quesadillas de Coyoacán

Quesadillas

2 tazas de masa de maíz, ½ taza de harina de trigo, ½ cucharada de polvo para hornear, 3 cucharadas de manteca, 200 gramos de queso Oaxaca, 1 taza de crema, manteca para freír.

✤ Se mezcla la masa con la harina, la manteca y el polvo para hornear hasta que se forma una pasta tersa. Con las manos se forman tortillas pequeñas y en el centro de cada una se pone el queso. Se doblan a la mitad y se ponen a freír en la manteca caliente hasta que se doren. Al servirlas se acompañan de la crema. También se pueden rellenar con flor de calabaza, huitlacoche, rajas, sesos...

Salsa borracha

200 gramos de chile pasilla, 2 cebollas, 2 dientes de ajo, 6 chiles verdes en vinagre, ½ litro de pulque, 100 gramos de queso añejo, aceite y sal.

✤ Se tuestan los chiles pasilla, se desvenan, se remojan durante media hora y se muelen con el ajo. Se les agrega el aceite y el pulque necesario para que quede espeso, se sazona con sal. Para servir, se le agregan los chiles en vinagre, la cebolla finamente picada y el queso rallado. Esta salsa se tiene que comer pronto porque se fermenta con rapidez.

CAPÍTULO XXII

Las lágrimas le mojaron la mejilla recorriendo el seco camino del pómulo como río en el desierto. No solo surcan la cara compungida sino la cruzan como una herida. El rostro es enmarcado por el encaje oscuro y sombrío que se aglutina alrededor de Frida cual marea dispuesta a tragárselo. Hay dolor en la mirada, pero también orgullo, energía para atacar a cualquiera que ose internarse en el cuadro. Los encajes de tehuana son un canto de auxilio, una vestimenta de novia ávida de encontrar a su hombre. Para las tehuanas su traje de novia es un lucero de la mañana. Portan un traje blanco, adornado con aretes y collares de oro, y en su falda unas hojas de palmita juguetean con las flores confeccionadas de la misma tela. Ese rostro enmarcado de finos bordados es el esplendor de la región de Tehuantepec, en Oaxaca, exaltado por los huipiles de cintura destapada, mangas cortas y una saya de gasa afianzada en las caderas con una banda de seda, a los que Frida convirtió en un nuevo cuerpo. No sólo su cuerpo sino su piel le otorgaban una nueva identidad.

"¡Cómo duele!, ¿verdad?", exclamó Frida ante sí misma en el cuadro. No contestó porque permanecía congelada, llorando mientras la otra la pintaba. Las lágrimas estaban dibujadas en el lienzo y no en el rostro de la pintora, seca ya de tanto transitar por la Avenida del Engaño.

Desde su silla de ruedas atisbó su autorretrato vestida de tehuana. Notó que era muy distinto al anterior, volvían los temas y los lugares comunes en los recovecos de sus trazos. Siempre era ella el tema, y algunas veces se copiaba a sí misma. En el anterior retrato de tehuana se pintó como reina, con Diego en la frente y una red de enmarañadas líneas que se extendían por el lienzo. Sin embargo, no podía sentirse igual. El nuevo era gris, de sombras tan pesadas como el acero. Los complicados encajes no aligeraban el rostro. No había mentiras en él: Frida sufría con todo el cuerpo.

Terminó la obra con un último toque de blanco. Dejó los pinceles y abrió su diario, que se estaba convirtiendo en el mejor amigo, su confidente. En él había locura y verdad. Comenzó a escribir:

La muerte se aleja
Líneas, formas, nidos
Las manos construyen
Los ojos abiertos
Los Diegos sentidos
Lágrimas enteras

Todas son muy claras
Cósmicas verdades
Que viven sin ruidos
Árbol de la Esperanza
Mantente firme.

Era la mejor manera de plasmar su situación. El atardecer de su vida estaba lanzando los rayos del sol entre las montañas para desaparecer totalmente. La vela de su tiempo en la Tierra estaba agotándose. El pabilo era corto y la llama tenue. Encerrada en el hospital, el dolor después de la operación le invadió cada célula del cuerpo, como una plaga que se expande sin control. En la columna, tan dañada como una ciudad al truncar su avenida principal, se desató el caos. No solo eran lágrimas y gritos. Era el padecimiento físico, con la locura rebanada como barra de mantequilla. La habitación del hospital emanaba un profundo olor a comida quemada, como si la hubieran dejado al fuego hasta que se convirtió en carbón. Los doctores y enfermeras comenzaron a evitar ese pasillo, pues su olor era tan penetrante que impregnaba batas y uniformes. Técnicos y mozos se afanaron por encontrar un error en la conexión de los ductos entre el piso de hospitalización y la cocina, pero no hallaron indicios de que dicho tufo pudiera escaparse hasta ese lugar. Quienes visitaban a Frida, al entrar al cuarto, volteaban la cara como derribados de un puñetazo en la nariz. Frida no parecía darse cuenta de la situación. Entre la agonía y las drogas, sus sentidos habían huido a un lugar lejano.

—Necesitan darle algo. La pobre está inconsciente por el intenso dolor —suplicó Cristi, que junto con sus hermanas se habían aferrado a cuidar de Frida como lo hubiera hecho su madre.

Mati, a su lado, no dejaba de llorar. El doctor estaba igual de desconsolado. Era uno de esos días en que la esperanza se rehúsa a aparecer. Diego estaba derrumbado en un sillón, las piernas extendidas con las botas de minero plantadas en el pasillo tapando el camino. Las manos escondidas en su chaqueta, jugando con el carrito de madera que lo acompañaba cuando se sentía vacío. La cabeza hacia abajo, sombreada no sólo por la luz sino por su existencia.

—Podemos inyectarle morfina. Una fuerte dosis —respondió uno de los doctores.

—Hágalo.

—No estoy seguro de eso, ya empezó a mostrar adicción. Si se la receto, nunca podrá dejar de usarla.

Mati y Cristi se abrazaron. En su familia desbaratada por las injusticias de los movimientos sociales de México, por el desamor de sus padres y las falsas posiciones ante la sociedad, la única que lograba que permanecieran amalgamadas era Frida. La que de niña fue la rebelde, la machorra, la que se vestía de hombre, era la única ancla que unía a las cuatro mujeres. La frustración llegó como una neblina gruñona.

—Désela —rugió Diego sin ver al doctor—. Vea cómo esos ojos suplican por un poco de paz. No será ni su primera ni su última adicción.

El doctor dio indicaciones a una enfermera. Una

enorme dosis de morfina comenzó a nadar cual culebra en las venas de Frida, desatando fuegos artificiales a su paso. La morfina fornicó con el Lipidol inyectado para su espalda. Juntos continuaron hasta el cerebro. Frida poco a poco pudo olvidarse del malestar. Mientras desaparecía una molestia en su cuerpo, aparecía una aberración en su cuarto.

Como una descompuesta y surrealista puesta en escena, la habitación se fue transformando con pinceladas gruesas: la mitad con un cielo de nubes astilladas enmarcando un sol en rojos de menstruación. La otra mitad quedó oscura. Noche de mantos gangrenados, tratando de alimentarse de la luna de queso fétido. Alrededor bosque, plantas con raíces que no deseaban estar cubiertas por la máscara de la tierra. Como niñas malcriadas salían entre las ranuras del cuarto.

—*Soy un pobre venadito que habita en la serranía... Como no soy maldito, no bajo al agua de día... De noche, poco a poquito, a tus brazos, vida mía* —cantó una voz picaresca.

Era cholo, de la barriada. Se oía pachucho y alegre. Con acento de tacos picosos. Apareció de un brinco, soltando plumas y jejenes muertos. Llegó a los pies de la cama y entre las sábanas caminó abriendo sus patas como charro que danzaba con ritmo de pulquero. Desplumado y alborotado, el señor Cui-cui-ri estaba con Frida. Su cresta ya estaba arrugada, como papada de anciano, y un perro le había dejado el pico mocho. En el rabo le quedaban solo tres plumas, que se movían como escobetazos de mozo flojo. El gallo, anciano y maltratado, era el retrato de Frida, pero no había duda que estaba vivo igual que ella.

—¿Eres tú, señor Cui-cui-ri? ¿Qué haces aquí? —preguntó intrigada Frida. El ave se sacó una garrapata y se acomodó entre las sábanas, cruzando plácidamente las patas.

—Visitando a mi Friducha, ¿qué otra cosa iba a hacer? Oye chula, aquí en los hospitales a nosotros los plumíferos solo nos ven como receta, pues dicen que un buen caldo de pollo cura la gripe, la panza y el mal de amores. Tú sabes chicuela, *a chicken soup.*

Frida deformó su cara en un arrebato simulando un guiño. El gallo picoteó la sábana.

—¿Y sabes hablar?

—¿Y tú, sabes pintar?

—Aprendí. Papá me enseñó y estudié. Sigo estudiando.

—Yo también, mija. ¿A poco ibas a creer que después de andar haraganeando más de veinte años en tu casa sólo me iba a dedicar a tragar maicito y agua? Hasta los pollos tenemos aspiraciones. *You know what I mean kid!* Me hago el que no sé nada, como música de saxofón de un *jazz band*, pero entre pintores, genios, comunistas, fotógrafos, artistas de cine, y ladrones... perdón, políticos, pues algo de labia de esos pen... sadores debí aprender.

—No lo haces mal. Digo, para ser un gallo —tuvo que admitir Frida.

—Tampoco tú pintas mal. Digo, para ser vieja... —el gallo husmeó a Frida. Con gestos aprobó lo que veía. Preguntó con bastante malicia—: ¿O mejor digo venadita?

—No soy venadita —corrigió Frida.

—Los cuernos ya los tienes. Diego se encarga de ponértelos cada noche —el gallo no necesitaba recordárselo, era obvio que Frida era una venadita herida, la cual además sufría el embate de las flechas que perforaban cada músculo, sangrándola.

Se movió nerviosa. Deseaba salir corriendo por el bosque de lechugas y rábanos. Quería volver a ser libre, pero las certeras flechas la habían derribado. Empezó a lamerse las heridas. Era un venado agonizando por vivir con Diego.

—Y entonces, ¿cómo estás? —curioseó amablemente su gallo.

—Podría decir que estoy feliz, pero eso de sentirme fregada de la cabeza a las patas trastorna el cerebro y me hace pasar ratos amargos.

—Se ve, Diego anda allá afuera. Eso es bueno ¿no?

Frida arqueó las cejas. Le molestaban esas insinuaciones, más aún si éstas venían de un gallo desplumado. No estaba dispuesta a permitirle tales libertades, menos en su cuarto del hospital.

—Si estás burlándote de algo, será mejor que te largues.

—¡Oh, no mi Cachucha! Yo no invento nada, es más que obvio que cada vez que sientes que Diego se aleja, aparece una nueva dolencia. Si el gordo anda de buscón con una muchachota, una nueva operación le jala la correa. Esas malditas enfermedades qué buen *timing* tienen, ¿verdad?

—En primera, te voy a decir que ni esposa soy de Diego. Sería ridículo pensarlo —respondió toscamente. El vinagre cuajó en las palabras—. Siempre juega al matrimonio con otras mujeres, pero Diego no es el marido de nadie, y nunca lo será. Quizá sea mi hijo, porque así lo quiero. Y no me quejo del papel que me tocó. No creo que las riberas de los ríos padezcan por dejar correr el agua, ni que la tierra sufra porque llueva, ni que el átomo se aflija porque descarga energía. Para mí todo tiene su composición natural.

Para cuando Frida dejó de hablar, el señor Cui-cui-ri estaba hecho un mar de lágrimas. Un pequeño charco se arremolinaba a su alrededor. Caldos de pollo con cebolla y cilantro brotaban de sus ojos cual cascada.

—*Stop! Stop! I am melting*... Es tristísimo, ni Salvador Novo con el corazón apuñalado hubiera logrado decir tanta sarta de idioteces —gritó cacareando.

Toda la actuación dramática se terminó: se sacudió un garbanzo atorado, y caminó campechano hasta el buró de la cama, de donde cogió el diario de Frida. Se acomodó lo que quedaba de plumas, afinó su garganta y comenzó a declamar el contenido del libro:

"Amo a Diego... y a nadie más. Diego, estoy sola", terminó con dramatismo. Cambió varias páginas. "Mi Diego, ya no estoy sola, tú me acompañas. Me duermes y me revives. Ya me voy conmigo misma. Un minuto ausente. Te tengo robado y me voy llorando. Es un vacilón."

—Lárgate. Nadie te llamó. Si hubiera querido una conciencia, hubiera pedido un pinche grillo, no un gallo cabrón —murmuró molesta Frida.

Cui-cui-ri se le acercó y le jaló el cachete en un coqueto gesto de niño.

—No chille, que para eso venimos a este valle de lágrimas. Recuerda: "Árbol de la esperanza, mantente firme". Eso no lo dije yo, fuiste tú: la *girl* de Coyoacán, la *mexican* princesa, *Oh yeah!*

Los ojos rojos de Frida estaban inyectados de sangre burbujeante. Se clavaron en su reloj de la vida: el gallo. El día que dejara de cantar, ella moriría. Ese era el trato. Pero nunca le dijeron que el reloj era una piedra en el culo.

—Cállate.

—Admitámoslo, mi Friducha. La cosa está color de hormiga. La vida vale un rábano y el último comensal ya terminó de comer. ¿Por qué no cerramos el changarro y nos vamos a descansar? Piénsalo. No más sufrimiento, no más infidelidades del panzón. Solo paz y tranquilidad. Quizá un poco de tequila para matar el aburrimiento —le planteó Cui-cui-ri.

No era malo. Tenía razón. No era el dolor, sino el cansancio del dolor.

—¿Te mandó mi Madrina para decirme eso?

—*No way!* Yo con esa señora ni el gusto tengo. Lo digo yo, tu cuate del alma. Estoy un poco cansado de la vida. Me la paso encerrado en casa picoteando para conseguir un gusano y con suerte un pedazo de pan duro. Mi máxima aspiración es ser mole, ¡eso no es halagador! —reclamó el plumífero.

Para ser ave era elocuente, perspicaz y sabía darse a entender bien, a diferencia de muchos tipos a los que Frida había conocido en su vida.

—No, hoy como nunca estoy acompañada. Soy un ser comunista. He leído la historia de mi país y de casi todos los pueblos. Conozco los conflictos de clases y los problemas económicos. Comprendo la dialéctica materialista de Marx, Engels, Lenin, Stalin y Mao. Hay una tertulia de mujeres a mi alrededor como si fuera reina —le dijo decidida, con determinación.

—Te tengo una *news*: todos tus amigos saben que has sufrido la vida entera. Te has dedicado a demostrarlo en tus cuadros, chula, pero ninguno comparte tu sufrimiento. Ni siquiera Diego. Él sabe cuánto sufres, pero eso es distinto a sufrir contigo. Ellos no pueden *compadecerte*.

Otra vez la mirada de sangre. Otra vez el odio. Frida cerró los puños.

—¿Entonces a qué viniste?

—Cocíname. Al siguiente día del atracón donde yo sea el plato principal, descansarás. Adiós a todos. Good bye my love!

—No.

El ave infló su pecho y se puso a cantar con bastante ritmo la melancólica melodía de *La barca de oro:*

Yo ya me voy
al puerto donde se halla
la barca de oro
que debe conducirme.
Yo ya me voy,
sólo vengo a despedirme
adiós mujer,

adiós para siempre, adiós.
No volverán
mis ojos a mirarte,
ni tus oídos
escucharán mi canto.
Voy a aumentar
los mares con mi llanto
adiós mujer,
adiós para siempre, adiós...

Frida cerró los ojos. Era una tentación volverlo mole. Pero no sucumbiría. No hoy, que Diego estaba afuera. Que había contratado el cuarto contiguo para trasnochar en el hospital y no con sus amantes. No mañana, no pasado. Ella aguantaría, podría más que la muerte. Cerró los ojos al igual que sus sentidos.

—¿Qué le pasa? —tuvo que preguntarle Mati al doctor, al ver cómo Frida hablaba sola.

El médico tomaba la presión de su paciente y Cristi trataba de peinar su alocado cabello en coquetas trenzas con tiras de tela arco iris.

—Está delirando por la morfina. Tiene alucinaciones —respondió el doctor dejando a Frida en manos de sus hermanas y la enfermera.

En la mesa de comida del cuarto, un plato de sopa de tortilla humeaba, esperando que Frida lo comiera. El olor del consomé de pollo usado para el caldo poco a poco fue borrando el tufo a quemado. El aroma de la sopa viajó hacia las otras habitaciones, reconfortando al resto de los enfermos, pues no hay duda de su poder medicinal. Ese aroma a consomé se quedó acompañando a Frida más de dos días, mientras ella seguía dormida por los sedantes. Las enfermeras no encontraron resistencia al alimentarla, pues lo bebía sin queja.

Salió del hospital, pero sólo cambió una habitación por otra. Poco a poco se fue quedando ahí, en la cama, clavada como un Cristo, incapaz de moverse. Toda ella era ojos llenos de arrebato. Su carácter se descompuso, como durazno abandonado en el frutero, hasta amargarse. Ataques de ira comenzaron a rondarla como moscas a los cadáveres. No pedía las cosas, las exigía. Vociferaba como si quisiera callar al mundo, que proseguía sin ella y no reparaba en su suerte. Se volvía impaciente por no ser lo que era, por haberse transformado en su sombra. Solo sus retratos le recordaban que era una caricatura de la mujer que Diego poseyó a las faldas de los volcanes, la parodia de la princesa maya que conquistó Estados Unidos, la sátira de la amante de líderes, artistas y pintores.

Podía tomarse dos botellas de coñac en un día, siempre acompañado de una dosis de Demerol para apaciguar sus dolores. Las drogas entraban en ella y jugueteaban con su mente, silenciándola y atontándola. Aun así, la mano buscaba a tientas un pincel que pudiera sanar su deseo por el arte. Los trazos que cruzaban el lienzo eran tan dramáticos y desgarradores como una herida abierta. La pintura se convirtió en su religión; la droga en su comunión. Era un acto piadoso en búsqueda de la ausencia de un ser divino. Para ella la divinidad recaía en personajes como Stalin, como Mao. Eran los hombres que la salvarían de la demencia. Las composiciones eran demacradas y los colores chillones. La oscuridad al final del camino era una idea que la rondaba, pero abrazaba su arte para darle luz a su vida. Aunque fuera una poca.

Frida ya no podía estar sola, era indispensable la asistencia de una amiga o enfermera permanente. Un día que Cristina llegó a cuidarla, la descubrió en su estudio, pintando, en su silla de ruedas. Ya ni siquiera era el remedo de la Frida bella que recordaba. Estaba despeinada, con una falda rota y una camisa raída, quizá de las que había desechado Diego. Tenía las manos sangrantes porque los piquetes de la droga no sanaban. Empeñados en gritar la herida, los dedos revolvían sangre y óleo para plasmar en el lienzo sus ojos desorbitados y el desprecio por ella misma. Su pintura había dejado de ser cuidadosa. Sus trazos eran cortes en el aire, como si tasajeara el lienzo.

Cristi pudo ver que no quedaba ya nada en ella. Una difunta que continuaba aferrada al mundo de los vivos.

Ni el llanto apaciguó la impotencia de ver a su mejor amiga destruyéndose. Necesitaba sacar el desconsuelo que le provocaba presenciar el ocaso de su hermana. Con ayuda de Manuel, el mozo, la regresó a su cama. Frida seguía hablando y continuaba pintando fantasmas en el aire mientras ella la peinaba. Cristina escogió una falda roja y una de sus hermosas blusas del istmo, de esas con tiras de salsa roja y verde entrelazadas. Pero al ver que Frida la miraba, le preguntó cuál vestido deseaba usar. “Pónme el que has escogido, pues está hecho con amor. Y ya no hay amor aquí. Tú sabes que el amor es la única razón para vivir.”

Frida tenía razón, aunque se había hecho rodear de las cosas que amaba, de los objetos que aprisionaban el amor y de los amigos que quería, en ella ya no había amor. El amor escaseó, se fue perdiendo, hasta quedarse en un recuerdo.

La sopa de tortilla

La sopa es el alimento más socorrido en la historia de la humanidad. Es quizá el primer guisado del hombre. Puedo imaginarme a esos cavernícolas poniendo agua y algo al fuego. Estoy segura que fue una ofrenda a su Dios. Quizá era el fuego, la tormenta o algo que no entendían. Era una manera de volverse dioses ellos mismos. La sopa permite una cantidad enorme de variantes, desde el caldo más simple hasta las sopas más refinadas. Puede ser una comida completa.

Pero para mí la sopa de tortilla es una de las más deliciosas que una persona puede comer en México. Ella es lo que somos nosotros. Complicada, pero sencilla. Picosa, pero sabrosa. Caliente, pero refrescante. Es la comunión perfecta para entender de qué estamos hechos y por qué México es así.

12 tortillas de maíz, aceite para freír, 4 jitomates pelados, ½ cebolla finamente picada, 1 diente de ajo picado, 2 litros de caldo de pollo, 1 rama de perejil, 1 rama de epazote,

4 chiles pasilla fritos y sin semillas, 1 aguacate cortado en cubitos, ½ taza de queso doble crema en trozos pequeños, crema ácida, sal.

✦ Las tortillas se cortan en tiras largas y delgadas y se fríen en aceite caliente. Aparte, en una cucharada de aceite se fríen los jitomates, la cebolla picada y el ajo; después de cocinar por 5 minutos a fuego bajo se le agrega la mitad del caldo de pollo y se muele todo junto. La mezcla se regresa a la cacerola caliente y se le agrega sal y el resto del caldo de pollo. Se le pone el perejil y el epazote, y se deja cocinar a fuego bajo por 20 minutos. En un tazón se colocan las tiras de tortilla fritas y se les vacía el caldillo de jitomate caliente. Se le agrega el chile pasilla en trocitos, el aguacate, el queso y la crema.

CAPÍTULO XXIII

Y así, en una noche que escondía las lluvias del verano en un rincón, Frida recibió al Mensajero, le ofreció tequila y botana y le pidió audiencia con su Madrina, segura de terminar con ese dolor de tantos años, al que todos llaman vida. Para asegurarse de que ese sería su ultimo día, pidió a su fiel cocinera, Eulalia, que matara al gallo Cui-cui-ri, el que tan acostumbrado a los mimos y cuidados que se le profesaban ni siquiera sospechaba que también ese sería su último día en la Tierra. Para Frida, haber vivido más de lo que debía no fue placentero, pues nunca cesó su dolor de columna, ni el del corazón roto se le esfumó.

—Lo siento mucho, señor Cui-cui-ri, pero la niña Frida dio la orden —le dijo el mozo Manuel antes de torcerle el cuello.

Tal y como se indicaba en la receta, fue desangrado y se le quitaron todas las plumas, hasta dejar su blanca carne de burócrata al descubierto. Después Manuel lo acomodó en una olla de barro, de esas que Frida conseguía en los mercados, con adornos coquetos de dos palomas llevando una cinta en los piquitos con la leyenda de "Frida ama a Diego". Colocó la cazuela solemnemente en la cocina, que siempre se veía emperifollada por sus coquetos azulejos poblanos, y dejó ahí al animal para que Eulalia hiciera con él una de sus obras suculentas.

La cocinera, limpiándose las lágrimas con el mandil, sacó las vasijas de especias de la alacena y las dispuso en fila. Luego organizó los utensilios de cocina como quien dispone el instrumental para una operación quirúrgica. Escudriñó el cadáver del gallo y sintió un vacío tan grande en el pecho que ni el abrazo del buen Manuel la ayudó a calmarse. Ambos estaban al borde del llanto; algo de diablo tenía ese gallo, pues andaba por los patios de la Casa Azul desde la muerte de mamá Matilde, y esos eran muchos años para uno de su especie.

Cuando se quedó sin lágrimas, Eulalia dio inicio al espectáculo culinario. Siguió paso a paso la receta anotada en la pequeña libreta que Frida le entregó, hasta transformar al señor Cui-cui-ri en una delicia: un trastamal de pollo en hierba santa.

Frida pasó el día escribiendo en su diario. Las últimas páginas estaban abarrotadas de extrañas figuras aladas. No había autorretratos en ninguno de sus bosquejos, pues de espíritu celeste ella no tenía ni la moral ni la apariencia. Se afanaba en retratar la verdadera cara de su Madrina, pintando un ángel negro que se eleva hacia el cielo: el arcángel de la muerte. No recibió ese día a ningún amigo, pues esperaba una visita mucho más importante. Sólo Diego llegó por la tarde, y se sentó a su lado a platicar.

—¿Qué te has hecho, mi niña? —le preguntó el pintor sin dejar de pasar sus gordos dedos por la cadavérica mano de Frida.

—Durmiendo casi todo el tiempo, luego pensando.

—¿Y qué piensa esa tonta cabecita?

—Que solo somos muñecos y no tenemos ni un carajo de idea de lo que en verdad está pasando. Nos mentimos con la pendejada de que controlamos nuestras vidas simplemente jugando el papel de enamorarnos cuando vemos a un hombre, comiendo cuando sentimos hambre y durmiendo cuando estamos cansados. Y eso es una jalada de mentira, pues no tenemos control de nada —murmuró sin sentimiento Frida.

Diego tuvo que ofrendar una sonrisa amarga al percibir la lucidez que todavía existía en ese cuerpo destruido.

—Tengo un regalo para ti, Dieguito —musitó Frida con lentitud, arrastrando las palabras a causa de los narcóticos.

Sin soltar su mano, Diego la besó en la cara y le dedicó ligeros arrumacos.

Frida le entregó un anillo que había mandado hacer para su cumpleaños. Plata y piedra, tan grande como él mismo, excesivo aun para un ogro como Diego.

—Tú sabes que te quiero, ¿verdad? —murmuró Frida.

—Descansa... —le ordenó Diego, matando las lágrimas a punto de brotar.

Su mujer se moría, se desmoronaba como un castillo

de arena consumido por la marea. Se recostó en la cama a su lado, y la abrazó. Permanecieron así varias horas. Convencido de que ya estaba dormida, se fue a trabajar a su estudio en San Ángel.

Las cortinas se abrieron para que el corcel blanco del Mensajero entrara al reino de la oscuridad. Las flamas de los innumerables cirios regados por el recinto brincaron de alegría y los huesos de las tumbas repiquetearon de gusto tratando de darle la bienvenida a Frida, que montaba en el lomo del caballo. El Mensajero se detuvo frente a la mesa, en medio de un gran festín dispuesto a manera de altar de muertos. Frida desmontó y se separó con cuidado de su guía, y el revolucionario, de manera seca pero amable, se despidió con una inclinación de cabeza.

Ante sus ojos estaba la ofrenda de muertos más bella que había visto. Jocosamente acomodadas flotaban las calaveras de azúcar con todos sus empalagosos dientes; en la frente mostraban sus nombres titilantes, que eran los de todas las personas a quienes ella había querido: Nick, León, Diego, Guillermo, Georgia... Había panes de muerto azucarados, circundados por flores rebosantes de esplendor naranja. Y la más deliciosa colección de platillos de su propio repertorio: los chiles rellenos de Lupe, las costillitas del doctorcito, el tiramisú de Tina, las nieves del Tepozteco, el pay de manzana de Eve, los polvorones de mamá Matilde, el mole poblano de su boda, los caldos de Mati, el pipían de los Covarrubias, y, en el sitio de honor, el tamal de cazuela en hierba santa, que aún desprendía los olores que se fugan del horno cuando se está cociendo.

—Me has llamado, y estoy aquí —apareció su Madrina, sentada en medio de todas las delicias culinarias que algún día Frida le ofrendó.

Como siempre, un velo negro le cubría la cara, pero ahora vestía un conjunto pomposo y elegante: un hermoso traje europeo de encajes blancos y holanes pizpiretos que se alzaban hasta su cuello. Su corazón descubierto palpitaba como tambor. En el centro del altar, sobre el pedestal de barro con motivos prehispánicos, un cirio se ahogaba en un gran charco de cera multicolor. Su raquítica flama se resistía a que la brisa gélida, propia de difuntos, le arrebatara el último soplo de vida a su agonizante propietaria.

Frida dio un paso al frente, colocándose a su diestra. Notó que estaba vestida en su ropa de tehuana de colores jungla y cielo, y atado a la cintura un cordón bordado en tonos de atardecer en Cuernavaca.

—¿Estoy muerta al fin? —y al preguntar se le esfumó el dolor, dejándolo acaso como un frágil recuerdo, como un eco de su vida pasada.

—Todavía no, pues pediste audiencia. Aún alumbra tu pabilo de la vida, pero pronto se agotará, como tu tiempo en la Tierra. Es cuestión de unos suspiros más —dictó su Madrina señalando la flama de la veladora que daba sus últimos brincos—. Por ello ven, siéntate y bebe conmigo, que es un deleite este reencuentro después de tantos años.

De una elegante botella azul sirvió un tequila que desprendió vapores de encanto y perdición.

—El trato que hicimos fue un desastre. Me vas a explicar qué clase de chingadera me diste, y si tiene algún alivio mi vida, porque desde el principio me llevó la tostada —soltó Frida con rabia.

Muchas palabras se habían acumulado durante todos esos años de sufrimiento, guardadas para ser dichas en el preciso instante en que viera a la muerte, pero le habían salido del alma, sin pensarlas, y esas son las que más verdad dicen. Su Madrina permaneció quieta como una reina, guardando con más clase que seriedad los títulos que como señora de la muerte portaba.

—Tú lo escogiste, no yo.

—Una chingadera —respondió con más coraje.

Fue un grito desesperado. No necesitaba explicarle que cada día fue muriendo, ya por enfermedad, ya por amor herido. Quizá continuó respirando cada día, aferrándose a su pintura como un alivio al alma, que no a sus pesares, pero hubo de pagar un precio muy alto por cada día vivido. No necesitaba explicárselo, su Madrina ya lo sabía.

—Si deseas anular nuestro trato, quedará revocado. No tienes que continuar si te sientes engañada. Pero no intentes engañarme. Nadie puede hacerlo —advirtió con voz truculenta—, ni esconderse de mí. Recuerda: mi promesa está sellada con *la vida* —ejecutó la soberana.

Ante esas palabras, Frida sintió el pecho más ligero, más libre su culpa, más delgado su cuerpo y más ágiles sus piernas: volvía a ser la Frida con falda de colegiala y medias altas. La Frida de caireles, la joven a quien un tranvía embistió, a quien un tubo le atravesó el cuerpo... la joven que ese día murió. En la mesa del altar su vela se había transformado en una hermosa candela de cera blanca, y aunque joven, su rutilante flama anunciaba que pronto la desplazaría un fino hilo de humo mortuorio..

—¿Cómo es que puede disolverse tan fácilmente este trato? ¿Es así de sencillo? ¿Acaso no fue escrito con sangre? La muerte no puede ser tan comprensiva. De eso estoy segura.

—Frida, todo puede dejar de existir con facilidad, te lo digo yo que soy experta en el asunto, pero no dudes que tus acciones tienen consecuencias, aunque sean ínfimas. Cada decisión será escrita en tu destino.

—¿No habrá fuegos artificiales o diablitos que estallen? Esto es absurdo. No puedes llegar y decirme que todo lo que he vivido se lo lleva la tostada sólo porque así lo mandas —repuso más admirada que desilusionada la Frida joven.

Para su sorpresa, de inmediato apareció la pareja de changos que la habían recibido la primera vez, y le gritaron haciendo muecas grotescas:

—¡La bailarina ya volvió! ¡La bailarina ya está aquí!

A su lado, el Judas de cartón y la calavera brincaban de alegría, como si nunca hubiera salido de aquel extraño episodio que soñó cuando sufrió el accidente del tranvía.

—Frida, la muerte no tiene pirotecnia. Sólo te mueres. Es más sencillo de lo que crees —tuvo que explicarle su Madrina. Frida se mantuvo en silencio un tiempo, asimilando una realidad que le ofrecía morir en el autobús embestido por el tranvía, en brazos de su querido Alex. Tendría que pensar un mundo sin Diego, sin su pintura, sin sus dolores constantes. No pudo hacerlo, sólo había vacío.

—Si nada de lo que he vivido ha sucedido, si nunca me casaré con Diego, ni desfilaré por los hospitales sufriendo un dolor continuo, entonces ¿qué pasó con Diego?, ¿qué fue de mi familia? —susurró aturdida por el terremoto en su mente.

—La gente continúa su vida cuando mueres. El reloj no se detiene para ningún mortal —manifestó la muerte—. Pero si tanta es tu duda, aquí lo tienes —reveló ofreciéndole un caballito de tequila.

Frida lo aferró en sus manos. Sintió miedo de beberlo, pues las revelaciones, aunque fortalecen, siempre duelen. Sin pensarlo más, vació el contenido en su garganta, y antes de que el alcohol pegara en su mente, las imágenes aparecieron.

Diego no se veía mal. Más delgado que de costumbre, tatemado de la piel. El sol californiano le sentaba bien, al igual que la casa de techos extendidos con tejas españolas que recordaban los elegantes sombreros chinos. También la alberca era digna de quitar un respiro por su tamaño y lujo. Varios cipreses guardaban la mansión como soldados afilados a su alrededor. La mujer de gafas no soltaba el brazo de su marido, el famoso pintor. Ella misma era una pieza digna de presumir, pues el bello cuerpo que tenía desde que se había casado con

Charles Chaplin, estaba ahí. Paulette Goddard se había encargado de preservar su belleza para cumplir todos sus deseos. Marido y mujer desayunaban entre los jardines, dejando que los reporteros descargaran sus cámaras para retener un momento de la pareja de moda recién llegada de Europa, donde Rivera había pintado un mural para la empresa Michelin. Diego hablaba un inglés fluido, pues desde que comenzó a trabajar en San Francisco no había vuelto a México. El de Paulette era su cuarto matrimonio, y no sería el último. La Goddard lo presumía como presa de caza, a quien podía montar en su chimenea hasta que ambos descubrieran otras parejas: Diego alguna incipiente estrella rubia, y Paulette a otro empresario para escalar al éxito.

En cambio, Cristina se veía mal, el golpe en el ojo no le favorecía, menos la delgadez extrema. Su hija Isadora le ayudaba a recoger la casa abarrrotada de toques burgueses. Lo hacían en silencio, aterradas de que el padre de Isadora las sorprendiera con los quehaceres sin terminar. Antonio no había sobrevivido las fiebres. Lo habían enterrado al lado de su padre Guillermo, que murió sólo dos años después de enterarse del trágico accidente que le arrebató a su hija predilecta. Mamá Matilde había controlado a la familia como había podido, pero Cristina no era brillante en sus decisiones. Estaba condenada a ser una mujer golpeada, viviendo con el pavor de la sombra de su esposo. A veces deseaba pedir ayuda a su hermana Matilde, pero tendría que hacerlo a escondidas, ya que estaba prohibido hablarle. Vivían su crisis como todas las familias mexicanas: aguantando y en silencio.

Para ellos la vida exterior era algo lejano, los periódicos solo hablaban de personas que nunca se cruzarían en sus vidas. Personajes que salían en las noticias, como la emigrada italiana Tina Modotti, muerta a balazos cuando caminaba abrazada de su amante, el socialista cubano Julio Antonio Mella; o el famoso líder socialista León Trotsky, envenenado en Estocolmo por un agente estalinista; o el mismo Nickolas Muray, que siempre fue fotógrafo de revistas de modas, exitoso y cosmopolita, tristemente algunas veces las vidas no cambian.

No, para la familia Kahlo todo eso era ajeno, más aún el arte, burgués y elitista, lejano de todas las casas de México donde el precio de la tortilla es más importante que el manifiesto socialista sobre la pintura. En ese gobierno no había espacio para grandes artistas, solo existían conspiraciones y titubeos para aliarse con el próximo candidato destapado en la farsa democrática del partido oficial. No había muralistas, pues los grandes pintores prefirieron hacer carrera fuera de un país hostil a la cultura, donde los logros educativos estaban resumidos llanamente en cifras de discursos ante obreros hambrientos dominados por un corrupto sindicalismo. Así vivía la familia Kahlo cada día, con la ligereza de la inocencia de no saberse importantes, y la reconfortante idea de una sociedad que para sentirse nacionalista no necesita los lienzos con colores de sabor sandía, mango, limón, pitaya o guanábana.

—Es doloroso verlo, debe ser una maldición poder ver todo desde tus ojos —lagrimeó Frida, mareada por la cachetada de realidad que acababa de recibir.

—Hija, no soy maldita, ni bendecida. Soy sólo yo y mi labor es como cualquier otra. Para algunos soy algo bueno, para otros una abominación. Al final, soy la misma para todos —aclaró su Madrina.

—No puedo dejarlos así. El vacío acongoja. Es mayor que el dolor físico de la vida. No puedo dejar que las cosas tomen ese rumbo. Si es que necesito volver a sufrir uno a uno mis padecimientos, calamidades y penas para recuperar el curso de los acontecimientos, entonces tendré que volver a tomar tu trato.

—¿Volverías a vivirlo todo? ¿Aun sabiendo cuánto dolor te aguarda? Recuerda que no habrá cambios, es un camino que ya conoces —se aseguró la soberana.

Frida sólo afirmó con la cabeza. Se veía tan infantil, tan inocente. No era la Frida seca y berrinchuda que se consumía en la Casa Azul. Era una Frida con ganas de vivir.

—¿Qué me asegura que todo lo que viví no fue más que una imagen como la que me acabas de enseñar? ¿Acaso no sería sólo una ilusión que viví como real, para que no aceptara el trato de vivir y asumir mi muerte? Tus trucos son difíciles de distinguir.

—Ni siquiera yo puedo asegurarte que tu vida fue un reflejo en tu mente. Si eso fue, y deseas volver a andarla, no cambiará en nada. Tan sólo sufrirás dos veces las mismas desgracias. Retomarás el mismo camino, harás las mismas decisiones y golpearás las mismas paredes —manifestó la muerte.

Frida entendía, su corazón se estrujaba nervioso ante la idea del dolor y la pasión que volvería a vivir, aunque la primera vez sólo hubiese sido un reflejo ofrecido por su Madrina.

—¿Por qué me escogiste a mí? ¿Por qué yo? No soy nadie para que me ofrezcas una oportunidad así. Sólo soy mujer como cualquier otra. Yo no veo nada grandioso en mí.

—Todas las mujeres son grandes. Cada una es mi ahijada por derecho propio; así como yo poseo el don de la muerte, ustedes el de la vida. La única razón eres tú misma. Porque eres Frida, y sólo hay una Frida. No se necesita otra razón más poderosa que esa —reveló su Madrina invitándola a sentarse a su lado. Luego le preguntó—: ¿Estás lista para volver a vivir?

La muerte extendió su mano en la que sujetaba una pinza quirúrgica que apretaba la vena conectada a su corazón. Antes de tomarla, Frida le pidió:

—Pero antes de volver a recorrer mi destino, deseo ver tu verdadero rostro.

La mujer se quitó el velo, sentándose al lado de Frida tehuana que asió la mano de su Madrina, la Muerte, conectando la vena a su corazón para que volviera a latir. La llama en la vela del altar adquirió fuerza, consumiendo con glotonería la cera y alumbrando por sí misma todo el lugar. Frida miraba su rostro debajo del velo negro, pues tal como ella le había explicado, ella era el final, pero cada mujer era el inicio. Las dos se contemplaron. Frida se encontró a sí misma, con el corazón unido, sangrando por la vida que tendría que volver a sufrir, y antes de despertar, contempló a las dos Fridas en todo su esplendor.

—¡¿Ya has despertado, niña?! Es una buena señal.

Ahora debes permanecer tranquila para aliviarte pronto... —le dijo la enfermera en la Cruz Roja. Frida sobrevivía a su primer accidente, el del tranvía. Antes de perder la memoria de todo lo anterior, pensó que le faltaba aún sobrevivir a su peor accidente: Diego.

Tamal de cazuela en hierba santa

½ kilo de harina para tamales, ¼ de litro de caldo de pollo, 350 gramos de manteca de cerdo, 1 rama de hoja santa, 1 cucharada de polvo para hornear, 250 gramos de pollo desmenuzado, 3 chiles (ancho, mulato o pasilla) asados, desvenados y molidos; 1 jitomate asado, sin semillas y molido, sal.

El harina se pone en una cacerola mezclándola con el caldo de pollo hasta formar un atole espeso. Luego se pone la mezcla en manteca derretida y se le agrega un poco de hoja santa y sal. Se pone a fuego lento, sin dejar de mover hasta que espese y que cuando metamos la cuchara, esta salga limpia de la cazuela. Se retira del fuego y se bate hasta que blanquee; se le agrega el polvo de hornear integrándolo bien a la masa. Aparte se prepara un mole mezclando los chiles, el jitomate, más hoja santa y sal; y se le agrega el pollo. En una cazuela se coloca primero una capa de masa, encima una de mole y a manera de tapa, otra capa de masa, más gruesa que la primera. Se mete al horno a 190 grados centígrados y se cuece hasta que dore por encima.

CAPÍTULO XXIV

A las cuatro de la madrugada Frida se quejó con voz adormecida, apagándose cual vela con pabilo corto. La enfermera que la cuidaba la calmó con unas caricias suaves en la mano, alisándole las sábanas para que prosiguiera su sueño, mientras se quedaba a su lado, como una madre que cuida el sueño de un recién nacido.

La enfermera se quedó dormida y despertó al oír el repiqueteo de la campana. Eran las seis de la mañana cuando tocaron a la puerta de la Casa Azul. Se avivó para saber si alguien se acomedía a abrir el portón. Mientras Manuel se levantaba para ir a abrir la puerta, ella se percató de que Frida tenía los ojos abiertos, fijos, la mirada perdida. Sus manos estaban sobre las sábanas, como muñeca que juega a estar dormida. Le tocó las manos: estaban heladas.

Manuel abrió el zaguán pero no descubrió a ningún ser viviente. La calle estaba vacía, salvo por un jinete que sobre su caballo blanco se perdía entre las calles empedradas, dejando tan sólo el eco de los cascos resonando por las casas. Cuando entró de nuevo a la casa, la enfermera le dio la noticia, y él salió disparado hasta San Ángel, donde Diego había ido a pasar la noche.

—Señor Diego, se nos murió la niña Frida.

El ataúd con los restos de Frida Kahlo fue colocado en el vestíbulo del Palacio de Bellas Artes. Lo velaron amigos, artistas, políticos y gente que la admiraba. Diego, entre la locura del momento y la pena, accedió a que el ataúd fuera envuelto con una bandera roja, estampada con la hoz y el martillo, pensando que Frida se hubiera sentido orgullosa de esa decisión. La guardia de honor se mantuvo un día y una noche.

Con una gran procesión de quinientas personas, el ataúd fue paseado por las calles del México que Frida tanto amaba. Y al llegar al crematorio, hubo una última ceremonia de despedida; luego Frida fue incinerada.

Esa tarde las nubes que se habían escondido, fueron apareciendo para oscurecer el cielo de la ciudad. Afligidas por el deceso de la princesa azteca, derramaron su llanto sobre las calles, expandiendo un sentimiento de perdida que fue apresando a quienes asistieron a la ceremonia de despedida de la pintora. Era tan hondo ese dolor, que pareciera que hubiese muerto dos veces.

El Chamaco Covarrubias, Juanito O'Gorman, sus hermanas Cristina y Matilde, sus alumnos los Fridos, sus amigas y conocidos, todos estaban acongojados. El fantasma del llanto alcanzó también tierras lejanas: en un rincón de Europa, mientras navegaba su velero, el doctorcito querido de Frida lloró por más de dos horas mientras guiaba el timón sin conocer porqué se había perdido; Nickolas Muray sintió un deseo enorme de ver las fotografías que le tomó a la que fue su amada; la editora de *Vanity Fair*, madame Clare, se encerró en su oficina recreando el momento en que su amiga Dorothy saltó por el balcón; Nelson Rockefeller interrumpió sus elucubraciones para hacerse de la presidencia y, luego de un bocado de mole poblano que compartía en una reunión con un líder sindical neoyorkino, comenzó a derramar tantas lágrimas que se vio obligado a cancelar la reunión; Luccienne, la antigua ayudante de Diego que la asistió después de su aborto, trató de esculpir la figura de la princesa azteca personificada por Frida.

Y todo ese dolor retumbó sobre Diego cuando regresaba a Coyoacán. En silencio recordó cada momento en que por su culpa Frida lloró. Manuel y él iban absortos mirando al frente, mientras unas lágrimas solitarias se desprendían de sus rostros de vez en cuando. La bolsa con las cenizas de Frida permanecía a su lado, en el lugar que ella ocupaba generalmente.

Cuando el auto llegó a la Casa Azul, Diego se sentía totalmente cansado y hambriento. Entró a la casa, donde los animales chillaban la ausencia de su ama. Se encaminó hasta el cuarto de Frida. Se sentó al lado de la cama, disponiendo suavemente la bolsa con las cenizas. La miró durante varios minutos, hasta que su olfato le dio una cachetada a su razón y a su estómago, que saltó ante un aromático olor del guisado que descansaba en una mesa a su lado. Era una gran rebanada del Tamal de Cazuela en hierba santa, presentada en la vajilla de barro con los gorriones sosteniendo la cinta con una frase romántica. Al lado del platillo, la libreta gastada que Frida guardaba y donde los aromas del pollo, el chile verde y exóticas especias se mezclaban en un arrebato suculento.

Después de guardar la libreta en uno de los cajones, para quedarse ahí acumulando polvo en espera de que alguien la descubriera, tomó el plato y clavó el tenedor en el tamal. Comenzó a comer en silencio, degustando cada bocado, dejando que se le deshicieran los jugos que saciaban su apetito y a la sazón reconfortaban su alma. Al sentir saciedad en el estómago, su corazón se colmó de una paz que nunca más volvería a sentir.

De repente, soltó el cubierto en el plato y volvió a sollozar. Su lamento llamó la atención de Eulalia, la cocinera, que se acercó al cuarto para intentar consolarlo. Diego comía y gimoteaba. Eulalia se detuvo en el umbral de la puerta, y cuando Diego la vio, en su cara se dibujó una triste sonrisa.

—Me cocinó, y como siempre está delicioso —murmuró con tristeza. Tomó otra porción del platillo y la comió poco a poco. Cuando terminó el último pedazo, tuvo que admitir—: Frida se fue y nunca pude decirle lo mucho que me gustaba la hierba santa.

En 1957 Diego Rivera falleció de un paro cardiaco. Fue enterrado en la Rotonda de los Hombres Ilustres de la ciudad de México, lo que contradijo sus últimos deseos: que sus cenizas fueran mezcladas con las de Frida y se guardaran en la urna de la Casa Azul de Coyoacán. Sus hijas y su esposa se negaron a cumplir su última voluntad, convencidas de que para México sería mejor que lo enterraran ahí, donde todavía hoy permanece, muy lejos de su Frida querida.

En 1958 la Casa Azul se abrió al público como el Museo Frida Kahlo. Desde su apertura, tal como hacía Frida, cada 2 de noviembre se coloca un altar de muertos con guisados, arreglos y fotografías en honor al amor que se profesaron Frida y Diego, y a sus conocidos.

El "Libro de Hierba Santa" *sigue desaparecido.*